长篇纪实文学

教育世庄

孙 仲◎著

教育世庄就像一座丰碑
早已矗立在苏北大地上人们的心中
人们会永远记住这个荣耀百年的村庄……

线装書局

图书在版编目（CIP）数据

教育世庄 / 孙仲著 .—北京：线装书局，2023.10

ISBN 978-7-5120-5619-0

Ⅰ . ①教… Ⅱ . ①孙… Ⅲ . ①纪实文学—中国—当代
Ⅳ . ① I25

中国版本图书馆 CIP 数据核字（2023）第 153865 号

教育世庄
JIAOYU SHIZHUANG

著　者：孙　仲

责任编辑：林　菲

出版发行：**线装書局**

　　　　　地　址：北京市丰台区方庄日月天地大厦 B 座 17 层（100078）

　　　　　电　话：010-58077126（发行部）010-58076938（总编室）

　　　　　网　址：www.zgxzsj.com

经　销：新华书店

印　制：廊坊市海涛印刷有限公司

开　本：710mm×1000mm　1/16

印　张：17

字　数：276 千字

版　次：2023 年 10 月第 1 版第 1 次印刷

线装书局官方微信

定　价：58.00 元

CONTENTS

目 录

引子

"教育世庄就像一座丰碑，早已矗立在苏北大地上人们的心中，人们会永远记住这个荣耀百年的村庄……"

2018年9月9日，第34个教师节前一天，风和日丽，丹桂飘香，沭阳县新河镇新槐社区的孙圩庄，沉浸在欢乐、喜庆的气氛中。上午9时，这里隆重举行了"教育世庄"新碑揭幕仪式。沭阳县教育局原局长叶树源在揭幕仪式上的一番讲话，赢得了现场嘉宾的一致认同与强烈共鸣。

因新碑落成，有"教育世庄"之称的孙圩庄再度走进公众视线，引起了各方关注。

这也引发了人们对教育的思考。

《管子·权修》曰："一年之计，莫如树谷；十年之计，莫如树木；终身之计，莫如树人。一树一获者，谷也；一树十获者，木也；一树百获者，人也。"

可见，人才培养是多么重要与不易，古人也深谙此道理。

近代教育家梁启超在《少年中国说》中写道："少年智则国智，少年富则国富；少年强则国强，少年独立则国独立；少年自由则国自由；少年进步则国进步；少年胜于欧洲，则国胜于欧洲；少年雄于地球，则国雄于地球。"

梁启超通过此文，寄托对少年中国的期望，也借以表达对青少年成长的关爱之情。青少年是民族的未来、希望与脊梁，肩负着保卫国家、建设国家之重任，塑造好青少年一代的思想意义深远。

塑造思想靠什么？靠教育！正所谓"十年树木，百年树人"也。

放眼世界，亦为共识。

2015 年，联合国教科文组织成立 70 周年之际，《教育 2030 行动纲领》获得通过，该文件提出了新的教育价值定位，即"教育是全人类的共同核心利益，是实现全球可持续发展的关键"。

教育，已然上升到了全球和整个人类社会未来发展的高度。

国家主席习近平对教育也有独到的见解和殷切的期待。仅以 2022 年为例，习近平主席立足全面建设社会主义现代化国家、全面推进中华民族伟大复兴战略高度，紧密围绕"培养什么人、怎样培养人、为谁培养人"这一教育的根本问题，发表系列重要讲话、做出系列重要指示批示、给师生群体回信等，提出许多新理念新思想新观点，为教育事业发展提供了根本遵循。

那么，教育靠什么呢？无疑，靠学校，靠老师！

师者，所以传道授业解惑也。唐宋八大家之一的韩愈，在《师说》中对教师的职责进行了历史性定位，即"传道"乃第一要务，其次是"授业解惑"。这样的定位，至今仍为人尊崇。

千百年来，一批批有识之士先后走上办学兴国、执教为民的道路，他们辛勤耕耘在教育领域，不懈追求培育华夏未来之栋梁。从古代的孔子、孟子、孙子、鬼谷子、韩愈、朱熹、王安石等，到近代的康有为、严复、蔡元培、梁启超等，及至当代的徐特立、陶行知、叶圣陶、章太炎、陈寅恪等，无不是诲人不倦，桃李满天下，堪称今天从教者的楷模。

孔子与颜回，鬼谷子与孙膑，沈从文与汪曾祺，章太炎与鲁迅，陈寅恪与季羡林……这些都是古今著名的"师生档"，他们之间的情谊深如大海，厚重如山，也留下了不朽的师生佳话。其中最为令人景仰的，当数徐特立与毛泽东，他们长达半个世纪的交往，为中国的前途殚精竭虑，为民族独立和人民解放苦苦求索，互为导师，相互影响，共同谱写了中国教育史上可歌可泣的光辉篇章。

"春蚕到死丝方尽，蜡炬成灰泪始干""令公桃李满天下，何用堂前更种花""新竹高于旧竹枝，全凭老干为扶持""落红不是无情物，化作春泥更护花"……这些诗句是对老师最好的赞美与歌颂。

"果实的事业是尊贵的，花的事业是甜美的；但是让我做叶的事业吧，叶是谦逊地、专心地垂着绿荫的。"泰戈尔的著名诗句，更是道出了老师的默默无闻、无私奉献。也许他们并不光鲜亮丽，但是伟大而深沉。

老师，因其地位特殊、贡献巨大而备受关注。

"人类灵魂工程师""灵魂的塑造者""太阳底下最光辉的职业"……都是对老师非常形象的比喻。

"长大后我就成了你／才知道那支粉笔／画出的是彩虹／洒下的是泪滴……"歌曲《长大后我就成了你》，成了老师的形象代言，也成为教师行业后继有人的真实写照。

教育部和中央广播电视总台主办的"寻找最美教师"大型公益活动，已经成为每年教师节宣传庆祝活动的一项重要内容。

该活动，不仅表彰了大量"最美教师"，还先后宣传了凉山支教帮扶团队、援藏援疆万名支教计划团队等一批"最美团队"，对倡导全社会尊师重教发挥了重要作用。

"最美教师"令人景仰，"最美团队"同样值得尊敬。群体式尊师重教，呈现的是另一番景象，发挥的是另一种力量。这种景象与力量，兼容并蓄，磅礴而宝贵。

被誉为"教育世庄"的新河镇孙圩庄，实际上也是一个具有自身特色与优良传统的尊师重教群体。

这个群体中，几十户人家，先后走出了近百位教师，而且有夫妻从教的，有父子（女）从教的，有兄弟（姊妹）从教的，也有祖孙从教和几代从教的，等等。其中堪称"教师家庭"的，便有20多户。

这一独特现象，不仅受到邻里乡亲的称赞，也引起了政府部门的重视与新闻媒体的关注。

1989年9月，在时任新河乡党委书记的夏庆安等领导的鼓励与支持下，孙圩庄人在村头立起了两块石碑，一块是"孙圩庄"，一块是"教育世庄"。

其中，"教育世庄"碑的背面刻有阐述孙圩庄历代人热衷教育的过程与发展的长篇碑文，熠熠生辉，格外引人注目，一时间观者如云。

从此，"教育世庄"的美名不胫而走，也渐渐成了孙圩庄的代名词。

20 世纪 90 年代末,《服务导报》《深圳商报》等多家媒体曾对此进行宣传报道,江苏电视台《走进乡村》栏目还做过专题片,进一步扩大了"教育世庄"的知名度。

与"教育世庄"一河之隔,先后获得过"全国十大魅力乡村""全国生态文明村"等荣誉称号的周圈村,一直有种植花木的传统,"教育世庄"的人们受其影响,也开始依靠花卉创收。

现如今,庄上的好多年轻人包括部分教师,利用所学知识,相继成为种花、卖花的致富能手,有的还掌握网络新技术,足不出户,便让花木销往全国各地。

花卉与教育,成了当今孙圩庄的两张名片。二者,在时代的潮流中既相依托,又相促进,共同推动村庄走向富裕,走向繁荣,走向文明。

从农耕文化中汲取营养,打造成"教育名片"反哺一方,孙圩庄的人们走出了一条勤耕重读、读书兴家的好路子,也形成了一个尊师重教、教育兴庄的好传统。

其光辉历程,值得总结,值得书写,值得宣传。

作为一名本土作者,我愿意担此重任,为大家全方位介绍一下这个普通而又不同寻常的"教育世庄"。

同时,也以这本书,献给所有默默无闻的教师们和所有热衷于教育事业的人们,并愿我们的国家和民族,因广大教育工作者的贡献而变得越来越美好!

第一章

龙脉

1. 花乡新河

在沭阳县城西北 10 多公里的新沂河北岸，有一片面积约 50 平方公里的美丽土地，四季葱茏，遍野繁华，俨然镶嵌在苏北大地的一颗"绿色明珠"，它就是闻名全国的花木之乡——新河镇。

新河镇，古称新挑河镇。

清康熙年间《重修沭阳县志》记载："西路八镇，王家庄去治七里，张家沟去治七里，新挑河去治二十里……"

这里的"新挑河"，便是指新挑河镇，而非河流。

当然，此地确曾有条河流叫新挑河，而且当年的新河镇正因为兴集于此河边，才得始名"新挑河"的。

据 1982 年出版的《江苏省沭阳县地名录》记载："新河在清初就是新挑河镇，兴集可能始于元代。"

新挑河镇是从清顺治十年（1653）开始设置的，先属沭阳县西路八镇，后为四乡二里。清朝末年，仍置新挑河镇。

民国二十三年（1934），设新河乡。至此，作为地名的"新挑河"退出了历史舞台，新名字"新河"问世，并沿用至今。

民国二十六年（1937）起，抗日民主政府曾一度设新河区，属潼阳县。民国三十八年（1949），潼阳县撤销，新河复归沭阳县。

1949 年，设新河乡。1958 年，改为新河人民公社。1983 年，复为新河乡。

2000 年，新河乡改镇。

如今的新河镇，除了依偎新沂河等大河，还紧邻要道，离 205 国道和京沪高速公路仅 3 公里，更有沂淮铁路穿境而过，交通十分便利。

新河镇历史悠久，文化遗存较多，有隋唐的罗成上马台、唐代的举人圩、清初的翰林府、太平天国的大营等遗物遗址。

据《嘉庆海州直隶州志》记载："在（沭阳）治西新挑河镇，曾有'段将军墓'。"

除此而外，新河还是明代抗葡英雄胡琏的故里，又是清代康熙皇帝老师胡简敬的家乡。

当然，最令新河人引以为傲、最让新河镇声名远扬的，还是这里的花木。

新河镇目前辖1个社区9个行政村111个村民小组，9600余农户4.6万多人口。全镇4.2万亩耕地上遍植2500多种花卉苗木，形成了苗木、盆景、鲜花、干花四大基地，并拥有花卉专业农资服务公司30家，花卉物流配载中心7家，其中规模较大的物流配载中心年配载花卉高达1亿多元。

花木生产，已然成为新河镇最具生机与活力的农业特色支柱产业，为当地农民增收和经济发展撑起了一片明朗的天空。

2019年12月，新河镇入选"2016—2018年度江苏省文明乡镇"。2020年11月，新河镇入选2020年全国乡村特色产业10亿元镇名单。2021年11月，新河镇被农业农村部推介为全国乡村特色产业10亿元镇。

有人说，走进新河镇，犹如走进没有围墙的大花园，满眼绿的世界，花的海洋。

而我，则联想到了东晋田园诗人陶渊明的《桃花源记》。它所描摹的人间盛景，在这里分明可见。

百花争艳的景象，清新怡人的环境，真的让人如入仙境，流连忘返。

清代诗人赵日章，在《春日过新挑河》中写下了"一溪流水抱村斜，茅屋幽深竹半遮。莺喜河边三五树，杏花啼遍又桃花"这样的诗句，又令我不禁感叹新河的美丽风光古来有之。

在新河镇境内，有许多美不胜收、值得参观的景点，堪称"园中园""景中景"。其中，又数周圈古栗林、山荡古栗林、胡家花园以及盆景长廊影响较大。

从镇上到这几处著名景点，均要经过一个叫孙圩庄的地方——也就是本书的故事发生地。

这个村庄不大，百十来户人家，与别的村庄并无二致。

只不过，这儿离新河街很近，1里多路，商业气息浓厚。

不少人家在路边开了店铺，做着花木、淘宝、餐饮等生意，一派欣欣向荣的景象。

而在村庄最南端的一角，面向庙颜路，静立着一块 3.5 米长，1.5 米高的大石碑，则成为另一道亮丽风景，吸引着南来北往的人们的目光。

碑面上凝重坚毅、遒劲有力的"教育世庄"四个大字，昭示着身后这个小村庄的不同凡响，也记载着村中 6 代人近百名老师立足三尺讲台，用笃定的坚守和无私的奉献践行人民教师的初心和使命的光辉历程。

2. 古老孙圩

孙圩庄，顾名思义，庄上曾经有圩，而且是孙姓人家立的圩子。

事实上，孙圩庄是一个多姓氏小村落，除了孙氏大姓，还有王、张、胡、沈、堵等姓氏，只不过这些姓氏的人口数量较少，比不上孙氏那么多。

而百年来村中走出的近百名教师，也主要在孙氏家族，占 90% 左右。

孙圩庄的历史有多久，已无从考证。但村中孙氏起源，至少已有 200 个年头了。

这得从几份清朝地契在孙圩庄重见天日说起。

2000 年秋的一天，孙圩庄村民孙如中家准备盖新房，工人们正在紧张地忙碌着。

拆一间旧屋时，忽然发现有堵墙的墙肚里开了个小洞，约 20 公分长，10 公分宽。

仔细一看，洞里面还有一个包裹。

工人们感到很奇怪，墙肚里怎么会有包裹呢？他们赶忙喊来孙如中，如实相告。

谁知孙如中也不清楚是怎么回事，说以前从未听长辈提起过墙肚里有东西。

孙如中从工人手中接过包裹，小心翼翼地放在地上，慢慢打开。

包裹里面是一个长方形小木盒，看上去很精致，只是有点褪色，显得暗淡而斑驳。

孙如中好奇地打开小木盒，只见里面有一卷泛黄、破损的纸张，拿出来一看，原来是几份地契。

地契上写的是繁体字，还分别有"道光""光绪""中华民国"等字样，一看就有年头了。

不过，孙如中并没弄明白地契上写的是啥意思，无奈地摇头叹息。

工人们也看不出个所以然，只能胡乱猜测，凑个热闹。

后来，孙如道、孙如飞等族人听说了这件事，相继来到孙如中家，一探究竟。在他们的共同辨认及讨论下，逐渐还原了地契的内容。

原来，这几份地契均是孙圩庄孙氏先人在不同时期买地置家业的凭证。所买地块，有的在当地，有的则在外地。

其中有一份地契，买卖双方同为村中孙氏族人。而正是这份族人间签订的地契，把孙圩庄孙氏辈数前移了一代，也使得孙圩庄孙氏起源的时间有了更加确切的说法。

这份地契上有两点重要信息，一个是"孙敏政将 1.18 亩地卖与族侄孙克荣"，一个是"道光六年十一月十二日立"。

这里提到的孙克荣，乃参与创办新河历史上第一所公办小学的孙文元的伯祖父，后来孙圩庄孙氏家族走出来的大部分教师，都属孙克荣这一支。

20 世纪 90 年代创家谱的时候，根据当时掌握的线索，孙克荣的父亲孙敏德是被视为孙圩庄孙氏始祖的，其墓地就在村北小松林内，当时庄上大部分孙氏族人均有见证。

而从地契上"孙敏政将 1.18 亩地卖与族侄孙克荣"这一信息来看，孙敏德在庄上显然还有兄弟，也就意味着还有父辈。至于说有没有祖父辈或更长辈，就不得而知了。

2000 年以后，经村中老人进一步回忆、论证，并结合新河镇另几个支系孙氏传说，最终确定孙圩庄孙氏始祖为孙顺，而孙敏德，只是孙顺的长子。

孙顺，出生于乾隆二十年（1755）前后，卒年不详。其生有三子，分别为孙敏德、孙敏政、孙敏远。

孙敏德的后代（地契上提到的"孙敏政族侄"孙克荣，为孙敏德长子），主要生活在孙圩庄，少量生活在新河黄圩以及镇江、台湾等地。

孙敏政的后代和孙敏远的后代，则散居于本县的悦来薛圩、陇集徐圩、新河龙堰、新河桐槐以及新沂、连云港等地。

孙敏德的后代中，从教者甚众，尤其是重孙孙文元，于 1909 年与人合办一个私立学堂，又于 1913 年担任新河历史上第一所公立小学的校长，影响深远。

上述诸情况，被写进了 2009 年编印的《新河镇孙氏族谱》以及《沭阳乐安孙氏通谱》。

关于孙圩庄孙氏起源时间，根据地契上"道光六年十一月十二日立"这一信息可以推断，至少在道光六年（1826）之前，孙顺及其子嗣便已在孙圩庄生活了，且彼时次子孙敏政已经结婚成家（否则不可能有自己的田地"卖与族侄孙克荣"），所以迄今至少在 210 年。

再综合其他实际情况进行判断，孙圩庄孙氏起源时间或许可达 230—250 年，甚至更长。

孙顺祖籍何处，以及因何迁居孙圩庄，说法不一。

有一种说法是，孙顺祖籍南方某地，当年南方兵乱，孙顺携家眷迁沭，后辗转流落新河，紧靠在老沙河旁种田繁衍下来，慢慢也就有了今天的孙圩庄。

但此说法比较笼统，缺乏事实依据，尚须进一步论证。

还有一种说法是，孙顺原本随父辈生活在新河东北方向的一个地方，后因故迁居至新河东园庄（孙圩庄旧称）的。

后面这种说法，更接近于事实，而且得到了新河孙氏宗亲、龙庙孙氏宗亲的普遍认可。

为何说得到龙庙孙氏宗亲的认可呢？这得从编修沭阳县孙氏通谱说起。

2009 年初，沭阳县孙氏历史文化研究会正式成立，并于当年 2 月 4 日隆重举行了成立大会。

该研究会成立后的第一件事，便是编修全县孙氏通谱，为此还专门成立了沭阳乐安孙氏通谱编修委员会。

作为孙圩庄孙氏七世孙的孙如道，当年也参与了通谱编修工作，任通谱编修委员会常务副主任，兼《沭阳乐安孙氏通谱》主编。

编修过程中，孙如道了解到一件非常重要的事情：孙圩庄孙氏先辈孙禹昌，曾在 20 世纪 30 年代，与龙庙孙牌坊的孙禹仁，以及汤涧藕池庄的孙若霖（字雨方），共同创修过孙氏家谱。

汤涧藕池庄的孙氏，乃龙庙孙牌坊孙氏的一个支系，早年间由孙牌坊孙氏十一世孙孙孚嘉、孙孔嘉兄弟俩从孙牌坊迁居至此。到 20 世纪 30 年代，他们在藕池庄已繁衍数代子嗣，其中孙若霖属第四代，也是孙牌坊孙氏十四世孙。

彼时，孙若霖任民国沭阳县公署第三科科长，曾参与《民国重修沭阳县志》的修辑工作（任提调），因此在族内有一定影响力。

作为新河孙圩庄孙氏六世孙的孙禹昌，当时也在民国政府任职，为沭阳县二区区长，在族内影响力也很大。

而作为龙庙孙牌坊孙氏十四世孙的孙禹仁，曾带领族人复修牌坊（乾隆皇帝曾敕修七世孙五达妻宋氏节盛坊，牌坊后遭雷击损坏），同样是族内有影响人物。

这三人，因同一姓氏的血脉关系，加之志同道合，便相约一起，共同担起了创修当地孙氏通谱的重任。

据传，当时还有一个大背景，那就是祖籍山东的"五省（苏、皖、浙、闽、赣）联军总司令"孙传芳倡议创修孙氏通谱，各地纷纷响应。

正是在此背景下，彼此熟识的孙禹昌、孙若霖、孙禹仁三人，积极参与到了创修孙氏通谱工作中。

后因时局变化，孙传芳失势，隐居天津佛堂，继而又遭刺杀，创修孙氏通谱一事便搁置下来。

据沭阳县孙氏历史文化研究会副会长、龙庙镇孙牌坊村原党支部书记孙高才介绍，孙禹仁在世时亲口说过此事，称当时他家堆放了一屋子修谱资料，受潮后还曾放在院子里晾晒，满地都是。后来又经历了抗日战争、解放战争，没人能够收藏，结果全都毁坏了。

一直致力于探寻孙圩庄孙氏起源的孙如道，在了解到孙禹昌、孙若霖、孙禹仁共同创修家谱这件事情后，联想到了20世纪80年代末，曾有4名龙庙孙牌坊孙氏代表到孙圩庄探访，按他们的说法是来寻亲的。

当时，可能是由于缺乏依据和思想准备，孙圩庄这边并没有和对方就根脉溯源问题达成共识。

而这一次，孙如道综合上述诸情况，做了大胆猜想：

其一，当年孙禹昌他们已经弄清楚了孙圩庄孙氏始祖来源何处，只是由于创修通谱工作中断以及后来资料毁坏，一切又回归于零。

其二，孙禹昌、孙若霖、孙禹仁三人能分别作为新河孙圩庄、汤涧藕池庄、龙庙孙牌坊的代表共创家谱，而且汤涧藕池庄的孙氏原本就属于龙庙孙牌坊孙氏的一个支系，那么彼此之间很可能已经确定新河孙圩庄的孙氏也属于龙庙孙牌坊孙氏的一个支系。毕竟，那个年代健在的老人能回忆起来的事情更多、更准确，三人搜集、掌握到的事实依据肯定也非常详细。

孙如道的猜想，得到了一同编写《沭阳乐安孙氏通谱》的孙山龙、孙高才等人的认同。

孙山龙等人还表示，在龙庙孙牌坊孙氏宗亲中间，一直有着关于其本族四世孙孙好善这一支去西南方卜居的传说。20 世纪 80 年代末派代表到新河孙圩庄的那次探访，正是基于孙禹仁及村中其他族人口传下来的说法而采取的寻亲行动。他们认为，新河孙圩庄的孙氏家族，应该就是孙好善的后代，或其中一支。

孙如道不禁感慨，如果当年庄上族人能引起重视，和孙牌坊来人进行深入交流、论证，没准就有意想不到且迫切期盼的结果。没想到当时一耽搁，就是 30 多年时间错过了。

当然，只要能抓住眼前这次机会，仍为时不晚。

就这样，在孙如道、孙山龙、孙高才等人的共同努力下，并结合双方的老谱记载、族人传说，以及散落支系的方向对应，终于实现了新河孙圩庄孙氏和龙庙孙牌坊孙氏的联谱。

也就是说，新河孙圩庄孙氏和龙庙孙牌坊孙氏属同一迁沭始祖孙逊之后。这一观点，得到了相关各方认可。

此前孙逊已被全国孙氏通谱连接，为吴大帝孙权后裔三十九世孙，由此下推，孙圩庄孙氏（第一世至十世孙）便是中国乐安孙氏七十二世至八十一世孙了。

我就联谱一事到孙牌坊对孙高才进行采访时，孙高才满脸欣慰地告诉我，新河孙圩庄以"教育世庄"著称，而龙庙孙牌坊也走出了很多老师（据不完全统计，至少在 40 位），可见两庄孙氏宗亲的血液里流淌着同样的崇文尚学、尊师重教基因，这不更表明彼此是同宗同源、一脉相传的吗？

两地孙氏一同尊师重教，分别走出数十位老师，这确非偶然与巧合，恰恰佐证了孙圩庄孙氏始迁祖孙顺来自龙庙孙牌坊的可能性与合理性。

弄清楚了孙圩庄的孙氏起源，再来说说孙圩庄的"圩"。

早年间，因靠近集市，孙圩庄的村民们除了种田，还普遍做些卖菜等小生意，以此改善生活。后因盗匪四起，治安恶化，即筑圩自保，以得安宁。

苏北农村，一马平川，为防御外人入侵，历来就有挖壕筑圩的习惯。仅新河镇境内，就曾有 10 多处圩子，如大营的姜圩、张圩、陆圩，大荻沟的黄圩，解桥的周圩，巴房的老鲍圩、小姜圩等，皆因有人在村中建圩而得名。

圩子分为多种，其中一种是在整个村庄或部分人家的四周掘壕建墙，围墙四角建碉堡。

此种圩，俗称土圩，一般由多姓家族联盟而建，也有一个家族独立完成的。

孙圩庄的圩子，由庄上的孙姓建筑。

据村中一些老人介绍，孙圩庄的圩子始建于 20 世纪 20 年代，毁于抗日战争末期，废墟到了 20 世纪 60 年代才消失殆尽。

孙圩庄的圩子主要由两部分组成，一是围墙，二是角楼（相当于碉堡）。

围墙为土质结构，东西长 85 米，南北宽 45 米，高 3 米，根部厚 1 米，顶部厚 0.5 米。围墙顶端搭有一根根横向木棒，上覆麦草防雨。

角楼共有 4 个，分别位于围墙的东、西、南、北四个角。角楼为土木结构，高 5 米，中间用木板间隔为上下两层，下层住人，上层开有数个朝外的孔，用作防御，并备有大小土龙炮各一门。

建圩时，庄上孙氏族人中辈分最高的有两位，分别为四世孙兆光、孙兆昆。他们是亲堂兄弟，且当时年龄均逾七旬。

孙兆光为三世孙克荣的幼子，人称"小老爹"；孙兆昆为三世孙克坚的第三子，人称"三老爹"。

正是在这两位"老爹"的共同主持下，孙圩庄孙氏族人建起了圩子，名扬十里八村。

圩内住家，从东向西依次为：孙兆昆弟弟孙兆石的长子孙文秀一家；孙兆昆本人及其长子孙文元一家；孙兆昆二哥孙兆安的儿子孙文选一家；孙兆光本人及其三个儿子孙文德、孙文治、孙文谐一家；孙兆光四哥孙兆祥的儿子孙才新一家；孙兆昆大哥孙兆贤的三子孙文睿一家。

圩内靠近北墙处，住着一批外来户，有的是帮人家种田的，有的是逃荒过来临时寄居于此的，等等。

现在村中老人能回忆起来的，大概有张九思一家，沈士友一家，王布江一家，张九仇一家，寇同信一家，张九高一家。

这些人家，有的后来搬走了，有的从此定居在庄上，有的还与庄上大户结成了亲家。

当时由于条件所限，建的圩子并没能覆盖全庄，包括孙氏宗亲，有的人家离得较远，也没能"入圩"。

除了胡太英家紧挨着圩子，其他人家离圩子较远，从胡太英家往东依次为张、孙、王、堵等姓氏人家。其中堵姓人家离得最远，住在庄子东南方靠近老沙河的地方。

圩子设有两道门，正大门位置在圩子东南方角楼的西侧，东门（时称小东门）则在胡太英家门西旁的位置。

在圩子东北边偏西一点点处，有一口水井，养育着全庄的男女老少。在圩子的南边，则有条东西路，路与圩子中间有两条东西方向的沟。

现如今，这口老井和两条沟还在，只是早已不用，均荒废了。

圩子建成后，又专门成立了护村队，由一批青壮年男子组成。他们白天生产，晚上轮流巡逻，起到了很好的挡土匪、保安居作用。

而且，不管是圩子里，还是圩子外，都一样被保护着，没有坏人敢靠近，整个村庄都安全、稳定了。

甚至，非常时期，街上的有钱人也曾躲到这里避难。

因名气越来越大，庄名也由原来的"东园庄"，逐渐变成了"孙圩庄"。

当时有句流行语："纸糊沙湾，水飘荡埃，铁打孙圩庄。"意即沙湾不经打，荡埃不经雨，只有孙圩庄跟铁打的一样，不怕土匪流氓攻击。

还有人把孙圩庄称作"小南京"，孙圩庄影响之大可窥一斑。

如此盛赞孙圩庄，其实还有另外一个原因，那就是这儿的环境好。

据现年90岁的孙如玖回忆，当年在孙圩庄的圩子周边，有3亩多地种着花草，被誉为庄上的"孙氏大花园"。

花园的西北角是个小松林，小松林往东是红草地，一直到老沙河河堤边。

小松林往南也是红草地，和东边的红草地连成一片，非常壮观。

园内还有1亩多地的扁柏，长得非常茂盛，修理得也很整齐，一片翠绿。

园中有多条弯弯曲曲的小路，都是用砖头铺的。小路边上栽着花，有牡丹、白绣球等，还有靠头上的盆景和风景小树桩。

花园的最边上，生长着各种树木，其中有 10 多棵龙爪槐特别突出，枝子都一直垂到了地上。那棵最大的龙爪槐，一直到 20 世纪 70 年代还在。

圩子南边通往县城的大路两旁，则种着一些有刺的花，一盘一盘的，同样很好看。

"这个大花园，新中国成立初期还存在，那时比河南的周圈花园还要旺盛。"说到此处，堂叔祖父脸上露出了孩童般的骄傲表情。

"只是后来随着社会的变革，以及村庄的扩大和人口的增多，这地方陆续被盖上房子或种上庄稼，花园规模越来越小，直至最终消失了。"这时，堂叔祖父的表情又略显伤感。

伴随着"孙氏大花园"一起消失的，还有曾经给孙圩庄带来无限荣光的圩子——确切地说是圩子废墟，因为真正的圩子在战争期间就已经被毁了。

当然，随着社会主义建设轰轰烈烈地开展，孙圩庄已经不需要靠圩子来保障治安了。而且，人员结构发生了很大变化，村庄一度拆分为孙东、孙西两个村民小组（也曾叫生产队），不可能再恢复圩子了。

带有时代烙印的圩子虽然消失在了历史尘埃中，但它曾经营造的那份安全感与自豪感，却永远留在孙圩庄村民心中，成为大家共同而美好的回忆。

3. 龙脉水系

20 世纪 80 年代初，我在新河中心小学读书，老师经常领我们唱《龙的传人》这首歌，从那时起，龙图腾形象就在我幼小的心灵扎下了根。

龙在国人心目中的地位不言而喻，也可以说龙是中国的代表，就像大象代表印度、北极熊代表俄罗斯一样。

龙，象征着一种精神。

龙，在中国和万事万物皆有联系。

龙，在中国传统文化中是兴旺、尊荣、图腾的象征，又是幸运与成功的标志。

几千年来，华夏儿女在龙身上寄托了无数美好的愿望。

风水中，常会借龙的名称来代表山脉的走向、起伏、转折和变化，因为龙善变化，能大能小，能屈能伸，能隐能现，能飞能潜。

中国盗墓史研究学者、江苏省大众文学研究会副秘书长倪方六长期研究南京风水，他认为南京是有龙脉的，"龙头是东北走向的紫金山，龙脖子位于太平门，龙身子由富贵山向西，沿城墙至九华山、龙尾巴则在冶山道院。"

龙脉的形与势有别，千尺为势，百尺为形。势是远景，形是近观；势是形之崇，形是势之积；有势然后有形，有形然后知势；势住于外，形住于内；势如城郭墙垣，形似楼台门第；势是起伏的群峰，形是单座的山头；认势唯难，观形则易。

倪方六还说，平地也有龙脉，其标志是微地形和水流。

受此启发，沭阳县一些有识之士结合卫星图，对新河镇境内的水系进行了实地考察和深入研究，竟惊奇发现，新河也有龙脉。

他们发现，新河镇境内以新开岔流河（原新挑河）为主脉的相关河流，合在一起从地图尤其是卫星图上看，苍龙之状凸现，蔚为壮观。在较大范围还呈三个 S 形分布，更似神龙摆尾，气吞山河。

　　事实上，新河早就有关于龙的传说。

　　话说很久以前的一个仲夏，暴雨倾盆，连日不开，遍地汪洋。

　　顷刻间，新河大地上洪水泛滥，广大生灵处于水深火热之中。

　　正在人们束手无策、惶惶不安之际，空中突然降下一条巨龙，拦住了奔腾咆哮的洪水，保住了一方平安。

　　待雨过天晴之后，这条巨龙化成了一道长达 10 里的拦河大堤，永远憩息在了这片土地上。

　　人们为了纪念这条巨龙，便将那一带命名为"龙堰"，也就是今天的新河镇龙堰村。

　　那一带的东边，也就是拦河大堤的最东端处，则被命名为"堰头"，也就是今天的新河镇堰头村。

　　而那一带的西边，也就是拦河大堤的最西端处，相应被命名为"堰下"，也就是今天的颜集镇堰下村。

　　据当地老人讲，虽然说传说只是传说，但那条拦河大堤是真实存在的，而且确实与龙（或者说跟龙沾边的人或事）有关，否则也不会有"龙堰""堰头""堰下"这几个地名。

　　相传清朝胡樵汉路过龙堰时，还曾留下一首七律诗：

　　　　龙堰自古贯九州，烽火遗迹几千秋，
　　　　人抬山上声阅阅，树枝圩前韵悠悠。
　　　　绿柳烟锁龙堰街，红杏花飞庙宇楼，
　　　　相争楚汉今何在，唯见黄河空自流。

　　河池采菱，水边牧牛，小村晚渡，沭水渔舟……大自然赐予的福地龙文化，使龙堰成为老百姓理想的居住、耕作之地。它记录着江淮大地的古朴和沧桑，广袤和粗放，灵秀和细腻。

　　可惜的是，那条拦河大堤，经过 20 世纪 50 年代"导沂整沭"工程后，已经不复存在。

　　而"龙堰"以及"堰头""堰下"的名字，被沿用下来了，成为新河龙文化的现实注脚，则又是一大幸事。

新河的龙脉水势，孕育了一方人；新河的富饶土地，养育了一方人。他们书写着新河的人文历史，留下了璀璨的篇章。

其中，便有孙圩庄人的一份贡献与殊荣。孙圩庄紧挨着新开岔流河，而且处于"三个 S 形"的其中一处，可谓得天独厚。

包括孙圩庄原先名字"东园庄"的由来，也与此有关。

这得从新河街的变迁说起。

作为新河镇驻地的新河街，如今有着常青路、绿苑路、蔷薇路、花都大街、桂花大街、梅花街大道等多条新老街道，处处车水马龙，冠盖云集，十分热闹。

而在早年间，几度迁移的新河街不仅规模小，通常只有一两条街道；且临河而建，不像今天这么开阔、繁华。

只有一两条街道可以理解，与当时的经济发展状况有关。可为何要临河而建呢？

其实，这也是不难想象的，主要受制于落后的交通条件。

那时不像现在，各种物流车辆走街串巷，登门入户，方便得很。货物进出全靠人力，运输工具无外乎马车、船舶等。

相对来说，船舶更受欢迎，不仅装得多，而且走得快。

也正因此，古时的水运很发达。

又正因此，古时开河挖渠的被重视程度，要高于筑路铺桥。春秋时期开凿大运河，恐怕比今天建京沪高速还要隆重。

沭阳县政协学习文史委编于 2015 年的第十八辑《沭阳文史资料》，刊载了魏明、魏强二位作者的《从水运中心到花乡名镇的驻地——新河街变迁考记》一文，对新河街的变迁史进行了较为详尽的考证与研究，很有参考价值。

根据该文主要内容，并结合《民国重修沭阳县志》《嘉庆海州直隶州志》《沭阳县地名录》等史料记载，现对新河街的变迁历程作如下梳理：

早在 1500 多年前的梁武帝天监二年（503），新河街这个地方就已是新店仓镇的驻地，只不过那时还不叫新河街——至于具体叫什么名字，暂无考证。为了便于理解，我们姑且称之为新河街（也就是所谓的新河老街）。

正如魏明、魏强二位作者所言，"新店仓"有"皇家仓廪"之意，而在那粮食运输主要依赖漕运的古代，跨沭河、倚沙河、近县城的新河街，无疑彰显出独特的形胜优势。

及至清顺治十年（1653）设置新挑河镇，新河街又成为新挑河镇的驻地。

据《嘉庆海州直隶州志》中的《沭阳县疆境图》记载，新挑河镇与新店仓镇是并列存在的。

这就是说，由新店仓镇划出一部分区域（或又添加些其他区域）设立了新挑河镇，而新河街的地点则未变动。

还有两个史实，一个是"新店仓镇在新挑河镇之西，治西南三十里"，一个是"新挑河镇在治西南二十里"。由此可见，新店仓镇在新挑河镇的西边，且相距 10 里。

还有一说，清嘉庆年间，政府为强化漕运，曾将新挑河镇东移，新河街这个地方再度成为新店仓镇的驻地。但没过多久，新店仓镇西移，新挑河镇的集市又重归故地。

据《民国重修沭阳县志》记载："新挑河集在治西二十里，周圈北岸，光绪七年河决冲废，迁于胡永定圩内。"

这无疑给出了新挑河集市（即新河老街）的大概方位。

对于新挑河集市的确切位置，魏明、魏强二位作者通过在魏庄（新河镇新槐社区的一个村组，位于孙圩庄西侧）走访了解，给出了如下说法：

据当地老人回忆，他们曾听村中长辈讲过，新河老街在今新河街南边约 1.5 公里处，即今岔流新开河与（后）虞姬沟交汇处东侧。

当年的新河街是个水旱码头，主街为跨新挑河而建的南北街，中有桥梁相通，桥北街在今魏庄组地面，桥南街则在今周圈村境内。

那时，从这里顺沭河西进，可经东鲍圩、西鲍圩、邵店、新店直达古运河，亦可顺沙河北上郯、海、东鲁等地，还可由沭河东经县城，南下江淮。

周边的粮食向这儿集中，由此向外地转运，以致新挑河上停泊的船只难以计数，多时绵延十数里。

街面上的货物堆积如山，生产生活用品应有尽有。

为此，官帆民船纷至沓来，商贾游客流连忘返……

为了弄清楚新挑河集市的确切位置，我也到魏庄、周圈等地进行了走访，通过与孙才禄、孙如玖、孙如道等人交流，得出了与魏明、魏强二位作者基本相同的结论，即当年的新挑河集市——新河老街确实在今魏庄组东南角与周圈村西北角接壤处，也就是周圈古栗林景区的西北侧。

弄清楚了当年新挑河集市的位置，也就不难理解孙圩庄为何曾经叫东园庄了。

原来，当年在新挑河集市的东北边几百米远处，有一个不太起眼的小村庄，村中住着一些孙姓村民，以及少量的其他姓氏村民。

因离街很近，村民们平时便靠种菜、卖菜谋生，养家糊口。

尤其是孙姓村民，勤劳朴实，聪明好学，不仅各种蔬菜种得好，而且价格公道，态度谦和，将菜弄到街上卖时总能受到欢迎。

有些人为了买到更好、更便宜的蔬菜，还时常会找上门来，直接到村民菜园里现场采摘，然后买走。

也会有一些菜贩子，看到这里的蔬菜价廉物美，主动来成批收购，村民们当然来者不拒，乐得其所。

久而久之，村民们便由先种菜、后卖菜的老模式，变成了以种菜为主、卖菜为辅的新模式。

家家户户都有批量生产的小菜园，完全把村庄变成了一个大菜园，供过往的人们来采摘或批发。

实在有过剩，才会挑到集市上去卖。

就这样，这个庄子因在新挑河集市的东边，而且村中菜园子比较多，便被人们称为东园庄了。

直到 20 世纪 20 年代，村中的孙姓牵头建起了保家守舍的土围子，庄名才不再叫"东园庄"，而是变成了如今仍在使用的"孙圩庄"。

孙圩庄孙氏始迁祖，当年流落于此，不知是不是看到此处毗邻集市，可以做点小生意自给自足，才定居下来，在此繁衍生息的？

如果说，孙圩庄的村民们在"东园庄"时代走的是传统的农耕之路，勉强度日；那么到了"孙圩庄"时代，则逐渐变成了走读书求学之路，尝试靠知识来改变命运了。

因为，随着清末黄河改道，大量泥沙进入沭河及其支流，湮塞了河道，政府不得不将漕运改为海运。

这也导致新河老街的衰退，直至消失。

继而，也影响到了孙圩庄的形胜优势，以及村民们的生活质量——因远离新的集市，他们无法再靠卖菜增加经济收入，重新回到了耕种养家的老路上。

于是，村中的部分孙氏村民，决心改变质朴未学、文事犹缺之状况。

他们誓要通过勤学苦读，掌握知识，从而改变贫苦的命运。

而且，他们很快就有了行动，崇尚读书、教学的风气逐渐在村中兴起来。

但不管怎么说，百余年来，龙脉水系催生的古老文化精髓的积聚与沉淀、浸润与滋养，使孙圩庄的土地变得越发厚重，更让"生于斯，长于斯"的孙圩庄人形成了既崇尚文化又敦睦淳朴的性格品质。

这种长期传承下来的人文基因，为孙圩庄人追求知识、崇尚教育，拥有安定祥和、富裕丰硕的生活提供了先决条件。

第二章

先贤

1. 孙圩庄首位从教者

放眼社会，孙氏家族源远流长，人才辈出，延绵数千年。

有帝王之豪杰，如吴大帝孙仲谋，民国大总统孙中山；

有名扬中外的科学家、军事家，如《孙子兵法》的作者孙武，以及孙武后代、齐国大军事家孙膑；

还有药物学家孙思邈，学者孙复，文学家孙洙……

这些英雄豪杰、文人墨客，虽然有的承袭何宗何流已无从考证，但他们身上流淌着孙氏相同的血脉，他们在不同时期、不同领域做出的努力与贡献，以及取得的成就，无不激励着后代，就像一面高扬的旗帜，引领着族人砥砺前行。

孙圩庄的孙姓，秉承了先辈们的传统，精诚团结，奋力拼搏，依靠勤劳和智慧，创造了属于自己的幸福生活。

尤其是晋代孙康"映雪读书"的故事，更让孙圩庄人看到先辈们对知识、文化重要性的深刻认识，并极力效仿之，逐渐形成了尊师重教的好风气。

孙圩庄人追求知识，热爱教育，就像那汩汩的沙河水，后浪推前浪，一辈又一辈地从家门走进校门，然后又由学生转变成先生，在讲桌前释疑解惑，用所学的知识来鼓励后学，哺育后人，传承着教育大业。

读书求学、教书育人，已然成为孙圩庄人共同的向往和追求。

孙文生，1862 年出生，孙圩庄孙氏五世孙，人称"孙二先"。

之所以被称为"孙二先"，一是因为孙文生在家排行老二，二是因为他识文解字，是受人尊敬的私塾先生。

孙文生的一生，是在艰难曲折和拼搏中度过的。

小时候，家里很穷，这让孙文生早早体会到了生活的艰辛。

当时，庄上人虽然经常种点蔬菜水果拿到集市上卖，但在那个落后、贫穷的年代，可谓杯水车薪，各家的生活始终是紧巴巴的。

孙文生的父亲孙兆连，凭借自身识字、有文化的优势，总算把4个孩子培养成人了。只是，没能让孩子们体会到富足的快乐。

作为家中老二的孙文生，继承了父亲的优良传统，从小便养成爱学习、勤思考的习惯，不断追求上进，成为同龄人中又聪明又有知识的人。

那时候，孙文生有一个梦想，希望能通过努力进入官场，这样不仅光宗耀祖，也可以改变自己的人生命运。

为此，他心无旁骛，奋力读书。

然而，现实是残酷的。

虽然孙文生带着美好愿望，也为此付出了努力，结果却不甚理想，幸福的大门始终没向他打开。

在当时，获得成功的第一步是要成为秀才，然而大清不同于其他朝代，秀才得来不易，必须通过几重考试关隘方可实现。

那时新河还属海州府管辖，孙文生每年都要长途跋涉，到海州参加考试。

谁知连续考了几次，也没能考中秀才。

他并不灰心，虽然屡考屡败，却又屡败屡考，非常执着。

与此同时，孙文生萌生了教育下一代的想法，当起了私塾先生，边教书边备考。

转眼间，孙文生到了"老童生"的年龄阶段，依然未能实现梦想。

这一年，又到考期。

孙文生收拾好行李，准备再度踏上赶考路。

这时，有个朋友忽然找到孙文生，点拨他道："你几次考秀才不中，知道是为什么吗？"

"为什么？"孙文生不以为然地问。

"主要是银子未送到。"

"送到了又能怎样？再说我也没钱送。"

朋友拍拍随身带来的一个钱袋子，说："今年我帮你借了30吊钱，带上这些钱去应考，该花钱的地方活动一下，凭你的才华，必定考中！"

孙文生笑笑，说道："我只能凭自己本领去闯，你能借得起钱给我，我怕回来连1吊钱也还不起你，这事做不得！"

于是，他婉言谢绝了好友的帮助。

孙文生就是这样的人，一心追求功名，却又洁身自好，不走歪门旁道。

无论如何，他那纯朴厚道的性格不变，刚正不阿的品行不变。

这种特质，也在很大程度上影响了其后代，比如孙子辈孙如玖、孙如道等人，一辈子从教，却从未做过违规违纪的事，更别说为了前途而跑官买官了。

后来，随着年龄的增长，孙文生已感力不从心，不得不放弃科考，回归正常的农耕生活，专注于私塾授教。

孙文生虽然终身没能考取秀才，但他凭借自己的学识，在教书育人上却做出了一定的贡献。

他曾在新河街胡姓地主家教私塾，也曾到过堰下等地教私塾，还曾在家办过私塾，周边很多农家子弟接受过他的私塾教育。

这，奠定了孙文生为孙圩庄第一代从教者的地位。

2. 参与创办新河第一所小学的人

孙文元，1866 年出生，孙圩庄孙氏五世孙。

孙文元和孙文生属于同一曾祖父（孙敏德）的堂兄弟，孙文元比孙文生小 4 岁。

和孙文生一样，孙文元也是从小便爱学习，对知识的渴望和追求超乎一切。

孙文元内心有一个信念，那就是读书才有出息。

幸运的是，他长大后成功考取了秀才，成为孙圩庄的佼佼者。

考取秀才后，孙文元并没有止步，而是要努力实现更大的抱负。

堂哥孙文生虽然屡考秀才不中，却当了多年的私塾先生，在当地影响很大，也实实在在给学子们提供了帮助，这深深触动和启发了孙文元。

彼时，农家子弟有条件参加私塾学习的并不多，这导致他们中的很多人跟父辈一样，没知识、没文化，长期生活在社会最底层，过着一穷二白的苦日子。

当地胡氏家族的先贤胡琏，靠教育培养子孙，从而创造"一门三进士"的佳话，曾在孙文元心中产生过震撼。

这种震撼带来的冲击波，直接将孙文元的命运与新河的文化教育勾连在了一起。

目睹乡邻亲友目不识丁、穷困潦倒的悲惨状况，孙文元萌发了办学育人的想法，且日益强烈，时刻准备付诸行动。

新河镇带有官方色彩的近现代文化教育始于 1913 年，正是孙文元在办学育人道路上崭露锋芒的时候。

早在 1909 年，也就是清政府"废科举，办学堂"新政施行 3 年之后，孙文元遇到了一位志同道合者，他就是沙河村的秀才胡丕时。

当时，胡丕时也一心想为邻里乡亲读书学习做点事，并且物色到了新河街南 1 里远处（今缪庄）的关帝庙（也称南庙），觉得在此办个私立学堂非常合适。

二人说干就干，很快又召集到缪庄的仲汉成、方口的仲四等开明人士，轰轰烈烈地将学堂开办了起来，并命名为"新挑河南庙学堂"，也称"南庙学堂"。

学堂首批招收 20 多名学生，主要是周边农家子弟，也有远道而来的学子。

当时为了办好南庙学堂，孙文元除了承担起日常的教学管理工作以外，还带头发动亲友捐款捐物，确保学堂有充足的经费及物资。

中途，南庙的和尚毁约，不让在庙里办学了，孙文元还主动站出来与其对簿公堂，最终打赢官司，保住了这个办学阵地。

这一时期的南庙学堂，后来被视为是新河中心小学的前身，也有人称其是新河当地小学教育史的起源地。

之所以获此殊荣，是因为时间进入 1913 年以后，南庙学堂的社会地位迎来了一次华丽转身。

随着辛亥革命的成功，中华民国于 1912 年 1 月正式成立，孙中山任中华民国临时大总统，蔡元培任中华民国临时政府中央教育部教育总长。在蔡元培领导下，中央教育部颁布了《普通教育暂行办法》，包含了"初等小学可以男女同校""小学读经科一律废止"等新规。最关键的一条是，学堂改为学校，学校行政负责人改称校长。

民国二年，也就是 1913 年，新挑河南庙学堂被中华民国地方政府依据《壬子·癸丑学制》转为公办学校，由孙文元任校长。

转公办后，校址不变，还在南庙，校名则变成了"沭阳第二区立第一国民学校"。

关于当时的校名，现有几种说法，有称"新河第一小学"的，有称"新挑河第一小学"的，也有称"南庙小学"的，还有称"潼阳二区第一小学"的，等等。

在当年那个动荡时期，行政区划调整频繁，学校性质不一而足，拿今天的眼光及习惯称呼当时的一所学校，各有各的叫法也属正常。但是有些叫法显然是不准确的。

我之所以采用"沭阳第二区立第一国民学校"这一叫法，是因为在孙如道家看到了一套（3 册）属于奖品的旧书籍《注释尺牍进阶》，封面写有"孙才为"字样，并盖有"沭阳第二区立第一国民学校毕业纪念"红色印章。

孙才为是孙文生的四子，也就是孙文元的族侄，1904 年出生，曾被孙文元带在身边读书，1918 年小学毕业，正是孙文元任校长的学校，即沭阳第二区立第一国民学校。当时，新河这一带属于沭阳第二区。

直到 1922 年、1923 年间，国民学校才改为初等小学校。所以说，1913 年的时候不可能有"新河第一小学""南庙小学"等叫法。

"潼阳二区第一小学"无疑更不对，因为潼阳县是 1940 年前后中国共产党在新河、阴平一带建立抗日民主政权时才成立的。1942 年在华严寺重新办学时，学校名称方才出现"潼阳"字样，即"潼阳县立新河中心小学校"。

另外，在《民国重修沭阳县志》中有两处记载：一处是"第二区立第一初级小学校在新挑河集南。二年立，十二年改今名"；另一处是"十二年，施行新制……原来国民学校，称初级小学校"。

由此可见，这所学校是 1913 年变成公办性质的，名称为"第二区立第一国民学校"，到了 2013 年，改为"第二区立第一初级小学校"。

补充一下，当时基本是每个区的每个乡镇各有一所"国立"小学校，名称依次为"第一国民学校""第二国民学校""第三国民学校"……其中"第二区立第一国民学校"为新河小学，"第二区立第二国民学校"则为颜集小学，等等。

当然，不管叫什么名字，由孙文元任校长的这所"私立转公办"学校，确确实实是今天新河中心小学的前身，也是新河历史上第一所正规、公办的小学校。说新河镇的小学教育史从此开篇，是不无道理的。

而作为孙圩庄培养出来的孙文元，对该学校的创办、发展以及走向辉煌，做出了不可磨灭的贡献。

至此，可以说孙文元实现了自己的抱负，让更多人体会到了"读书才有出息"的道理所在。

孙文元为办好学校殚精竭虑，成为后来新河中心小学一批批教师尊崇的楷模，更成为孙圩庄人读书求学、教书育人乃至办学兴校的领路人。

孙圩庄代代出教师以及教师人数不断增多，皆因孙文元的启蒙及其教育理念的潜移默化。

3. 烽火中他接过办学重任

孙圩庄第三位从教者，是孙禹昌。

孙禹昌，1903 年出生，是孙文元亲堂兄弟孙文选的长子，其一生受孙文元影响很大。

据庄上一些健在的老人介绍，孙禹昌从小便具有激进思想，长大后更不安于现状，总爱抛头露面，没事找事，一刻也闲不下来。

但他骨子里，有一股正义感和责任感，始终能把穷苦大众的利益放在首位，这促使他做任何偏激的事情，都不至于出格。

18 岁这年，孙禹昌为了学到更多的知识，同时也见识一下外面的世界，决定到南京去学习，接受一下大城市的新式教育。

谁知遭到了父亲孙文选的反对。

孙文选认为，作为一个农村孩子，在本地念念书就够了，何必要舍近求远到省城？再说了，一个孩子在那么远的地方求学也不容易，身边连个照料的亲人都没有。

孙禹昌则铁了心要走，见父亲不同意，便悄悄去找孙文元商议。

孙文元当时已是小学校长，在当地威望很高，庄上人遇到大情小事的都爱找他征求意见。

对于孙禹昌要到南京读书，既是师长又是长辈的孙文元，自然是理解和支持的，当即表示会去说服堂弟，让孙禹昌顺利出行。

就这样，在孙文元的耐心劝导下，孙文选同意了孙禹昌到南京学习的请求，孙禹昌如愿以偿。

几年后，孙禹昌从南京二中毕业，回到沭阳。

此时的孙禹昌，可以说多才多艺、出类拔萃，不仅文化水平高，能说会道，还擅长书法，写得一手好字。

经人举荐，孙禹昌被国民党沭阳县政府破格招聘，担任二区区长。

但是，以孙禹昌的个性，很难适应国民党政府的官场环境，整天看不惯这看不惯那的，弄得同事间关系很僵。

几年后，不愿同流合污的孙禹昌，忍无可忍，愤然退出了担任的职位。

恰在此时，日本挑起卢沟桥事变，发动全面侵华战争。

面对全国同胞处于水深火热之中的现状，心急如焚的孙禹昌毅然投身中国共产党领导的抗日救亡爱国运动。

话说孙文元担任首任校长的新河初级小学校，在卢沟桥事变发生后也受到严重影响。

此时的校长是王静新，孙文元已赋闲在家。

面对突如其来的混乱局面，王静新校长也是看在眼里急在心中，却又无力扭转什么。

一些思想进步的老师纷纷丢下课本和学生，追随共产党宣传抗日去了。

迫不得已，学校停办了，老师解散，学生失学。

曾任中国人民解放军 21 军政治部副主任、西安陆军学院研究室副军职主任等职的沭阳籍老干部胡奇坤，当年也正在这所学校读书，对于这段历史，他在回忆录中写道："就在我高小毕业的这一年，日本帝国主义制造了卢沟桥事变，发动了全面的侵华战争。社会上人心惶惶，学校老师也不安心教学，教我们语文和唱歌的胡曙光等老师，就跑到山东去找八路，学校也随即停课了。"

1939 年 2 月，日军占领沭阳县城，开始对全县各地疯狂"扫荡"，还不断出动飞机进行狂轰滥炸。

战火之中，新河初级小学校不幸被烧毁，想要复课也不可能了。

1940 年，共产党地方组织在沭阳东南一带成立了沭阳县抗日民主政府以后，又在沭阳西北一带成立了潼阳县抗日民主政府，驻地设在阴平。

离阴平十几里远的新河，被划归潼阳县，仍沿用旧区划，称二区新河乡。

日寇一面屠杀，一面笼络人心，国民党亦想借日寇之手消灭共产党，他们大搞反共宣传，欺骗人民。

没有教育，人们的思想一片混乱。

"教育不应因时局而中断，相反，时局动荡，更需教育，聚拢人心。"在一次秘密会议上，潼阳县的一位领导提出了重办学校的构想。

正好，淮海专署不久也发出号召，要求各县根据地尽快恢复中小学校。

就这样，在新河大地上重办学校，被正式提上了日程。

原二区第一初级小学校已无法利用，校址选在哪儿？

到处都在流亡，谁来当老师？

兵荒马乱的，谁家孩子来读书？

这些看上去全是问题，却又都没难住地方党组织。

经过一段时间的酝酿和筹备，一所崭新的学校在当地的华严寺创办起来了。

校名为：潼阳县立新河中心小学校（也称"华严寺小学"）。

校长一职，则聘请孙禹昌担任。

这个华严寺，位于新河街西北 1 公里处，也就是今新河镇维新村境内。

这里曾有"八岔梅花路、三步两座桥、两山夹一景"之说，也算是名噪一时了。

华严寺为砖木结构的四合院，砖头包门，红草修苫，小瓦盖脊。三间主殿，三间前屋，东西两边各三间偏屋。

三间主殿供奉三尊高大的泥塑，中间关公，左边关平，右边周仓。

东西两侧偏屋分别供奉观音、眼光娘娘的坐像。

华严寺建于何时不得而知，但有记载显示，光绪十四年（1888），僧济舟曾重修该寺庙。

据传，这里原本是张庄张氏家族的一座家堂庙，直到 20 世纪 40 年代，在其西厢房还有许多张氏先人的木质灵位。

寺庙前大门两侧贴有醒目的对联，上联是"马过五关思汉主"，下联是"花开三月想桃园"，横批是"大义千古"。

那时候，华严寺香火旺盛，时常可见青烟缭绕的景象。

寺庙前方有一个占地六七亩的广场，可容纳数千人。每年的农历三月十五，这里都要举行庙会，男女老幼前来拜佛求经，听书看戏，买卖物资，热闹非凡。

当时庙里的主持名叫觉华，号浩亭。另外还有觉朗、觉照两个老和尚以及一个法名叫成林的小沙弥。

因为战争，庙里的香火冷了。而学校的开办，又让庙里有了生气，同时也让觉华他们感到充实。

怕房间不够用，觉华他们还在寺庙的西南隅后建了3间房居住，体现出对共产党在此办学的大力支持，

孙禹昌没想到党组织会聘任他为校长，决心不负众望，好好干一番事业。

他同时也觉得，自己是在延续伯父孙文元的办学壮举，所以倍感自豪。

面对艰苦的条件，孙禹昌什么也没说，心情舒畅地投入工作中，而且总觉得身上有使不完的劲，完全不同于此前在中华民国政府中做事。

学校设施很简单，只是在每个房间里添了几条木板凳子和几张土坯垒成的课桌，除此以外别无他物。

师资匮乏，就吸纳原南庙小学的老师任教，另外抽调党的地方干部充实进来。为扩大影响，还请了当地开明士绅任职。

这样，教师队伍不断壮大，光是骨干教师就有胡绍州、陆会南、魏捷先、胡再人、胡毓珩、嵇广开、吴国璋、鲍香成、姜汉三等人。

其中胡绍州、魏捷先等人，后来还分别接任过该校校长。

当时的学习内容有《国语》《算术》《音乐》《常识》，还有县里自编的油印抗日课本。

《国语》主要教学生识字，写信，写对联，抄写、背诵抗日内容的文章等；

《算术》教的是实用习题，如粮油蔬菜的价格、土地人口、丈量记账等；

《音乐》教大家唱革命歌曲，诸如《义勇军进行曲》《大刀进行曲》《太行山上》等；

《常识》则教大家如何生产、生活等。

学习之余，师生们经常参加二区组织的一些抗日活动，如集会、演出，做司仪，做记录员，写抗日标语，写宣传单等。

当时的学生有200多人，来自新河各地。

有时候，孙禹昌还动员当地农民一起学习，并会针对他们的特殊情况，要求老师"开小灶"。

慢慢地，华严寺成了小小的革命根据地。

每天晨光未露时，学生们就背起黑布小书包上学了。

每个人书包上都有孙禹昌亲自写的"抗日战时小学"，他喜欢这个校名，还

亲自题写了块小牌子，挂在寺内。

只要没有鬼子骚扰，每天早操后，孙禹昌都会安排老师轮流负责作时政新闻报告，例如《联合国宣言》的发表，毛泽东在延安作的整风报告、赵尚志英勇牺牲、八路军副总参谋长左权将军对日作战、斯大林格勒会战等。

除了学习文化，学生更多的是参加抗日活动。

当时有个学生干部叫胡启玉，不过十来岁，他满身是胆儿，挨家挨户收集锅底灰，寻找白土红土石灰，带领同学们走街串巷，在墙壁上写宣传标语——"打倒日本帝国主义！""建立抗日统一战线！""把抗日战争进行到底！""支持抗战，把小鬼子赶回老家去！"

日伪军来扫荡，把标语擦了，学生们又重新写上，一场场墙头标语大战就这样拉锯般地上演着。

华严寺的晚上，也是热闹的，微弱的灯火下，农民扫盲班开课了。

孙禹昌别出心裁，竟然让学生们当老师。

这些"小先生"可认真了，教大人写字、打路条等，有模有样，就跟真的是老师似的。

有时教完课，已是深夜，"小先生"们便在豆叶、麦秸铺就的地铺上凑合着睡觉。他们一点也不害怕，都说有关公菩萨为他们站岗呢。

说到站岗，听说当时学生也是要站岗的，而且责任重大。

2014年9月4日，我应邀参加沈士举、杨鹤高、孙如道等人组织的"新河镇龙文化采风活动"，结识了一位叫单兰坡的老人，没想到他正是当年这所学校的学生。

单兰坡，1934年6月生，新河单庄人，1952年参加工作，历任村初小校长、乡文化站站长、县文博员等职。业余喜欢书法、绘画，为三级美术师，江苏省老年书画研究会会员。曾任沭阳县第四、五、六届政协委员，淮阴区第一、二届政协委员。1995年12月退休，退休后受聘为沭阳县老年大学书法讲师。

单老和我闲聊过程中，谈起了当年在华严寺小学学习的一些情况，其中关于站岗的回忆，给我留下很深印象。

单老说，他们学习之余轮流替大人站岗，3人一组，每人拿根棍子，站在村头路口，拦截过往行人，发现可疑人员立即跑回村里汇报。

一次，他去站岗，发现一个小孩慌慌张张的，问他话也不回答，只是不停地摆手胡乱比画，像是个哑巴。

他把这个小孩带回学校，给他纸和笔，只见他歪歪斜斜地写道：

"我是邻庄的小孩，鬼子把我捉去，先打了一针，使我成了哑巴，又强迫我当个小汉奸。怎么办怎么办？救救我，我要去华严寺，做个小学生。"

单老说，这个故事，后来在孙禹昌校长的要求和安排下，被编进了油印课本，题目就叫《小哑巴》，起到了很好的宣传作用。

事实上，当时不仅是把具有教育意义的身边人、身边事编进课本，孙禹昌还鼓励师生们自编歌曲、自编戏剧等，发挥文艺力量促进抗日宣传。

比如叶莽老师编排的活报剧《要活命就要干》，便收到了非常好的效果。

这出戏，剧情很简单，主题则是敌、伪、匪、顽一起打倒，爱憎分明。

一把破旧的二胡，几个学生，戏就开演了。

这样的演出，大大激发了人民的抗战热情，大家由怕到恨，到空前团结。只要是抗日的，大家就是一家人。

后来，一些开明人士还凑资在华严寺西面又盖了几间房子，农救会、妇救会、青救会、儿童团等都来此活动，华严寺小学一度成为"抗日中心"。

一年多以后，孙禹昌被组织上调到同属潼阳县的新安镇的一所新办学校做校长。新中国成立后随着新安镇的析出，他又被调到新成立的新安县（今新沂市）城区任教，从此离开了故乡。

孙禹昌在工作期间非常关心族人的受教育情况，曾将好多晚辈带在身边，供他们读书学习。

即便后来调到了百里外的新沂中学任教，他也没有忘记这份职责与感情，依然尽可能地为老家人的读书、学习乃至工作提供帮助。

比如庄上第三代教师代表孙如川、孙如玖等人，便是在孙禹昌的关心帮助下完成学业，走上教师岗位的。

4. 孙圩庄第二代从教群体

孙文生和孙文元，因辈分相同，又处同一个年代，因此被称为孙圩庄第一代从教者。

相应地，以孙禹昌为代表的孙圩庄孙氏六世孙中的 6 名从教者，则被称为孙圩庄第二代从教者。另 5 人分别是：孙才邦、孙大昌、孙佃昌、孙才为、孙仲昌。

孙才邦，1884 年出生。

孙才邦的父亲孙文林与孙文生系堂兄弟，受孙文生影响，孙才邦也刻苦求学，识得不少字，还精通书法。

孙文生非常喜欢孙才邦这个侄儿，当私塾先生的时候，曾经带着孙才邦，让他代替自己教学生们读书、写字。

孙才邦非常珍惜这样的机会，教得很认真。

后来，孙文元等人创办了新挑河南庙学堂，孙文生便将孙才邦推荐给了孙文元，使得孙才邦正式成为一名老师。

不幸的是，1914 年，尚未结婚的孙才邦忽然因病去世，年仅 30 岁。

孙大昌，1906 年出生。

孙大昌是孙文元的长子，在孙文元的引导下，从小便养成爱学习的习惯，掌握了很多知识。

长大后，受父亲影响，孙大昌积极进取，热心教育。

20 世纪 30 年代末，为了躲避做保长，孙大昌独自离家出走，漂泊异乡，靠教书谋生。

最后，来到了浙江省松阳县，正式安居于此。

先是在一所小学当老师，新中国成立后又在裕溪中学任教，一直到退休。

晚年，孙大昌曾与老家亲友有书信来往，得知孙圩庄出了不少教师，甚感欣慰。

孙佃昌，1913 年出生。

孙佃昌是孙文选的次子，即孙禹昌的弟弟。

孙佃昌与孙禹昌一样，受家族氛围的影响，从小便爱学习，上进心强。

而且，孙佃昌比孙禹昌整整小 10 岁，所以孙禹昌在求学、从教等方面的做法，也对孙佃昌产生了直接的影响。

正因此，孙佃昌在新中国成立后考上了师范学校，取得教师资格，也成了一名老师。

孙禹昌、孙佃昌兄弟俩同当老师，也开创了孙圩庄同一个家庭中有两位以上从教者的先例。

孙才为，1904 年出生。

严格地说，孙才为不是教师，因为他没有在教室里、讲台上执过教鞭。

但他又是一位传道授业、桃李盈门的好师父、好老师，并因此受人尊敬，乃至受到政府部门表彰。

"燧人氏之世，天下多水，故教民以渔；宓羲之世，天下多兽，故教以猎。"这是《尸子君治篇》中于原始氏族社会生活实况的记载。

这段话，将传说中的远古教育与谋生技术的传播、应用结合在一起，非常直观地反映出远古教育的特征。

著名教育家、思想家陶行知曾经说过，"教育是依据生活、为了生活的'生活教育'，培养有行动能力、思考能力和创造力的人"。

如是理解，从教自然不局限于学校及教师岗位，而是可以无处不在地进行。

到了 20 世纪五六十年代，虽然我国教师队伍不断壮大，但就整个社会而言，依然需要不同领域、不同专长的人担当师者角色，给更多、更广泛的普通人传经送宝，帮助他们掌握知识、提高技能，适应社会发展需求。

孙才为无疑就是这样一位特殊从教者。在担任乡镇兽医站站长期间，亲自带学徒，进行手把手式教育，为地方上培养出 10 多名优秀的兽医工作者。

孙才为的一生，本身就是一篇活教材，给人以启迪。

他很小的时候，身为私塾先生的父亲孙文生，白天在外面教别人家的孩子，晚上到家则教自家的孩子。

所以孙才为早早便学到很多知识，懂得很多道理。

民国七年（1918），孙才为从沭阳第二区立第一国民学校毕业。

因学习成绩突出，毕业时，孙才为还获得了学校奖励，奖品为商务印书馆当时最新出版的《注释尺牍进阶》一套，卷上、卷中、卷下共 3 册。每册书的封面，都有校方用毛笔书写的"孙才为"三个字，并盖着一个红色印章，内容为"沭阳第二区立第一国民学校毕业纪念（奖品）"。

这套书籍，如今还保存在其小儿子孙如道家中，一直被孙如道用作教育晚辈认真读书学习的"道具"。

小学毕业后，孙才为原本应该继续读书，谁知父亲不幸病逝，五弟孙才广、六弟孙才成尚未成人，家庭负担很重，孙才为便辍学在家，承担起帮母亲照顾家庭的重任。

在那兵荒马乱的年代，民不聊生，这真是一件很不容易的事情。

当时的孙圩庄，跟全国绝大部分农村一样，十分贫困落后。

每年春天，家家都要为生活发愁，十家有九家会断炊少吃，可谓度日如年。

有一年春天，快到麦收时，家中实在无粮，全家眼看断炊，孙才为便四处奔走，托亲拜友，想方设法弄了点粮食，再拌些野菜，好不容易熬过了荒春。

结婚成家后，孙才为和妻子孙于氏夫妻恩爱，互相体贴。

孙才为虽然性子有点急，脾气却很好，性格也很温和，而且有肚量，遇事总是和孙于氏商量着办，他们从没有吵过嘴，家庭很和睦。

结婚后不久，孙于氏得了一场重病，因为家里穷，无钱医治，眼看就要奄奄一息了。

没办法，孙才为宁肯自己不吃挨饿，省下食物，又抓了点草药，对孙于氏进行精心调理，并且一口一口给她喂饭吃。

在孙才为的细致照料下，孙于氏终于转危为安。

后来，孙于氏接连生了 4 男 1 女 5 个孩子。

她常说孩子就是她的一切，孩子健康成长就是她的幸福。

那段时间，孙才为为了多赚点钱养家，一边做着卖布匹的小生意，一边跟随舅舅胡子婴学习兽医。

很多时候，他总是白天赶着小毛驴上街卖布匹，晚上在家钻研兽医技术。

遇到不懂的，第二天便会早早起床，赶到舅舅家向其请教。

由于聪明好学、刻苦钻研、技术不断进步，孙才为很快成为远近闻名的兽医先生。

孙才为的书法很好，每年春节前夕，都会义务为庄邻写春联。

每年一到这个时候，村上的孩子们便会争着抢着帮他裁红纸、磨砚墨。

一副一副的春联在孙才为的笔下瞬间写成，孩子们接过来摆在地上，再放上小瓦块压着，屋里屋外摆成一片，到处都是红红的春联。

那时庄上会写春联的人不多，一听说孙才为又开始写春联，邻居都纷纷拿着红纸来到他家请他帮忙，其间夹杂着孩子们的欢声笑语，顿时成了一道风景！

有一年，庄邻王树兴家请孙才为写祖先堂，孙才为写了"敬祖宗清白二字，教子孙耕读两行"这一古训，大家看了都夸字写得好。

怕大家看不懂，孙才为还专门解释了一遍，让大家明白这一古训的意义所在。

新中国成立后，乡里成立了兽医站，孙才为被招聘到兽医站工作，有了稳定的收入。

每逢生产队里耕牛有病，或老百姓家生猪有病，他都及时赶到，精心治疗，不误时间，从而博得了远近村民的一致好评，大家夸赞他不仅业务好，对村民态度也好。

因技术高明，表现突出，他很快被领导委以站长重任。

后来，他还先后担任过庙头、颜集等乡镇的兽医站站长。但更多的时间，是在新河乡工作。

孙才为在做兽医站站长时，处处以身作则，不搞特殊，别人包片，他也包片。

他给牲口看病，每次都很细心，要检查口色、目色、舌苔，"望闻问切"做得非常细致。

有一次，周圈大队第六生产队的一条耕牛得了重病，经过多位医生医治，都没有好转。后来经过孙才为分析病因，对处方进行论证，找出原因，并亲自开了药方，结果耕牛吃了一剂就见效了，病情很快好转。

在当好站长的同时，孙才为还注重传帮带，在站内站外招收了不少学徒，毫无保留地教他们兽医技术。

为了让学徒们把技术掌握得牢一点，孙才为对他们要求很严格，无论是理论知识，还是实际操作，他都一一列出标准，不准他们偷懒，不达标准不过关。

以针灸为例，他要求学徒们认真研究耕牛的 360 穴，对每个穴的位置、功效等要牢牢掌握，而且应用到实践中去。

为了锻炼学徒们的针灸基本功，孙才为在墙上挂一条细线，要求学徒们能用三角针准确到位地一次将线扎断，表明扎针准确到位。

对于理论，孙才为还要求学徒们把《牛马经》《汤头歌》等经典段落背下来，而且要学会运用。

他常说："做手艺的人，就要做到别人会的我要会，别人不会的我也要会。"

在他的精心传授之下，学徒们的技艺增长很快，最后大多成为新河、庙头、颜集等乡镇兽医队伍的骨干，如左良玉、孙如达、于长胜、张米田、卞增华等，其中于长胜还接任新河畜牧站站长的职务。

由于在农村兽医工作上做出了重要贡献，孙才为于 1960 年、1962 年两度受到沭阳县人民政府表彰。

1971 年，孙才为不幸病逝，享年 68 岁。

葬礼上，新河公社新河大队特地送了挽联，内容为"行医业为农民，怀肺腑得誉四方；保留训教子女，读宝书谨声存扬"，落款是"新河大队 公挽"。

孙仲昌，1910 年出生。

和孙才为一样，孙仲昌也是在自己的工作领域带学徒，用这种特殊方式践行了新中国"大教育"的理念。

作为孙文元次子的孙仲昌，人生成长同样受到了孙文元的影响。

在热心办学的同时，孙文元还偏爱医学研究，且小有成果。

这对孙仲昌影响很大，使他从懂事起便立志于救死扶伤，尤其是后来接受了科学救国救民思想以后，这种愿望更加强烈。

中学毕业后，孙仲昌毅然报考了南通医科大学（南通大学的前身），并顺利被录取。

从南通医科大学毕业后，孙仲昌正式成为一名医务工作者。

他先是在淮阴区仁慈医院工作，后来又调到镇江市第二人民医院，并担任分管业务副院长。

孙仲昌在工作和生活中也注重传帮带，收了多名学徒，手把手、心贴心地传授经验、讲解知识，使学徒们的技术水平不断提高，逐渐成为各医院的业务骨干。

其中最突出的，要数张连仁了。

张连仁的母亲是孙仲昌的亲姑母，有了这层关系，孙仲昌对一心学医的张连仁精心指导，关怀备至，使他的技艺大进。

后来，张连仁辗转至江西清江县人民医院，任该院医生，并成长为当地很有名望的老中医，对当地中医发展做出了重要贡献。

张连仁曾任江西省第四、五、六届政协委员和清江县第一至八届政协委员。

张连仁在退休后曾给孙圩庄的一位表侄写过一封信，信中不忘感谢孙仲昌当年对他学医的帮助。

在孙圩庄后人眼中，孙仲昌就是一位很了不起的医疗战线的专家、老师，所以都乐于将其列入家族从教者名单，以做榜样。

第三章

求学

1. 知识改变命运

历史发展的规律告诉我们，文明一旦起步，则教育决定命运。

只有把教育放在与生存同等重要的位置，加以艰苦努力，才可能改变贫苦的命运。

小到一个家庭，同样如此，离不开教育。

这也正是很多明智的父母，总会想方设法让子女读书、接受最好教育的原因所在。

孙圩庄的孙姓，便经历了这样的一个心路历程。

前面提到的孙文生、孙文元、孙禹昌等族中先贤，不仅通过读书谋得一份差事，改善了家庭经济条件；也通过教书，为社会教育事业做出了贡献；更让自己的子女、家族的宗亲以及异姓村邻都受到影响，明得事理，爱上学习，从此依靠知识来改变人生与命运。

20 世纪中叶，孙圩庄的村民普遍具备读书的物质条件，遂纷纷致力求学。庄上的新学潮，就此到来。

当然，他们的求学之路并非一帆风顺，也有许多难以想象的困难与挫折。

特别是穷人家的孩子，为了上学读书，冬天打赤脚，跑好几里路去学校，还时常饿着肚子。而他们的父辈，则肩挑背扛，省吃俭用，全力提供保障……

经过几代人的艰苦努力，进入 20 世纪 80 年代以后，孙圩庄开始出现拥有大专文化的人才，继而多了本科生，再后来又有了研究生。

如今，仅取得研究生学历的就有 10 人（其中博士 1 人）。

有了知识和学历，村中的教师队伍也不断壮大，从新中国成立前的 6 人，到 20 世纪末的 56 人，现如今，累计已达 99 人。其中不少人成为高级教师乃至大学教授，有的人还出国执教。

也正因此，孙圩庄拥有了"教育世庄"的名号。

通过读书求学，在知识和教育的引领下，孙圩庄祖祖辈辈都是农民的历史终于成为过去！

而他们在不同时期、不同年代、不同条件下，为了共同的求学目标所付出的努力、遇到的困难、尝到的辛酸，则成为一笔笔宝贵的财富，映衬着各自的人生，也照亮了他们赖以生存的村庄，永远激励着晚辈，带动着后学。

2. "举人圩文化"和"胡氏文化"的影响

追溯孙圩庄人读书求学的历史渊源，不能不提到一河之隔的"举人圩文化"和"胡氏文化"。

孙圩庄位于新河镇龙脉水系三个 S 形分布中的一处，整个村庄两面环水：东面，偎依古称白鲤沟的分水沙河，现简称"沙河"；南面，紧贴原为古沭河支流的新挑河，因 1956 年开挖的岔流新开河从此处经过，故统称"岔流新开河"。

在沙河东不远处，有一个远近闻名的村庄叫举人圩。这里在清道光年间出了个举人仲承武，因此得名"举人圩"。

仲氏的祖先相传为孔子的门生仲子，仲子的后裔随师东征时，因种种原因分一支脉落户于江苏沭阳，这便是仲氏第五十七代、沭阳始迁祖仲兴。而仲承武，是仲兴的后裔，即仲氏六十八世孙。

仲承武年少时聪颖好学，苦读诗书，于清道光二年（1822）赴海州应试，中举人。甲辰大桃二等栋选知县，以优异成绩出仕做官。先后任江浦县教谕，掌文庙祭祀，教育所属生员；咸丰壬子年任宿迁县训导，辛酉年署萧县教谕兼训导加国子监正衔。

在举人圩，不仅有"黄泥墩"等古文化遗址，还出土过青瓷片、宝剑、铜币等文物，更有一个关于仲承武后人的动人传说：

仲承武生有三子，分别是长子仲交庆、次子仲友庆、三子仲佩兰。

同治六年（1867），捻军从北方打过来，强攻举人圩。

当时仲承武任职在外，身为家中长子的仲交庆，与妻子司氏带领 20 多位村民奋力御敌守圩。

他们苦苦坚守两日，终因寡不敌众而战死圩内。

总督刘铭传率救兵赶到后，目睹圩内尸横遍野、血流成河惨状，心生恻隐之痛，特向朝廷禀奏，恩赐"武可御侮""懿德垂范"八个字悬起匾额。

这段悲壮历史，为举人圩文化增添了厚重一笔。

举人圩的文化经脉，历经数百年的积淀与延续，早已植根这方热土，融入这里人们的筋骨。

举人圩文化，也被视为"仲子文化"的一个典范，深深影响着附近一带的有识之士。

孙圩庄孙姓与举人圩仲姓是亲戚关系，素有往来。也正因此，举人圩文化成为影响孙圩庄人的源头之一。

而在岔流新开河南边的周圈、山荡等地，生活着一脉相承、声势显赫的胡姓大家族。

大约在16世纪，明弘治年间，一位叫胡琏的人由举人而中进士。

胡琏，弘治十八年（1505）乙丑科进士及第，出任刑部侍郎，出为闽广二省兵备道，后兼修国史。

其子胡效才、孙胡应嘉，皆进士及第；子胡效忠、胡效谟、胡效诠、孙胡应恩、胡应澄，均闻名于当时。

而到了清顺治年间，胡氏家族又出了一个胡简敬。

胡简敬20岁即中举，顺治十二年（1655）进士，钦选为庶吉士，旋升国子监司业，后调吏部侍郎，翰林院侍读。

胡琏、胡简敬等人代表了"读书改变命运而强国、知识创造物质而富强"的传统文化。

"万般皆下品，唯有读书高。"这是封建社会盛行的一种观念。

那时的人们普遍认为，什么阶层都不及读书人高贵。

这种简朴的认知，让读书成为人们的唯一选择。

胡琏、胡简敬等文化人的出现，教育、鼓舞了当地村民，也对河北岸的孙圩庄人产生了深刻影响。

而且这种影响，是根深蒂固、源远流长的。

正是在"举人圩文化"和"胡氏文化"的双重感染下，孙圩庄人不管如何贫穷，不管生活如何艰难，都不忘求学。

他们坚信，学习可以获得知识，知识能够改变命运。

"只要许可，必教子孙读书学习。"这样的理念，一直印记在孙圩庄人脑海中。

3. 再苦不能苦孩子

孙如道 1947 年 3 月出生于庙头镇后河头庄，那是他的第二故乡，早年为躲避战乱，父母携家人暂住到了这个地方的亲戚家。

新中国成立后，年幼的孙如道随家人一起回到了故乡——新河孙圩庄。

当时，兵荒马乱的年代已一去不复返，但日子仍过得艰难，国家刚刚解放，百废待兴，大多数人的生活依然处于贫困状况。

孙如道对童年的记忆，是母亲无微不至的关爱，她总是省吃俭用，有零食总是先让孩子们吃，等孩子们都吃好了，她才肯吃一点尝尝。

吃饭也是如此，孙如道说，经常是他们兄妹几个都吃过饭后，母亲才慢慢在那儿吃着剩下的饭。

母亲如此关爱子女，就是为了让他们好好地长身体，有精力认真学习。

孙如道记得，母亲每天总是很晚才睡觉，忙里忙外收拾白天未做完的活，还要准备第二天喂猪的糠和菜、喂驴的草和料……

再有点空闲，她还要坐在油灯下做针线活，冬天的时候经常是手冻得通红。

有时第二天，显然又早早起床了，因为天亮后，孙如道看到她坐在鏊子前，已烙了厚厚的一沓煎饼。

她总是如此操劳，不肯有一刻的清闲。

20 世纪中期的三年困难时期，孙如道正在读初中，虽然生活很困难，但野菜和稀饭还没断。

孙如道记忆最深的是，每天早上，母亲总是早早就把头一天晚上剩下的稀饭热好，他起床洗完脸把热乎乎的饭吃完，便踏着晨露，迎着朝霞，高高兴兴地上学去。

第二年到了阴平上初二。

这时，村上各家更加困难，经常断粮断炊，煎饼一般都很难吃到，最多的是山芋叶子和野菜，加点玉米粉或胡萝卜、山芋什么的。

孙如道记得当时父亲在庙头兽医站做站长，有一次因母亲生病，他去找父亲时，父亲带他到公社食堂，只买到一小碗山芋，就算是好的一顿饭了。

当时孙如道在阴平读书，经常挨饿，星期天回家，母亲就把山芋干子装点在他口袋，叫他饿了就拿出嚼几口。

有时用父亲的供应粮本子买几斤米，母亲就留着，舍不得吃，等孙如道回家时她装一点在他书包里，说饿了放在水瓶里泡着吃。

回到学校，孙如道就按照母亲的交代，抓一点米放在水瓶里，到学校食堂灌点热开水。下晚自习后，肚子饿得咕咕响，把上面水倒掉，下面稀稀的半碗粥吃到肚里，便暖暖地进入梦乡。

从那时他才知道，热水瓶还能"煮"米粥。

现在想起来，那一粒一粒的米，都是父亲和母亲一口一口省下来的。所以今天孙如道还保持着珍惜每一粒米的习惯，看到孩子们吃饭浪费，心里总不是滋味，他说，只有受过饥饿煎熬的人才会知道"粒米度三秋"的含义，今天的孩子们不会有这个体会的。

"当然，我们希望他们永远不要有这个体会，但他们应该明白这个道理，要有节约的美德！"

孙如道说，母亲虽然一字不识，却很关心他们兄妹几个的学习，知道学习是他们走出去的唯一途径，所以她和父亲想尽一切办法让他们个个读书。

孙如道兄弟四人和一位姐姐都很认真地读书，成绩很好。

后来，他们也都有了工作，每人都有一个幸福家庭，没有辜负两位老人的期望。

只是，孙如道结婚时，父亲已经离世，没有享受到孩子们的福，这一直是孙如道的遗憾。

在后来的多少年里，孙如道经常会在夜里梦到父亲，醒来后，往往就是一脸的泪水。

如今，女儿孙云琳和女婿蔡伟波靠自己的努力在美国安家立户，还有那两个可爱活泼的外孙女，孙如道就想，如果父母有在天之灵，看着今天的这些幸福后代，一定会含笑于九泉。

4．十年寒窗，一朝功成

2021 年 2 月的一天，淮安市淮阴区南陈集人民法庭庭长孙亚峰收到一份盖着"淮安市淮阴区精神文明建设指导委员会办公室"大红印章的荣誉证书，上面写着：

孙亚峰同志：

经基层推荐，区评审委员会评定，您在"我推荐我评议身边好人"活动中，入选 2020 年度"新时代淮阴好人榜"。

特发此证，以资鼓励。

淮安市淮阴区精神文明建设指导委员会办公室

二○二一年二月

孙亚峰，是从孙圩庄走出来的一位佼佼者，1983 年 12 月出生，孙圩庄孙氏八世孙。2006 年大学毕业后考入淮安市淮阴区人民法院，先后任书记员、见习助理审判员、助理审判员、审判员、行政庭副庭长，2019 年 3 月任南陈集人民法庭庭长。

入选"新时代淮阴好人榜"只是孙亚峰获得的又一个殊荣而已，此前，他已获得淮安市"十佳青年法官"、淮安市"行政审判先进个人"、淮阴区"爱敬诚善淮阴人"等多个荣誉称号。

能在平凡的工作中取得这么好的成绩、获得这么多的荣誉，与孙亚峰在政治上严格要求自己、工作上不断开拓创新、学习上刻苦钻研业务知识不无关系。

更重要的是，他来自穷乡一隅的"教育世庄"！

"可能正是卑微的出身，决定了自己是多么知足。一个来自贫穷家庭的农村孩子，能在他乡当上一名法官，从事神圣的审判事业，岂不无上光荣，我没有理由不努力。"面对我的采访，孙亚峰如是表示。

他还说，工作这些年来，内心深处一直秉持着敬业和勤奋，父母的谆谆教诲、言传身教、"教育世庄"世世代代、与生俱来的求学精神，都早已铭刻在他的骨子里。

回首自己的求学路，孙亚峰不禁感慨万千，心情久久难以平静。

孙亚峰出身于一个普通农民家庭，与大多数农村孩子一样，他的童年是快乐和精彩的：春天，在田间放飞自己制作的风筝，顺便采些荠菜；夏天，躺在村南边的周圈大桥上乘凉，数着满天的星星；秋天，在稻田中挥舞镰刀，回家后边看电视剧边掰玉米；冬天，穿着妈妈亲手制作的高木屐，走在漫野的雪地里吱吱作响……

快乐的时光总是短暂的，一眨眼，孙亚峰已念完小学四年级，快要升五年级了。

就在这个时候，父母突然让孙亚峰留级。所以那个暑假之后，孙亚峰仍然坐在四年级的教室里。

后来才明白，是父母听说小学四年级是未来初中的基础，在学习生涯中具有关键性和决定性的作用，所以在庄上一位老师的"指导"下，安排孙亚峰复读了一年。

孙亚峰现在想想还很敬佩那个年代的父母，竟然如此在意教育及其效果，细致得令人难以置信。

也正是那个时候，孙亚峰忽然发现，庄上有不少人在学校里教书，有的还当上了校长。

比如住他家隔壁的堂哥孙玉军就是一位校长。那时候，孙亚峰非常羡慕玉军大哥家的孩子，家里满屋子的书，想读什么读什么。当然，他也羡慕玉军大哥家的孩子能有玉军大哥这样一位有文化的家长。

1996年秋，孙亚峰成为新河中学一名初中生。

孙亚峰回忆说，虽然进入一个全新的学习阶段，但他并不完全理解为什么要学习知识，所以难免贪玩。

有一次晚自习，孙亚峰和另外三个同学模仿影视剧中流行的"拜把子"桥段，在一张写有"不求同年同月同日生，但求同年同月同日死"的纸上写下各自的名字。

正在签名的时候，被窗外巡视的校长发现，校长随即走进教室，将四个"把兄弟"揪到讲台前，挨个训斥一顿。

校长原本还说要让他们在星期一升旗时到全校师生面前亮相的，后来可能是出于对他们的宽容，又取消了这一决定。

这让孙亚峰长吁了一口气，如果真在全校师生面前亮相，再传到父母耳朵里，那他就无地自容了。

从这个时候起，孙亚峰隐隐体会到老师的良苦用心和对学生的呵护，也慢慢意识到，如果自己好好学习，或许将来也可以成为一个对社会有用的人，成为像老师那样充满正能量的人。

当时还有一件事让孙亚峰印象深刻。一次，一位老师在课堂上说："我每次和朋友到 KTV 唱歌时都要点一首歌，你们能猜到是什么歌吗？"

结果，同学们都没猜到他的答案：《国歌》。

这让孙亚峰感触很深，甚至一定程度上塑造了他的三观，好像忽然间就知道了什么是国、什么是家，知道了有国才有家的道理。

到了初三，因毕业班学业紧张，同学们都在学校吃早饭，以便早点到教室上课。

结果，每天天不亮就要跑到食堂排队打饭，迟了饭就没了。

孙亚峰记得，天天吃的都是馒头和炒豆芽，干巴巴的，菜里也没什么油水，每天中午还没到放学就饿了。

尽管如此，孙亚峰的成绩却还算可以，当时有个快班，他还曾在快班待过一段时间。

那时候，孙亚峰对学习并没有什么"章法"，也只是做到不看课外书、不打架、不谈恋爱，按部就班完成学习任务而已。

正是这种"差不多"精神作祟吧，孙亚峰后来中考时的成绩不是很理想。

准备高中报名时，爸妈问孙亚峰想上沭阳中学还是建陵中学，孙亚峰其实也不怎么懂哪所学校好在哪儿，爸妈更不懂，都只是听说沭中更好，孙亚峰就说当然想上沭中了。

可是，由于孙亚峰的中考成绩不高，上建陵中学还行，基本不用花钱；但是要上沭中，就得交 15000 元的培养费。

这在当时，对孙亚峰家来说可真是个天文数字啊。

没想到，父母竟把摆了十几年的百货摊卖掉了，凑了几千块钱。

尽管如此，还缺 7000 多元。

没办法，父母让孙亚峰自己去邻居家借，还带着他去外公家那边的两个舅舅家和几个姨娘家去借。

开学前，总算把学费凑齐了。

这也让孙亚峰第一次真切感受到他们家的经济状况，以及亲友、庄邻的慷慨解囊，还有父母那种超乎想象的艰辛和坚韧不拔的毅力。

终于，孙亚峰如愿走入全县最好的高中：江苏省沭阳县高级中学。

作为农村孩子，第一次进城读书，满是新鲜感，更多的是羡慕。

看着身边城里的同学，他们那种与众不同的穿着打扮，谈吐间透露出的优雅气质，再打量下自己满身都是亲戚赠送的旧衣服，孙亚峰甚至都有点自卑了。

他们班 52 名学生，孙亚峰的学号是 49 号。他很快就知道，学号是按入学前的中考成绩排名的。

也就是说，孙亚峰在班级的初始成绩水平是垫底的，如果后面的 3 名同学稍微努努力，他这个"49"的学号都难保了。

知道这个现状后，孙亚峰大为震惊，原来在乡下读初中时自我感觉还好，到了这里真的是压力山大。

因此，孙亚峰暗下决心，要尽量比别人多付出一点，争取把成绩赶上去。

经过 2 个多月奋力拼搏，第一学期期中考试成绩出来了，孙亚峰在全年级进步了 550 名。

当时全年级共有 1200 人，孙亚峰一下子从一个后进生跨入中等偏上学生方阵。

经过不懈的努力，到高二的时候，孙亚峰的学号已经跃升到 16 号，这是他入学时未曾想象得到的。

当时各种考试都是按全年级排名编考场的，孙亚峰很多次都和以前敬仰的学霸们排在一个考场，这一度使他感到非常自豪和骄傲。

而这期间，家里的日子并不好过，因为以前作为主要经济来源的百货摊卖掉了，就只剩下几亩地了。

为了增加收入，孙亚峰父母也效仿庄邻开始"种小花"，家前屋后和责任田里都种上各种花卉，家里还安装了大喇叭，用来发布最新购销信息。

每年春节期间，父母都会去市里批发对联到周边集镇上卖，有时也卖烟花。

放寒假后，孙亚峰也经常在凌晨 4 点多钟被父母喊起来一起去赶集。一路上，孙亚峰和父母换着拉平板车。

孙亚峰说，其实当时爸妈也不是在乎他这一份力，更多的还是要让他体验下什么叫生活的苦。

就在这样的忙忙碌碌之中，孙亚峰结束了三年循规蹈矩的高中生活。

填报高考志愿时，父母对一大本指导手册里的各家学校和各种专业一概不懂，索性没有参与，就由孙亚峰独自在那琢磨。

孙亚峰高三时的成绩维持在中等偏上一点，属于"中不溜"，所以填报志愿时班主任也不会关注到他这个成绩的人。

最后，是孙亚峰自己决定，填报了淮阴师范学院。

之所以填报淮阴师范学院，除了自己的成绩无力冲刺更高学府以外，也与家族氛围的影响有关，他从心底里希望能考上师范类学校，将来跟庄上老师们一样有个稳定的工作。

最终，孙亚峰真的被淮阴师范学院录取。只不过，专业是法学。这也为其后来从事的法官职业奠定了基础。

孙亚峰说，虽然读的不是师范类专业有点遗憾，但无论如何也要彰显着"教育世庄"代代从教者和普通家长最淳朴的理念：通过学习掌握知识，通过知识改变命运。

自从进入大学校园那一刻起，孙亚峰就基本确定了一个方向，那就是：读的是很普通的大学，想要成就更好的自己，就要付出更多的努力，起码不能松懈。

从这个角度来说，他觉得这所大学的管理模式还挺适合自己的。

大一第一学期，孙亚峰就把英语四级的单词书基本背下来了，然后在第二学期顺利通过了英语四级。

大二的时候，他又如愿通过了英语六级，成为他们班第一批唯一的通过者。

因为对英语的兴趣，孙亚峰还参加了学校的英语竞赛，在词汇竞赛中获二等奖，听力竞赛中获三等奖，这些都不断激励着孙亚峰。

身边的同学都很刻苦，孙亚峰知道，不少同学对读淮师都不甘心。

大三考研时，孙亚峰也报名了。记得冬天的图书馆大门前，每天天没亮，同学们就已经站在凛冽的寒风中排起了长队，因为图书馆里有空调，需要早点去占位置，去迟就没了。

曾经有两次，孙亚峰目睹在图书馆管理员打开门的瞬间，同学们一窝蜂冲进去的时候，把玻璃大门硬生生地挤破了。

这种场面给孙亚峰留下深深的印象。无论如何，这所学校的学风那是相当优秀，能成为这个群体的一员，孙亚峰还是挺欣慰和自豪的。

大学期间，知道家里不容易，孙亚峰也经常在外做点家教。

虽然一次家教只有 80 元左右，他却很知足，因为当时的生活费也就每个月300 多。

2004 年暑假，孙亚峰和同学一起在外租房。每天顶着烈日站在一个家教集散地等活。

当时他们租的是一处楼顶的简陋平房，经过一天太阳暴晒后，晚上回去睡在铺在地面上的凉席上，开着小电风扇也满身大汗，第二天早上起来，就会发现凉席上印出汗水浸成的人形。

这种艰苦的日子，对孙亚峰来说却是乐在其中的，因为他挣到了更多的钱用于学习。

因为做家教，孙亚峰比同学们都更加熟悉这座城市的地形，接触到了更多的人、更多的事，思考和感悟也更多，对他毕业后很快适应社会有了很大的帮助。

这，也算是另一个弥足珍贵的收获吧。

2006 年正月，连续几天下着大雪。

一天，难得在家的孙亚峰突然被父母喊醒，说奶奶不行了，要他赶紧到奶奶住的二叔家看看。

跑到二叔家以后，却被告知奶奶已经走了。

奶奶平时身体很好，主要是年龄大了，长辈都说她走得应该没有什么痛苦，没受罪。

这是孙亚峰第一次面对亲人的离世，说不出的滋味，那几天他就每天不停地用大扫帚清扫院子里的积雪，好像这样能缓解内心的难受。

带着悲伤回到学校后，接到老师通知，说公务员考试马上开始了，要同学们都参加一下。

孙亚峰虽然学习很努力，对公务员却没啥概念，但是大家都报了，他也就跟着报了。

孙亚峰报的是淮安市淮阴区人民法院。

报这家单位的主要原因，是老家沭阳县法院、检察院都没招人，而且当时同学们都称淮安市叫淮阴，孙亚峰心想，这个淮阴区法院应该不错吧。

考完笔试后，在等待成绩的那段时间里，孙亚峰和其他同学一样，带着"最难找工作的专业"之标签，到处海投个人简历，但都石沉大海。

其间，孙亚峰甚至去挤过苏州的人才市场，因为他有英语六级的优势，想看看有没有外企能收留他。

最终，孙亚峰毫无所获，灰溜溜地回到了学校，第一次感受到就业的压力。

不久，笔试成绩出来了，分数大大出乎意料，同学们考的都挺好，而孙亚峰在全市所有公务员考生中能排到前十几名，在淮阴区更是数一数二。

也就是说，市级单位孙亚峰基本都能进面试，怎奈他已经选择了淮阴区法院，只能听天由命了。

果然，面试成绩虽然有点低，但因为笔试成绩高出其他人很多，所以孙亚峰最终还是以总分第一被录用。

2006 年 8 月，孙亚峰正式到淮阴区法院报到了。

上班后孙亚峰才发现，淮阴区是当时全市待遇最差的地方，跟市里相比，差距不可谓不大。

尽管如此，工作一年左右，孙亚峰还是把大学期间借银行的 6000 多元助学贷款还清了。

孙亚峰说，直到这个时候，他似乎才和求学生涯说再见，可以真正地轻装上阵了。

孙亚峰工作的第一站是淮阴区徐溜人民法庭，当时案件量不多，工作比较轻松。

既然轻松，工作之余正好可以继续学习，继续提升自我。

这一年，孙亚峰抱着试试看的心态，第一次报名了司法考试，因为他当初的梦想就是当一名法官，这是所有法律人的神圣殿堂。

由于是专业考试，所以难度不小，孙亚峰一连考了 3 次，历经 3 年时间，才于 2008 年艰难地通过了。

　　这一结果来之不易。备考中，因为经常熬夜，孙亚峰甚至发生眩晕无法行动，去医院检查后还挂了几天水，那是他第一次挂水；因为怕自己忍不住看电视，他就到淮师的自习室去看书；怕自己会上网玩，一直到考试通过后他才给自己买了第一台电脑。

　　由于不懈努力，加之业务水平不断提高，2010 年孙亚峰就被任命为助理审判员了，2 年后又被任命为审判员，2013 年任行政庭副庭长，2019 年 3 月，被调整到南陈集法庭任庭长至今。

　　工作以来，孙亚峰坚信吃亏是福，无论是待人处事还是办理案件，凡事多做一点点，多站在别人的角度考虑问题，收获赞许和内心平静的必将是自己。

　　这么多年过来了，孙亚峰始终保持着一颗善良和进取的心，从未感觉到这世上人心险恶，内心每天都是阳光，哪有那么多的阴暗。

　　孙亚峰不断用自己的行动向身边人传递着正能量：公正廉洁司法，做一个清清爽爽干干净净的人民法官。

　　他始终认为勤奋工作是本分，而把物质或政治待遇看作是一种意外收获。

　　当年的大学毕业留言簿上，有一名同学这样告诫孙亚峰：当官不为民做主，不如回家卖红薯。

　　现在，孙亚峰觉得自己可以问心无愧地跟这名同学说：我做到了。

5. 谁说女子不读书

如果说，孙圩庄一代代、一批批学子勤奋读书，刻苦求学，是缘于父辈的那种唯有读书才能改变子女命运的执着信念；那么，作为一位嫁上门来的家庭妇女，也硬要走进校园学习文化知识，则完全打破了父辈心中那种传统观念的桎梏。

这位倔强女性，名叫寇玉兰。

寇玉兰，1931 年出生，孙圩庄孙氏七世孙孙如超之妻。

寇玉兰的父亲寇同信，于 20 世纪初跟随叔叔从河北冀州来到江苏沭阳，先在县城帮叔叔做生意，后独自来到新河孙圩庄，寄居于此，靠给庄上大户人家当长工谋生。

后来结了婚，便在孙圩庄正式安家。

再后来，陆续生了 3 男 2 女共 5 个孩子，其中第 4 个是寇玉兰。

寇同信为人忠厚，待人热忱，深得庄邻喜欢，尤其是与孙才为谈得来，没事就到孙才为家串门。

慢慢地，寇同信一家与孙才为一家处得跟一家人似的，不分彼此。

1939 年，日军、伪军、土匪横行，遍地起狼烟，老百姓东躲西藏，惶惶不可终日。

就在这年 9 月的一天，正是秋收秋种的时候，孙才为家雇人在地里起花生，寇同信也前去帮忙。

忽然，庄上有人听到风声，说日军和伪军要下乡扫荡了，人们便纷纷开始"跑反"。

当时，孙才为的妻子孙于氏正在家中做饭，准备给干活的人吃，看到庄上人几乎跑光，也不敢留下。

正准备走，小叔子孙才成从田里回来，说干活的人马上就回家吃饭，提醒孙于氏不能走。

说完，孙才成又回田里去了。

孙才成刚走不久，东边和南边的枪炮声就响了起来，炮弹飞到庄上，有房子着火，顿时浓烟滚滚。

孙于氏哪还有心思再等人吃饭，赶紧拉着孙如超、孙如达两个孩子，喊上长子孙如玖，一起往外跑。

但是，因为村里烟雾缭绕，已分不清方向，他们根本不知往哪跑才好，只能往前乱闯。

孙如玖当时有七八岁，也算是懂事了，他特地把家中那支钢筒土枪带上。

因为个头小，土枪又重，实在扛不动，孙如玖就拖着土枪跑，却很快与母亲跑散了。

来到庄西井边，看到一个村民已被炸伤，躺在地上喊叫，孙如玖吓得哭了起来，不敢再往前跑。

正在这时，孙才成和寇同信回来了，忙问孙如玖妈妈在哪里，孙如玖说不知道，孙才成便抱起孙如玖往庄外跑，土枪也不要了。

寇同信则跑去找自己的家人了。

孙才成抱着孙如玖，一直跑到几里外的于庄，才停下歇脚。

当天孙才为到庙头赶集卖布匹，听到消息也赶忙来到于庄，与孙才成、孙如玖他们会合。

可是到了下午三四点钟，还没有孙于氏和两个孩子的消息。

这时，孙圩庄火光冲天，全庄已完全湮灭于炮火之中。

直到晚上，才联系上孙于氏。

原来，当时孙于氏带着两个孩子跑出村子不远，就跑不动了，便躲到村外的山芋地，将山芋藤子盖在两个孩子身上，自己也趴在凹地，整整半天未敢动弹，天黑了才放心出来。

一家人聚齐了，但家也没法回去了，便来到庙头镇后头村，在一位亲戚家里暂住下来。

这亲戚是在地方上说得上话的大好人，加上他乐于助贫，经常煮粥给逃荒要饭的人吃，所以亲朋好友有困难都来投靠他。

而寇同信一家，本来就无亲无故，现在家也没了，不知该去哪里落脚。

正当寇同信一家一筹莫展之际，孙才为找到他们，将他们带到了后头亲戚家，一同暂住下来。

由于战火不断，家乡也不安全，孙才为他们一直没有回孙圩庄，后来干脆在后头租房住，长久而艰难地在此生活。

好在孙才为做着卖布匹的生意，又有兽医手艺，经常给人家牲畜看病，能勉强度日。

寇同信一家也在后头租了房子，紧挨着孙才为家。

平日里，寇同信主要跟着孙才为一起做事，挣钱养家糊口。

两家人互帮互助，相依为命。

为了不浪费时光，不耽搁孩子成长，孙才为、寇同信还临时把孩子们都送到后头小学读书。

不知何时起，有人发现孙才为的次子孙如超和寇同信的次女寇玉兰走得比较近，觉得他们很般配，有夫妻相，就从中撮合，帮两家定了"娃娃亲"。

当然，这都是大人之间的事，既没公开，也没让两个孩子知道。

后来，家乡解放了，听说一切都安稳了，孙才为一家便决定回孙圩庄生活。

此时，已是 1950 年 1 月、2 月。

而寇同信觉得，既然孩子定了亲，将来结婚了，两家再住在一个庄上似乎有点不便，不如分开来生活比较好。加之在后头生活了十来年，对这里也有感情了，所以寇同信决定不回孙圩庄了。

对于寇同信的决定，孙才为表示理解，并随即同意。

却说孙如超、寇玉兰两个年轻人，还蒙在鼓里呢，他们都在心底纳闷：既然两家处得这么好，为什么不一起回孙圩庄呢？

无疑，这样的分别，使两颗已逐渐相通的心，彼此感到了丝丝失落。

后来还是寇玉兰心直口快，就跑去问父亲，为什么不跟着孙家一起回孙圩庄？

无奈之下，寇同信只好如实相告，并趁机提醒寇玉兰，要随时做好嫁给孙家的准备。毕竟，寇玉兰已快 20 岁了，在当时的农村也到了结婚年龄。

寇玉兰一听，真是又惊又喜。说不出因为什么，就是觉得能继续跟孙家人，特别是孙如超保持联系，是幸福的。

不过很快，寇玉兰便镇静下来，娇嗔地甩了一句话给父亲："结婚可以，但要保证我继续上学。"

寇同信显然没把寇玉兰这句话当回事，含糊其词地应了一声，就各忙各的了。

殊不知，寇玉兰这一貌似不经意说出的想法，后来竟然当真去兑现，还掀起了一阵不大不小的波澜。

寇玉兰和孙如超于1951年底结婚。当时，孙如超已经在新河中心小学6年级读书了。

按理说，结婚了，寇玉兰就应该待在家中操持家务，过着足不出户相夫教子的生活。谁知她那温柔、纤弱的外表之下，藏有一颗不甘平庸的心，竟然想着念着要读书，而且是很正规地到学校里去读。

这对家人及庄邻来说，无异于破天荒的事，很多人想不通，甚至接受不了。

要知道，当时刚刚进入20世纪50年代，在那个时候，中国农村的女孩子还是很少有机会读书的，更别说结了婚的女性。

然而寇玉兰不认这个理，也可以说不买这个账。

她天天缠着丈夫孙如超，给他讲道理，向他求情，要他答应带她一起上学。

渐渐地，孙如超感到无话可说。他觉得寇玉兰的要求是有道理的，年纪轻轻不上学，整天待在家里围着锅台转，确实是个遗憾。

孙如超默许了寇玉兰的想法。只不过，他并不敢去跟父母谈。

过了丈夫这一关，寇玉兰亲自找到公公孙才为跟前，向他求情。

孙才为虽然只是小学毕业，却明事理，识大体。

他知道，寇玉兰想上学读书是很正当的要求，没理由拒绝。

更何况，寇玉兰已经念到六年级了，还有不到1年时间就小学毕业了，到那时寇玉兰自然会老老实实地在家务农。

于是，孙才为毅然冲破种种阻力，让儿媳寇玉兰重新走进了校园，继续读书。

这个举动，在当时一度成为颇具轰动性的大新闻，同时也就自然招惹不少非议。

就这样，在各种各样的眼光与议论之下，寇玉兰和孙如超这对新婚小夫妻，天天成双成对地去新河小学上学了。

转眼间，小学毕业的时刻来到。

就在大人们认为总算熬到头，寇玉兰即将回归家庭生活的时候，一个不知是喜是忧的消息再度传来，成为全家乃至全庄的关注焦点。

原来，值小学毕业之际，寇玉兰偷偷和孙如超一同参加了沭阳县中学的初中招生考试，而且在大量考生中脱颖而出，双双被沭阳中学初中部录取。

当这一喜讯传开后，带来的却是又一番惊涛骇浪。

这回，有亲友更是连珠炮式提出："两个人一起到城里读书，得花多少钱，家里花得起吗？""寇玉兰眼看就要生孩子，生了孩子还能继续念书吗？"

最后，决定权摆在了孙才为面前。

关键时刻，孙才为再度深明大义，力排众议，让寇玉兰如愿进入了沭阳中学初中部读书。

翌年，寇玉兰生下一子。她也成为沭阳中学有史以来第一位在校生孩子的女生。

当时根据学校建议，寇玉兰办了休学一年的手续，在家照料刚出生的孩子。

不过，寇玉兰并未像有些人担心的那样生了孩子便辍学，而是在校外租了间房子，由母亲陪伴，边抚养孩子边自行看书学习，她是一定要将学业完成的。

那个时候家里很穷，孙才为经常用毛驴驮来些柴火干粮，解决寇玉兰他们的生活问题。每当此时，孙才为总不忘谆谆教诲，鼓励寇玉兰用功读书。

放暑假，别的同学都回家了，寇玉兰和丈夫则在学校附近割青草、拾粪，换些钱抚养孩子，继续求学。

1年后，寇玉兰让母亲独自带孩子，自己重新回到课堂，和其他同学一样，吃住在学校里。

她只能利用放学的时间跑回去看看孩子，顺便给孩子喂喂奶。

由于粮食不够吃，奶水少，寇玉兰经常省下一小块干粮，带回去用开水泡了喂孩子。

1955年8月，丈夫孙如超初中毕业了，因各方面都表现突出，被县委组织部直接分配到颜集乡（今颜集镇）政府工作，并很快又被委派到江苏商业学院进修学习，而且是带薪学习的。

寇玉兰因曾休学，还得再念1年才能毕业。

孙如超的毕业待遇，更加激励着寇玉兰，她发誓无论如何不能半途而废。她确信，只要顺利毕业，就能有机会参加工作，就可以改善生活。

果不其然，1956 年 8 月初中毕业后，因为有了知识和学历，寇玉兰被直接分配到了沭阳县邮电局上班，从此有了一份稳定而满意的工作。

寇玉兰成为当时新河乡寥寥可数进城工作的农村妇女之一，也自然成为一个靠知识改变命运的典型。

在沭阳县邮电局，寇玉兰从话务员干起，边干边学，边学边提升，逐渐走上了管理岗位，最后担任局工会主席，直至退休。

而孙如超，当年在江苏商业学院进修结业后，原本有机会留在省商业厅工作，但他为了照顾家庭，选择了回原单位工作。

曾经有一次，孙如超到省商业厅办事，见到半层楼竟然都是江苏商业学院的同学或校友。很多人都说，当时只要他松松嘴，就也被留在商业厅工作了。

但他对于回乡工作，无怨无悔。那个年代的人们，心态比较平稳，觉得在哪里工作都是干革命，一样的奉献。不像现在的人们，总爱往大城市跑。

对于这样的落差，寇玉兰也并不以为然。

在她看来，能靠知识谋份工作，彻底从农村走出来，就很不错了，所以她非常知足。

前不久登门采访时，91 岁高龄的寇玉兰老人忍不住对我说，当年求学那段日子虽然非常清苦，但是，作为当时那个年代的一名在校女生，她始终感到幸运无比。

"所以，我一生都要感谢公公孙才为。"这是寇玉兰特别强调的一句话。

6. 把最好的机会给子女

人们常说，父母是孩子的第一任老师。

这是就孩子的心灵成长、习惯养成等而言的。

事实上，在孩子求学过程中，父母发挥的作用不仅很大，而且很广，可以说涉及方方面面，有些甚至是学校、老师也不好替代的。

每个父母都希望自己的孩子能够成功，正所谓望子成龙，望女成凤。

他们会不遗余力地为孩子学习、成长提供帮助。

他们那种唯有读书才能改变儿女命运的执着信念，以及为此目的不惜殚精竭虑的付出精神，是他们留给儿女的最宝贵的财富。

现为江苏昊通市政工程有限公司董事长的孙建波，在艰苦创业、成功积累财富的同时，不忘关心子女学习，并把最好的条件提供给子女，让他们接受良好的教育。

如今，他的两个孩子一个在国外读研究生，另一个正在国内上大学，明年也将到国外读研究生。

孙建波如此重视孩子的学习成长，缘于他身上流淌着"教育世庄"的殷殷血脉，以及他深藏于心的对自己祖辈不惜一切代价培养子女读书的那份敬仰。

孙建波，1971年10月出生，孙圩庄孙氏八世孙。

他的曾祖父孙文秀，出生于1874年，与孙文元是亲堂兄弟。

受孙文元影响，孙文秀也非常重视对孩子的教育与培养。

长子孙楚珍（字保昌，出生于1912年），也就是孙建波的祖父，不仅遵从父亲安排四处求学，而且刻苦用功，成绩斐然。

看到儿子学习的天分和学习过程中的勤奋，孙文秀满心欢喜，倾力支持。

民国时期，孙楚珍考上了上海复旦大学第二期法律系，成为孙圩庄历史上第一位大学生，孙文秀更是欣慰、自豪。

只是，远在上海读书学习，开销是很大的。

孙楚珍不想给家中增添负担，中途曾想到过退学，结果遭到孙文秀坚决反对。

无奈之下，孙文秀卖掉了家中的 200 亩土地，以确保孙楚珍完成学业。

孙文秀卖地供学的做法在孙圩庄引起不小轰动，有人觉得代价太大，但更多的人认为，这是对孩子前途负责的做法，值得大家学习。

孙楚珍不负众望，顺利从复旦大学第二期法律系毕业。

对当时的国民政府来说，像孙楚珍这样的毕业生也是国之栋梁，所以他得以到国民政府任职，并先后担任灌云、宿迁、如皋、镇江等地的县长，其间还曾在安徽、浙江等地工作过。

而孙文秀，在孙楚珍毕业后，又攒了些钱，到地价相对便宜的黄圩这个地方买了片地产，并盖了些房子。

不久，孙文秀在黄圩新家为孙楚珍完了婚，对象是颜集乡的周氏。

结婚后的很长一段时间内，孙楚珍和周氏都是以在黄圩生活为主的，偶尔才回孙圩看看。

慢慢地，黄圩便成了他们的"老家"。

待孙文秀病故后，孙楚珍他们与孙圩的联系渐渐减少。

但是根在孙圩，每年清明他们都要去孙圩扫墓。

孙楚珍和周氏在黄圩生有一男一女两个孩子，男的叫孙同生，女的叫孙芳。

到镇江工作后，孙楚珍又婚配如皋的汤氏，即孙建波的奶奶（按当时的习惯称"二奶奶"，周氏则被称为"大奶奶"）。

孙楚珍与汤氏生有三子，分别是孙灌生、孙淮生、孙镇生，其中孙镇生就是孙建波的父亲。

孙楚珍自从与汤氏结婚后，回老家黄圩的机会越来越少，老家完全由大奶奶周氏带着孙同生、孙芳兄妹俩打理。

时间不知不觉来到 1945 年 8 月，日本投降，国共合作破裂，内战爆发。

此后的几年间，孙楚珍不得不随国民党东躲西藏，不堪回首；而在黄圩的大奶奶周氏，却与人民政府结下了友情。

当时他们家生活殷实，有地 500 余亩，房屋 30 余间。正好地方革命组织需要办公场所，周氏听说后便满口答应将他们家多余的房屋腾出，提供给他们使用。

因此，当地的区人民政府、乡人民政府、村民委员会三级机构的办公吃住都在他们家。

再后来，宿北大战打响了，他们家还充当过人民军队的临时指挥部，并且毁掉大量的松林、树林，供部队造担架以及烧火做饭用。

可以说，为了支持革命，周氏是不遗余力、倾其所有的。

中华人民共和国的成立，也有周氏这样一位农村女性的一份功劳。

这也让作为晚辈的孙建波深受教育，从小便懂得幸福生活的来之不易，以及甘于奉献的道理。

长大后，孙建波利用所学知识，创办了江苏昊通市政工程有限公司，承担了一些市政工程项目的建设，增加了收入，也回报了社会。

对于老家孙圩庄围绕读书学习、尊师重教开展的各种活动，孙建波都积极参加，并经常提供经费赞助。

比如庄上竖立"教育世庄"石碑，他带领两个孩子捐款6000元。

最主要的，孙建波不忘继承家族传统，履行好家长的义务，尽心尽力培养孩子读书。

目的，就是希望孩子们能好好学习，掌握足够的知识，像家族先辈们一样，做对社会有用的人。

或许正因此，在长子孙雨轩大学毕业后，孙建波毫不犹豫地让其出国深造。

2022年3月，孙雨轩进入英国谢菲尔德大学读城市规划设计专业研究生。

次子孙宇航，目前正在上海外国语大学读书，明年，他也将按计划出国读研究生，目的地是澳大利亚的昆士兰。

孙建波说，经济条件好了，就应该让孩子们有更多的机会接受更好的教育。

说起父母的培养教育，从孙圩庄嫁出去、现年80岁的孙霞称自己最有发言权，她说当年要不是父母开明，坚持让她读书，她一个女孩子家哪有后来的工作和幸福生活？

孙霞，1942年出生，孙圩庄孙氏七世女孙。

孙霞是家中唯一的女孩，所以从小就受到父母的特别疼爱和兄弟们的百般呵护，过得是无忧无虑。

在孙霞的记忆中，父亲孙才为每天都赶着毛驴上街做点布匹小生意，南来北往，风里来雨里去，从不间断，一年到头吃尽了辛苦，历尽了人世沧桑。

他不仅要养活自家六七口人，还要照顾老家的亲人，只要老家来人投奔到他，他都要招待人家吃住几天，走时还免不了要装点带点回去。

孙才为做这些从无怨言，所以在亲戚中口碑很好，大家都很敬重他。

孙霞母亲孙于氏，勤俭持家，一天到晚总是忙着料理家务，从不闲着，白天收拾里里外外，缝缝补补，晚上还要伴着毛驴推磨。

孙于氏整天操劳，自己却舍不得吃，也舍不得穿，她把孙才为卖布剩下的碎布头都保存起来，遇到谁家女儿出嫁，觉得能派上用场的就送过去，从不小气，为穷困中的亲友解决了难题。

小时候，孙霞总觉得过日子就是苦，缺吃少穿的，大人小孩都不闲着，却怎么也换不来好日子。

直到中华人民共和国成立后，孙才为参加了集体联营合作社，生活才比较稳定，一家人也不再担惊受怕了。

这时候，孙才为忽然提出要送孙霞上学去，令孙霞感到很意外。

她知道，身边多数同龄女孩子都没有读书，不是自己不愿意读，就是父母没条件让她们读。

而自己的父亲思想开放，目光远大，他说："现在时代不同了，男女也平等了，女孩子不识字怎么能行呢？"

孙才为就是这样，对每一个子女都很关心，支持他们读书求学。

同时，他的要求也很严格，他常说："只有有学问、有知识、对社会有贡献的人，才是一个有用的人。"

孙霞上学了，终于有了正式的名字，也就是现在这个名字，是父亲亲自给取的，她觉得非常好。

从上学第一天起，孙霞就下定了决心，一定要好好学习，不辜负父母的一片厚望。

小学毕业后，孙霞又念了初中，初中毕业后，被分配到邮电部上海第一电信研究所工作。

孙霞常说，如果不是父亲当初让她上学读书，她或许就跟其他许许多多的女孩子一样，一辈子在农村种地了。

为了感谢父亲，有一年，她还趁父亲到南京看望二哥孙如超之际，专门将他接到上海，陪他在上海游览参观了一周。

上海这次游览，使孙才为开了眼界，也增长了见识，此后一提起来，他便要讲上一会儿，称这是他最满意、最潇洒的一次出行。

子女念成书有出息了，是做父母的最高兴、最自豪的事。

从这一点来讲，现年 88 岁的姬秀英老人无疑是欣慰的，也是令人羡慕的——她的两个儿子一个做了中学校长，一个做了中学副校长。

姬秀英，1935 年出生，孙圩庄孙氏七世孙孙如刚之妻。

在农村的多数家庭，子女教育一般是父亲的事，母亲则以操持家务为主。

而对姬秀英来说，显然不是这样。

她原本就不是一个甘于平庸的人，虽为家庭妇女，却不想整天只围着锅台转，她也有自己的思想和追求，她要活得自在，活出自我。

或许正因此，结婚后没几年，她便和丈夫带着孩子从大家庭分出，单独在边上生活。

这在当时，可是件不容易做到的事情。

那时的农村，习惯于大家大口的生活模式，也就是一大家子几代人同在一个家院里住、同在一个锅里吃，无论兄弟多少，也无论结没结婚或结婚后又有多少孩子，统统一起生活。

作为嫁上门来的媳妇们，虽然对此很排斥，却又无力改变，只能忍着，强迫自己去适应，慢慢也就"习惯成自然"了。

这也进一步造就了很多女性忍气吞声、逆来顺受的性格特点，她们在大家庭中几乎没有什么地位，除了干活还是干活。

然而姬秀英不同，她既然不习惯这种生活，就想着要摆脱。

而且，她也从大家庭每个人的命运里看到，如果不改变这种状况，将来自己的孩子怕也有可能上不了学、念不成书。

在她义无反顾的坚持下，他们小家庭终于得以分门立户，单独生活。

分家后，日子虽然艰苦，但一家人欢聚一堂，自由自在，其乐融融。

关键是，一家人的命运掌握在自己手中，虽不指望其他人能帮上忙，至少也不担心会有什么阻力。

从此，姬秀英便精心照顾这个家，努力保证孩子们吃好穿好，还有学习好。

姬秀英性格坚强，追求上进，不甘落后。

当年在生产队的集体劳动中，她从不拈轻怕重、叫苦叫累。

相反，每当遇到困难或脏活、累活，她总是冲在前面，义无反顾。

因此，她年年被上级评为劳动模范，家里墙上贴满了她的奖状。

这对子女们来说，起到了很好的垂范作用。

"学高为师，身正为范。"陶行知的这句名言是针对教师而言的，意思是说教师除了要有扎实的专业知识、较高的文化水准，更要有良好的道德素质，可供学生参照。

普通家长又何尝不是如此？"身教"的作用，往往重于"言传"！

在姬秀英的培养、引导下，两个男孩均考入师范学校，毕业后都当了老师，而且双双娶教师为妻，成为令人羡慕的"夫妻教师"。

其中，孙玉丁担任了多年的中学校长，孙玉之也已成为县城一所中学的副校长。

姬秀英的脸上，常常露出满意的笑容，把两个儿子都培养成才，她的心愿也就了了。

而两个儿子的儿子，也就是她的两个孙子，大学毕业后都考上了研究生，这同样让她感到自豪。

她的孙子辈（孙子、孙女、外孙、外孙女）共 12 人，有 9 人考取了本科大学、3 人考取了大专院校，其中有 4 人考上了研究生。

大女婿彭明，也是一位教育工作者；外孙彭挺，大学毕业后考取了公务员，曾做过乡镇党委书记，现为县政府某局局长。

在孙圩庄，人们都说她的家庭是正宗的"教师之家""书香之家"。

而比姬秀英大一岁的仲秀兰，也是这样的一位不平凡女性。

仲秀兰，1934 年出生，孙圩庄孙氏八世孙孙玉龙之妻。

仲秀兰娘家在庙头镇大柳村小墩庄，结婚前，她就是一位聪明、能干、坚强的女性。

解放战争期间，年轻的仲秀兰积极参加支前活动，和村里的好姐妹们一起，纺棉线、做军鞋、磨面粉等，还曾大胆地跟随支前小车队，往前线运送物资。

这一直是仲秀兰引以为荣的人生片段，也是她始终保持一颗乐观、进取之心的动力所在。

从结婚起，仲秀兰就成为家中的主心骨、顶梁柱，用自己的勤劳和智慧支撑起一个家。

为了增加收入，她学习了缝纫技术，结果当了大半辈子的裁缝，还曾带过多名学徒，包括大女儿孙爱勤、二女儿孙淑芹。

在子女培养上，并不识字的仲秀兰跟庄上大多数家长一样，希望自己的孩子走读书成才之路。

为了让孩子读书，她非常舍得下本钱，可以说不惜一切代价。

20 世纪 70 年代，受社会发展、家庭条件等因素的制约，农村孩子上学读书依然受到限制，多数人读完小学就回家务农，甚至结婚生子了。

这种情况下，仲秀兰却坚持让大女儿孙爱勤读完高中，纵然别的同龄女孩早已经成为家中主要劳动力，仲秀兰也未曾动摇过。

孙爱勤于 1967 年 9 月至 1973 年 7 月在新河中心小学读小学，又于 1973 年 9 月至 1975 年 7 月在新河中学读初中。

初中毕业后，根据当时的政策，需要经过层层推荐，选上了才能读高中，否则只能回家务农。

遗憾的是，孙爱勤没有被选上。

但她不甘心，她想继续读书，她想识更多的字，掌握更多的知识。

当时，孙爱勤经常被生产队请去读毛主席语录给村民们听，在她看来，这是多么光荣、自豪的事啊，如果不识字或识字不多，这事不会轮到自己。

她甚至幻想，将来也能像村里的一些长辈那样，做个人民教师。

仲秀兰当然更不甘心，她无论如何也要让孙爱勤读高中。

然而，想到新河中学读高中，真的是太难太难，仲秀兰托了很多关系，找了很多人说情，也没能如愿。

无奈之下，他们只好退而求其次，选择了"联中"。

所谓联中，亦即联合中学，就是指几个自然村采用政府扶持、联合集资等方式办起的学校。这样的学校多少有点不正规，师资、教学质量等更不能与新河中学相比。

尽管如此，仲秀兰还是很满意，只要女儿有书念，什么学校都能接受。

联中毕业后，恰巧赶上国家恢复高考，仲秀兰便鼓励孙爱勤报名参加。

最后虽然没考上，但这次高考，成为孙爱勤人生中的宝贵经历。仲秀兰也感到很欣慰，至少，她没放过机会。

对于读书求学，孙爱勤曾含着热泪告诉弟弟妹妹们一件往事。

那年大年三十，仲秀兰突患重病，住进了县人民医院。

由于病得很严重，在医院住了近半年时间才治好。

当时，由于家中经济状况不好，只能分期分批缴纳住院费。

通常是父亲在家干活挣钱，隔几天攒了些钱，便由孙爱勤送到医院去。

每次步行往返70多里的路程，对孙爱勤来说很不容易，不仅累，还要频繁向学校请假，弟弟妹妹们的生活也要她照顾。

于是，她便跟老师提出要退学，以专心照顾家人。

然而老师对她的学习特别关心，并没有同意退学，还对她说："你每天上午来学校上课，下午在家做家务，等你妈妈病好回家后，我慢慢给你把课补上。"

就这样，孙爱勤开始了半天上学、半天做家务的艰苦生活，持续好几个月时间。

仲秀兰病好后，得知孙爱勤曾经想退学，虽然很心疼和自责，但还是把她埋怨了一顿，说是不该有退学的想法。

1978年9月，得知附近一所村小学缺编，仲秀兰托人推荐和协调，让高中毕业的孙爱勤去那儿做了代课教师。

两年后，上面分配了正式教师，孙爱勤便回家跟着仲秀兰学缝纫，直至结婚成家。

受仲秀兰影响，孙爱勤和当老师的丈夫张东亚也是拼命培养孩子读书，最终，两个孩子都考上了大学。女儿张艳秋毕业后还当了中学音乐老师，并且与同为音乐老师的耿志伟结为伴侣。

仲秀兰一共5个孩子，二女儿孙淑琴当年因故未能正常上学，因此不识几个字，这成为仲秀兰一辈子的痛。

三女儿孙爱霞，虽然只是初中毕业，却继承了仲秀兰身上的许多优点，诸如不服输、自主能力强、待人真诚等，因而能从路边摊开始，把花木生意不断做大做强，如今已发展成为资产数百万的花木企业——沭阳县新时代盆景出租有限公司，并且多次受到有关部门表彰。

而孙爱霞最为欣慰的是，儿媳妇沈亚荣在婚后不忘学习和追求，成功考取了中学教师编制，成为一名光荣的人民教师。

长子孙仲，当年高考落榜，意识到难有大的进步，便准备就此闯荡社会，仲秀兰不答应，坚定地对他说："你一定要复习一年，就算考不上大学，多学点东西也是好的，家里暂时不需要你做事，也供得起你念书。"

复习一年后，当孙仲阴差阳错地被扬州汽校录取，专门学习客车驾驶的时候，仲秀兰同样流露出满足感，她说汽校也是学校，同样能学到东西。而且，毕业就能分配到县城国营企业上班，这在当时也是求之不得的好事了。

孙仲的妻子杨文平，在企业做会计，快 40 岁的时候还坚持学习，成功考取到初级会计师职称，因而得以提拔重用；女儿孙梦洋，利用出国留学的机会考取了硕士学位，成为孙圩庄屈指可数的 10 名研究生之一。

次子孙月，小学毕业后被仲秀兰送到县城读初中，后来考上沭阳县中学，继而考上大学，终于圆了仲秀兰"要让孩子上大学"的梦想。

孙月在外上大学期间，每次回家，仲秀兰都是"报喜不报忧"，称家中什么困难没有。她生怕孙月因担心家中经济拮据而放弃学业或不安心学习。

毕业后，孙月因在大学里选修过计算机课程而被某监狱破格录取，成为一名司法系统的国家公职人员。这也让仲秀兰不由得从心底里感到高兴和自豪。

后来，孙月娶了当老师的徐艳红为妻。

如今，他们的孩子孙春旺也已成为一名大学生。

仲秀兰的儿孙后代中，共有研究生学历 2 人，本科学历 8 人，大专学历 2 人，高中学历 3 人。其中有 1 人做了公务员，6 人当了教师，1 人曾经当过代课教师。

这，也被很多人看作是孙圩庄"教育兴家"成果的可贵一例。

仲秀兰既不是教师，也不识字，对子女学习本身是帮不上忙的，几乎只是下意识地供他们读书，或许谈不上教子有方。

但在庄邻眼中，她就是用这种普通的方式以及那股子不服输的劲儿，把子女们都培养成人，使他们各自小家庭过得很幸福，所以才受人尊敬。

姜丽华，1955 年 9 月出生，孙圩庄孙氏八世孙孙玉军之妻。

孙玉军是教师，还早早做了校长，在教育子女上自然得心应手。

可是，姜丽华用自己的方式，一边勤俭持家，让丈夫安心工作，一边配合搞好家庭教育，培养子女成长。

女儿孙静，如今已是江苏省沭阳中等专业学校的一名美术老师，可以说是学有所成，"子承父业"了。

提起母亲对家庭的贡献、对自己及弟弟的培养，孙静满脑子都是幸福甜蜜的回忆。

年轻时的姜丽华，如她的名字一样，是个既长相美丽，又才华横溢的姑娘。

以前村里的大小姑娘老少娘们都会做绣花鞋、绣枕头套、绣鞋垫儿，但要先用铅笔画个带花形的底稿，俗称"鞋样"，也就是图案纹样，贴在布上，然后再飞针走线地去绣。

毫无绘画基础、没有经过任何培训的姜丽华，可以在"鞋样"上把梅花喜鹊等中国传统图案画得栩栩如生，更绝妙的是，两只"鞋样"还能画得左右对称，造型精准，线条柔美。

孙静说，她能成为一名美术老师，以及拥有对形体的高敏感把握度，大约也是遗传自母亲的优秀基因。

姜丽华很勤劳、能干，什么家务都难不倒她。

有一次，孙玉军去学校上班了，姜丽华一个人在家院里浇筑了一个存储粮食的大缸，足足有一人高。

制作流程大致是，先挖一个大坑，和好水泥涂抹在这个有形状的坑内侧，等干了把它挖出来，外面再涂上一层水泥。

孙静说，如此工序繁复、耗费体力的技术活，村里的男性也没几人会做的，母亲却一个人独自完成了，真是女中豪杰。

田地里春种秋收，姜丽华事事精通；餐桌上美味佳肴，她样样会做；还有，每年腌制咸菜、萝卜干、酱豆等等，更是她的拿手好戏。

　　姜丽华爱干净，他们家的小院总是被收拾得井井有条，尤其是夏季，小院鲜花盛开，果树飘香，给家人尤其是孩子们带来了许多欢乐。

　　按照孙静的说法，姜丽华用勤劳的魔法，使家里时刻洋溢着浓浓的爱的气息。

　　姜丽华还乐善好施，扶弱济贫。

　　孙静说，小时候物质贫乏，母亲很热心，总是把她家里的食品分给亲友们，一送就是一大袋子，唯恐他们不够吃。

　　"他们生活不容易，能帮的就帮一点。"这是孙静常听母亲说的一句话。

　　孙静更难以忘怀的，是母亲的温和善良，至孝笃亲。

　　她说，记得小的时候奶奶患病住院，都是母亲这个儿媳妇去陪床，衣不解带地侍奉。

　　老人家脚怕冷，夜里睡觉母亲就把奶奶的脚抱在怀里焐着。

　　有一次，奶奶吃剩下半碗米粥，说丽华啊你吃吧，母亲正好还没吃饭，就端起来吃了，一点也不嫌弃。

　　对此，孙静有点不理解，母亲就对她说，你奶奶给我吃是一份心意，我拒绝了她会难过的。

　　孙静的太奶奶一直活到 97 岁，老人裹小脚，还有盘发习惯。孙静说，最后的十几年，一直是母亲这个孙媳妇帮其洗脚、修脚、梳头发。

　　孙静曾看过母亲端热水给太奶奶泡脚，泡好后把她的脚放在自己大腿上，小心翼翼地为她修脚。

　　她还记得，太奶奶最后患有阿尔茨海默病，他们全家像宠孩子一样哄着她，尤其是母亲，显得非常有耐心。

　　有时候，太奶奶收的零钱忘在哪儿找不到了，就怀疑说是母亲给她洗脚时拿了去，母亲一点也不因为被冤枉而感到生气，她说就当个笑话，不跟老人家计较。

　　世间善事忠和孝，姜丽华用行动进行了注解，也给孩子们做了榜样。

　　姜丽华的身体力行，使孙静姐弟俩学会了宽容，学会了理解，学会了为他人着想。

　　而姜丽华在忙里忙外操持家务、尽心尽力照顾家人的同时，不忘关心孩子们的读书学习，尤其是当孙玉军工作在外的时候，她更是承担起了对孩子们的监管重任，确保他们按时完成家庭作业，不断提高学习成绩。

这一点，也是孙静姐弟俩一直感激不尽的。

直到参加工作后，姜丽华还不忘嘱咐他们要努力工作，勤恳敬业，边干边学。

孙静说，她的母亲就像千万个母亲一样，简单而不平凡，她那种无声的教育，使她姐弟俩受益终身。

7. 为了求学，他们互帮互助

从上述可以看出，孙圩庄人在求学过程中普遍付出艰辛，一路走来委实不易。

谈起此话题，孙如道不迭声地说："太苦了，太苦了！"

他还着重提到，父亲孙才为知道各家艰难，所以经常在谁家子女读书遇到困难时慷慨解囊，提供资助。

孙才为三哥孙才能的次子孙如春，在中华人民共和国成立后跟随长辈孙禹昌在新沂中学念高中。

孙如春头脑聪明，学习刻苦，原本可以有个美好的未来，谁知竟于1958年肄业。

孙才为后来才知道，这是孙如春当时做出的一个无奈选择。

原来，那个时候条件很艰苦，农村人读书本来就不容易，何况孙如春是在外地读高中。

最突出的，就是没有饭吃。

孙如春曾经回忆说，读高中时，能吃一顿饱饭真是奢望。

孙如春还说过，对饥饿最深刻的印象是吃了一星期的蓖麻籽，那时实在没有东西可吃，只能逮到什么吃什么。

要知道，蓖麻属油料作物，蓖麻籽是不能吃的，一旦吃多了，是会中毒甚至危及生命的。

结果回到家后，母亲看到面黄肌瘦的孙如春，紧紧攥住他的手，眼泪哗地一下流了出来……

后来，因家境贫寒，实在拿不出学费和口粮读书，孙如春不得不在高二下学期主动放弃学业。

虽说是肄业，毕竟学到了知识，所以孙如春回家后先后被安排在新河龙堰小学、维新小学任代课教师，有了一定的收入。

后来，孙如春又到沭阳师范学校进修，毕业后被分配到庙头镇中心小学任民办教师。

孙如春不论在读书期间，还是工作期间，始终能吃苦耐劳，敢为人先，得到了大家的一致好评。

而在子女教育上，他也是倾其所有，毫不含糊，更不想自己的经历在子女们身上重演。

在他的精心培养下，6 个子女通过考上师范学校或其他渠道，全都成为教师，其中有 3 人的配偶也是教师，成为名副其实的"教师之家"。

而当年对于孙如春的无奈肄业，孙才为曾难过了好一阵子，身为四叔，他觉得自己没能尽到义务供孙如春把书读完，很对不起自己的三哥孙才能。

后来当二哥孙才平的家境也面临困窘，家中唯一读书的孩子孙如川也要辍学的时候，孙才为就劝告孙才平砸锅卖铁也要让孩子读书。

孙才平苦笑着说："家里都快揭不开锅了，哪还有钱让如川上学呀。"

孙才为说："我暂时给你垫上，不能再让孩子一辈子窝在这沙土上累死累活了。"

结果，在孙才为的资助下，孙如川终于得以继续上学。

孙如川知道，其实四叔家也不容易，所以他唯有刻苦学习，用好的成绩来回报四叔的关爱。

后来，孙如川成了沭阳早期的公办教师，一直任教 30 多年，直到退休。

退休时孙如川还说，自己能由一名农村孩子成为公办教师，完全归功于四叔孙才为的倾力相助，如果不是四叔执意让他读书并提供帮助，恐怕他真的要当一辈子农民。

现年 83 岁的孙如华，当年求学时也得到过孙才为的资助。

孙如华，1955 年考入沭阳中学初中班学习，当时家中经济十分困难，家里的农业收入连吃饭都不能保证，更不足以支付每年的学费和生活费，所以每逢新学期开学时他们全家都发愁。

这时，作为孙如华四伯的孙才为，总是看在眼里想在心上，无私地伸出援助之手，帮助孙如华解决经济上的困难。

孙如华还记得，每逢星期日回家，或到寒暑假，孙才为总会询问他学习上、生活上有什么不便之处和困难，孙如华都一一回答，孙才为总是耐心倾听。

孙才为这样无微不至的关心，使孙如华更加努力地学习。初中毕业后，又顺利地考入了中等技校。

孙如华说，现在回想起来，自己的成功与四伯的帮助和教育是分不开的，他将永远铭记在心。

前面提到的孙亚峰，1999年考上了众人向往的沭阳中学，却因昂贵的学费差点放弃，后来是邻居、亲友们纷纷出力，才帮他凑齐了学费，让他得以继续念书，进而圆了大学梦。

如今，已成家立业、定居外地的孙亚峰，念念不忘邻居、亲友们的资助，每次回到家乡，总要问一下各家的生活及子女求学情况，看有没有需要他提供帮助的。

这就是孙圩庄人文化心态的一个典型而鲜明的浓缩，他们不仅关注着自己子女的成才，而且，常在他人有困难之时，不遗余力地出手相助，彰显出互帮互助、为人师表的良好风范。

1994年春。对孙玉德一家来说，这是个极其灰暗的春日。

孙玉德自小便患有严重的哮喘病，基本不能做较重的农活。

一家四口人，医治孙玉德的病，供养一女一子读书，全靠妻子方红兰编织些小篮小筐的手艺支撑。

然而，方红兰不幸因陡患脑出血去世。

这个沉重的打击，令原本就格外贫困的家庭，一下子陷入了绝境。

全村的孙氏宗亲，无论男女老幼，在表示深深的怜悯之余，纷纷伸出援助之手，大伙儿七凑八凑地捐出几千元钱，帮助孙玉德盖了房子，剩余的钱，资助两个孩子继续读书。

大家心里都有一份执念，既然生活在一个村庄、一个大家庭，彼此就要相互关心、相互照应，不管是生活上还是学习上，有困难了都要相帮互助，抱团取暖，共同前行。

这份执念，让孙圩庄人尊重知识、崇尚教育的传统多了一份温度，也焕发出生机与活力。

第四章

从教

1. 六代从教，百年接力

孙圩庄群体式从教的历史，迄今为止大致可以分为四个阶段。

第一个阶段，从清末民初，到中华人民共和国成立。

这是中华民族动荡不安，饱受苦难的一段时间；也是各族人民顶着内忧外患奋发图强，改天换地的一段时间。

这段时期，孙圩庄人顺应潮流，以救亡图存为己任，矢志不渝走教书育人、教育救国之路，努力实现奋斗目标。

从因教私塾而成为孙圩庄第一位从教者的孙文生，到担任新河历史上第一所公办学校校长的孙文元，再到战乱之下受党组织委托在华严寺办学的孙禹昌……无不对孙圩庄后来的群体式从教现象的形成起到了鼓舞和推动作用。

他们的贡献，犹如在一片贫瘠的土地上播下一粒种子，慢慢地生根发芽、开花结果，使这片土地从此绿色盎然，充满希望。

他们不仅开创了孙圩庄人从教的先河，也和其他的教育先行者一道，共同谱写了新河早期教育的辉煌，他们的功绩，已然融入新河教育史之中。

这一阶段，孙圩庄从教者共有 6 人，分别为孙文生、孙文元、孙禹昌、孙才邦、孙大昌、孙佃昌。

从数量上看也许并不算多，但在当时那样的一个贫困小村庄，能有这么多人相继从教，已经很难得了，而且对后辈的影响非同小可。

第二个阶段，从中华人民共和国成立初期，到 20 世纪 60 年代末。

这是中华人民共和国成立后的头 20 年，教育行业百废待兴，各地持续掀起办学热潮。

其间，小学还曾下放到大队办，学校数量和班级数大增，教师奇缺，一大批初高中青年被吸收为民办教师，走上了教学岗位。

孙圩庄的有识之士，承接上辈重视教育、重视人才培养的优良传统，在全县教育大发展的背景下抓住机遇，积极投身教师行业。

这期间，孙圩庄新增了孙如川、孙如玖、孙如松、孙如春、张淑英、蒋广兰、孙如林等7位教师，人数依然不算多，却开创了一个新时代，起到了一个承上启下的作用。

这7人，均为孙圩庄孙氏七世孙或七世孙媳。

其中，1944年出生的孙如林，从小受到家族中识文解字长辈的启蒙教育，养成了自愿学习、主动学习的习惯，即便长大后步入军营，也始终视长辈们以往的口传心授为道德清风、文化清风，牢牢把学习放在心上。

从部队转业至中央党校后，为了适应工作需要，孙如林通过参加自学考试取得了更高文凭，后又通过努力，成为中央党校高教部哲学系教授，也因而成为孙圩庄级别最高的教师。

另外，他还在各级报刊发表了大量理论研究文章，其中有很多又与教育、教学有关，如《关于教学改革的实践与思考》《教学中要充分发挥学员的优势》等，分别发表于《党校科研信息》《中国党政干部论坛》《理论前沿》等刊物上。

至此，连同在非教师岗位上从事职业教育工作的孙才为、孙仲昌二人，孙圩庄从教者累计已达16人了。

第三个阶段，从20世纪70年代起至90年代末，高潮在20世纪90年代。

这30年，是我们国家在中国共产党领导下，拨乱反正、改革开放、走向繁荣的一段时间，也是教育事业得以长足发展的一段时间。

尤其是党的十一届三中全会之后，教育领域出现欣欣向荣的景象。

沭阳县贯彻"调整、改革、整顿、提高"的方针，取消所有"戴帽班"，不断增加新的教学点。

此时，教师需求量大幅提升，人们对加入教师行业的热情也空前高涨。

对孙圩庄来说，随之而来的是教师队伍的再度扩大。

据统计，这30年间，孙圩庄新增正式教师、民办教师、代课教师共41人，分别为孙如道、孙银、孙媛、孙利、孙兰香、孙耀武、戚跃梅、堵建州、孙会芹、孙玉芳、孙玉军、孙玉璋、沈爱霞、孙爱勤、孙玉明、孙玉祥、孙玉丰、曹利娟、孙玉雷、孙兰、孙玉丁、戴敏、蔡红梅、孙乾、胡霞方、孙玉佐、孙东、骆静、秦怀红、孙玉之、陈冬梅、孙琼、孙红军、胡新霞、孙敏、孙云琳、孙多、孙红芹、孙天霖、徐艳红、王惠。

而且，从教人员的辈分结构有了很大变化，已经跨越第三代、第四代，到了第五代了。

他们中，有很多人后来成为教育领域的骨干乃至杰出人物，比如孙如道成为沭阳县技工学校校长，孙琼创办了新河第一所私立幼儿园并担任园长等。

至此，孙圩庄从教者累计为 56 人。

第四个阶段，从 2000 年开始，到目前为止。

新世纪，新气象。随着国家和社会的飞速发展，孙圩庄的尊师重教之风也与日俱增，教师队伍再度壮大。

尤其是当下，社会大变革，就业渠道增多，人们生活方式多元化，但孙圩庄仍有很多人执着从教，一批 90 后也成长起来，加入教师队伍。

与以往不同的是，庄上其他姓氏的家庭不断有教师出现了，比如王阿敏、王睿、冯凤清、堵婷婷、堵庆苏等人。

而此前，庄上其他姓氏的教师主要为嫁过来的媳妇。

同时，村中第六代教师也出现了，比如孙迪、王睿等人。

他们，成为孙圩庄教师队伍的新鲜血液。

从 2000 年至今，孙圩庄新增教师 32 人，分别为孙玉忠、孙利荣、周媛梓、孙炳、孙晶、孙倩、徐亚文、孙爱丽、孙静、孙海燕、孙颖孜、孙海婷、孙飞跃、张洁、孙磊、舒敏燕、唐义玲、孙云轩、王小青、王阿敏、陈燕飞、王春梅、孙龙庭、王越、孙娥、杨艳秋、冯凤清、堵婷婷、堵庆苏、孙晶晶、王睿、孙迪。

至此，孙圩庄从教者累计已达 88 人之多。

值得一提的是，从第三个阶段起，孙圩庄出现了"姑爷教师"（即本庄出嫁女性的丈夫从教的），到目前为止共有 11 人，分别为：姜华明（孙兰香夫）、吴从明（孙玉芳夫）、彭明（孙玉梅夫）、张东亚（孙爱勤夫）、张士川（孙琼夫）、张兆明（孙敏夫）、蔡伟波（孙云琳夫）、张权（孙多夫）、刘军（王春梅夫）、李浩（孙海燕夫）、李勇（孙娥夫）。

综上所述，迄今为止，孙圩庄从教者及曾经从教者历经六代，总人数为：

第一代、第二代：8 人；第三代起至今：学校毕业分配的正式教师 63 人，"顶职教师"两人，民办及代课教师转公办的 8 人，未能转公办的民办及代课教师 7 人，"姑爷教师" 11 人。共计 99 人。

其中，12 人已去世，15 人退休，11 人转行或辞职，目前仍坚守在教学岗位的为 61 人。

当然，这些数据并不是很全面的，比如一些迁居浙江、台湾等地的孙圩庄人，后代中也有从教的，因具体情况暂不清楚，所以未纳入统计。

2. 朴素的从教动机

虽说尊师重教早已成为孙圩庄人的共识，但就个体而言，很多人跨入教师行列的原因也是不尽相同的，有的还带有一定的传奇色彩。

说起最初从教的原因，九旬老人孙如玖的回答干脆而直接："就是不想种地，不想干农活！"

这个细节如今还能记得并且脱口而出，可见在其一生之中是多么关键。

在过去那个年代，农耕文化影响下的穷孩子多半会选择像父辈一样，扎根乡土，男耕女织。

出生于1933年，经历过战乱、逃荒的孙如玖，却不是这样。

他年纪轻轻饱尝艰辛，对父辈那种面朝黄土背朝天的生活有着与生俱来的排斥，所以从心底盼望有朝一日能离开农村，至少在农村不要种地、干农活。

中华人民共和国成立初期，青春年少的孙如玖，一门心思扑在学习上。

然而在父母眼中，作为家中长子的孙如玖已到婚配年龄，村中同龄人纷纷成家，他也该考虑终身大事了。

当时，孙如玖被已调至新沂县初级中学任教的叔伯父孙禹昌带在身边读书，很快就要初中毕业了。

一天，父亲忽然让人捎信给孙禹昌，让他通知孙如玖回家完婚。

原来，父母经不住村邻及媒人的劝说，按当时农村的惯例，做主为孙如玖定了一门亲事，女方为各方面条件都不错的本乡周庄人刘增英。

孙如玖虽然很不情愿，但父命难违，在世俗和现实面前，他没有更多的选择，拖了一段时间以后，终在婚期前一天赶回了家。

这时，离毕业考试只剩不到一个星期时间了。

因此，婚后第三天，孙如玖便匆匆回到了学校，迎接毕业考试。

他非常珍惜这段学习时光，力求善始善终，拿到毕业证书。

直至今日，孙如玖仍收藏着这张盖有新沂县初级中学红色印章和韩宪斌校长签名的毕业证书。

毕业之后，孙如玖暂时回到了家中，过上了正常的家庭生活。

妻子刘增英是个贤惠、善良的女人，对丈夫体贴入微，百依百顺，这令涉世不深的孙如玖倍感温暖，无形中多了些慰藉。

就在他们沉浸在爱情的幸福中，几乎忘了任何烦恼之际，孙如玖忽然得知一个要让他们独立生活和劳作的消息，内心顿时不安起来。

原来，他们家此前在外地买了些田地，一直靠雇人耕种，很不方便。

父母就想，如今大儿子已经结婚成家，应该挑起家庭重担了，就让他们夫妻俩搬到那里生活，负责打理那块田地吧。

对于父母的这个打算，孙如玖虽然很能理解，内心却是一百个不愿意，他还没做好务农的思想准备，更别说独当一面负责一大块田地的耕种了。

但又不好拒绝，该怎么办呢？

这天晚上，孙如玖在房间里跟妻子正式聊起了此事，愁眉苦脸地说："这下糟糕了，我们俩怎么去种那一大块地呀？空野荒湖的，生活都不方便。"

妻子也是一脸的茫然，没想到刚嫁上门来，就要和丈夫独立生活，还要负责种地。

也难怪小夫妻俩忐忑，一个 19 岁，一个 18 岁，根本不懂种庄稼，如何能担起这个重担？何况孙如玖还有自己的心思！

"不行，绝对不能去，一去就回不来了，就要永远在那里种地了。"孙如玖自言自语道。

用刘增英后来的话说，到底是读过书的人聪明，关键时能想出主意。

只见孙如玖沉思片刻，忽然胸有成竹地说："这样，我明天找个借口出去一下，你不要声张，就当什么事没发生，我不回来，他们就不会提种地的事，更不会让你一个人过去的。"

刘增英听后，觉得也只能这样先拖着，便点头答应配合他。

第二天，孙如玖瞒着父母，悄悄走出村庄，直奔新沂中学而去。

他当然不是为了出去躲避，而是想好了一件事，要去试一试，或者说努力争取一下。

来到新沂中学，迎面碰上了韩宪斌校长。

因为孙禹昌的关系，韩宪斌对孙如玖很熟悉，知道他是沭阳新河人，所以一见到他，便亲切地问道："你怎么来学校啦？有事吗？"

"有事、有事，韩校长，我想找你要个工作……"孙如玖急促地应答着。

见状，韩宪斌便让孙如玖先到食堂吃点饭，然后再到办公室具体谈。

吃完饭，孙如玖来到办公室，还没等韩宪斌开口，他便抢先说道："韩校长，我想请你给我安排个工作，我要做事，不想待在家里。"

韩宪斌感到有点为难，因为学校里并不缺人手。但他还是笑着问道："你想做点什么呢？"

"什么事都行，教个书什么的，都可以。"

"那你想在哪里教书？新沂还是沭阳？"

孙如玖心想，新沂是外县，离家又远，父母可能会不同意，于是便说道："最好是沭阳。"

"那我写个介绍信给你，你到沭阳文教局试试看吧，现在很多地方缺教师，他们应该能答应你。"

然后，韩宪斌拿起笔，写了封介绍信，又盖上学校公章，交给了孙如玖。

据孙如玖回忆称，那时候新沂县和沭阳县同属苏北行政区淮阴专区，而且各所学校都可以向两地教育部门推荐本校毕业生担任临时教师。

第二天，孙如玖拿着介绍信，马不停蹄地来到沭阳县文教局，见人便打听哪位领导负责安排工作的事。

后来，在人指点下，他找到了一位姓陈的副局长面前，将介绍信交给了他。

对方接过介绍信，看了看，又问了问孙如玖的基本情况及愿望，然后拿出一本花名册做下记录，说道："这个星期天你到北赵集小学报到吧。"

孙如玖简直不敢相信，这么快就落实了？听完，他还下意识地问了一句："我真可以教书了？"

在得到对方肯定的回答后，孙如玖心满意足地回家做准备了。

这北赵集小学，当时隶属湖东区，非常偏僻，曾差点被划归东海县。

然而，孙如玖不管这些，只要能离开家，只要能不种地，到哪工作都行。

在他看来，只要有正经事做，父母就不会逼他种地——或者说，想逼也没法逼。

再说了，他在外面教书获得报酬，也是帮家里减轻经济负担呀。

至于家里的地怎么办，年轻的孙如玖则没考虑那么多，也坚信父母会想出办法解决的。

事实证明，自从孙如玖开始教书，父母就没再提要他单独种地的事。

相反，父母很为他有一份教师工作而自豪。

尤其是父亲孙才为，觉得儿子能像孙文元、孙禹昌等长辈一样当个"教书先生"，是件很了不起的事情，也是他们家庭的无上荣光。

就这样，孙如玖出于不想种地的考虑，歪打正着当了一名老师，乃至此后成为其终身职业。

当然，就教学工作本身而言，孙如玖也是让领导放心的，他能坚持边干边学，在实践中积累经验和查找不足，不断提升工作能力和教学水平。

1955 年 7 月，他参加了江苏省小学教师轮训班学习，于 1956 年 7 月顺利结业。

1960 年 7 月，又参加了沭阳县师范学校举办的为期半年的小学教师轮训班学习。

短短几年时间，孙如玖具备了专业的教师资格和教学能力，工作上越发得心应手。

若干年后，他得以回到家乡任教，也就能够在工作之余更好地照顾家人。

后来，他还担任了小学教干，成为一名桃李无数、受人尊重的老资格教育工作者，并先后于 1963 年 7 月获得新河公社革命委员会频发的"优秀教师"奖状；于 1973 年 12 月获得沭阳县革命委员会频发的"先进工作者"奖状；于 1974 年元月获得新河公社革命委员会颁发的"先进工作者"奖状。

2016 年 9 月，84 岁高龄的孙如玖获得中华人民共和国教育部、中华人民共和国人力资源和社会保障部联合颁发的"乡村学校从教 30 年"荣誉证书，为其毕生从教工作增添了浓墨重彩的一笔。

3. 高考成功第一人

1957 年 12 月出生的孙玉军，是 20 世纪 70 年代国家恢复高考后，孙圩庄第一个通过高考、凭自己真才实学谋得教师职业的人。

想当年，当孙玉军从师范学校毕业，被分配到新河中心小学工作，捧回了"铁饭碗"以后，在庄上那可是风光了好一阵子。

这是一种荣耀，更是一种象征，它再次表明，只要有知识，就一定能改变自己的命运。

如今，孙玉军已赋闲在家，尽情享受退休生活。

回首过往，点点滴滴他都记忆犹新，尤其是求学、从教过程中的一些新鲜事、辛酸事，他说怎么也忘不掉。

小的时候，大多数家长没文化，甚至不识字，连孩子的名字都起得很随意，不少人的名字还是上学后老师给起的或改的呢。

孙玉军记得，当初上小学的时候，父母给他起的是另外一个名字。

到校后，报名处的老师问他叫什么名字，他如实说出名字后，老师立马就说："这名字不太好，我给你重新起个名字吧，叫孙玉军。"

他很高兴，回家就炫耀着告诉母亲，说老师给自己起了个新名字。

母亲忙问新名字叫什么，结果孙玉军想了半天竟然没想起来，只好尴尬地说："忘了，明天再去问问。"

那个时候，老师鼓励学生早起上学，经常表扬早到的同学。

有不少学生起得太早，到校后往往天还没亮，为了方便看书学习，都带着煤油灯上学，孙玉军也带过。

上到小学二三年级，识字多了，孙玉军就渴望读书——当然是课本以外的书。

不知是什么魔力，他见到书就想读。

但那时候书籍匮乏，找不到书读。

一开始，能看到一些小画书就不错了，慢慢地，孙玉军才接触到层次较高的书。

有一次，不知从哪借到一本破书，没头没尾，他也拿回家读。

当时孙玉军的祖父很喜欢听书，就叫孙玉军念给他听。

祖父虽然不识字，听了几天后，却说书名叫《一百单八将》。

孙玉军信以为真，以为这本破书真叫《一百单八将》，还曾告诉过村里小伙伴。

后来，他才知道是《水浒传》残破本，所谓"一百单八将"，是人们的误传。

这也让孙玉军"长了见识"。

孙玉军的记忆力超强，看过的书大多能记得住。

有一回读完《岳飞传》，他就详详细细讲给别人听，尤其是"岳飞出世"那一节，他讲得绘声绘色，栩栩如生。

读高一时，孙玉军的同桌从家里带来一本四角号码字典，令同学们很好奇。

那时候条件艰苦，像这种工具书同学们见都没见过，全班没一个人会查。

孙玉军不甘心，就琢磨着学，没想到很快便学会了。

从此，同学们有需要的，他就帮他们查四角号码字典。

孙玉军这位同桌的爸爸在北京外文部工作，属于"有文化的人"，所以他们家才会有四角号码字典这样的稀罕书。

后来，这位同桌随他爸去北京读书了，临走时把这本字典送给了孙玉军。

孙玉军有了这本字典，整天查呀，看呀，怎么摆弄都摆弄不够。

这本字典伴随他很多年，也给他增添了许多知识。

1976 年，孙玉军高中毕业。

在当时那个年代，高中毕业意味着学生阶段的学习生涯结束，接下来便是回家务农了。

幸运的是，孙玉军毕业后在大队部谋到一份通信员的差事，不需要下田参加生产队劳动。

能谋到这份差事，也是因为他有知识，领导们相信他。

第二年，也就是 1977 年，国家恢复高考，给广大青年带来了惊喜和希望。

看到身边人纷纷参加这一难得的考试，孙玉军也跃跃欲试地报了名。

他想通过上大学，成为一名正式教师。

遗憾的是，他的高考成绩离录取分数线稍差了一点，与大学失之交臂。

不过，对于分数比较接近的考生，县里做了特殊安排，那就是举办复习班，让他们进行系统复习，以便下一次高考时考出好成绩。

孙玉军也接到了通知，让他参加复习班。

对于这样的大好机会，孙玉军当然想抓住。

然而，当时家里已为他准备结婚的事了，对象是颜集乡埝下村的姜丽华，连日子都定下来了。

孙玉军就跟父母实话实说要去复习，准备明年继续参加高考。

父亲征求邻里的意见，人家说："你们家孩子多，成家一个算一个，还是不要复习了吧。"

那时，人们的想法普遍如此，在很多人看来，孩子成家是最重要的，工作或学习则是其次。

于是，父亲就不同意孙玉军去复习。

孙玉军并不死心，不停地跟父母软磨硬泡，非要去复习不可。

他清楚，一旦不复习，回家结婚了，就意味着关上大学门，也就难以实现教师梦了。

最后，他带着妥协口吻说道："我保证只复习一年，如果下一次还考不上的话，今后再也不作此想了，一心一意回家结婚。"

他这一说，母亲反而心软了，就跟父亲商量，说既然孩子执意想念书，就让他再念一年吧。

父亲也并非不懂道理之人，权衡之下，终于松口了。

就这样，孙玉军如愿走进了位于庙头中学的高考复习班，而且是寄宿生，吃住在学校里。

那时候人们普遍很穷，孙玉军家也不例外。

复习期间，每月的生活费仅7元，通常带30多斤粮食抵去4元，只需再交3元就行了。

尽管如此，每次也是艰难得很。

孙玉军说，记得有一个月他回家拿生活费，粮食有，但3元钱没有。

母亲便出去借，结果借了几家也没借到。

无奈，母亲只好对他说，你先回校吧，家里还有点黄豆，明天逢集拿去卖了，再送给你。

"想起来真让人心酸。"回忆起这段往事，孙玉军红着眼眶说。

值得欣慰的是，复习了一年后，孙玉军还真于1978年夏天考上了淮安师范学校，从此改变身份当上老师，得以像庄上前辈们一样，终身奉献于伟大的教育事业。

更关键的，他从此成了"公家人"，有了稳定而理想的收入，可以大大减轻家庭经济压力了。

"一次奋斗努力，享受一生。"这是孙玉军多年的肺腑之言。

值得一提的是，孙玉军师范毕业成为一名正式教师以后，并没有像有些大学生那样因身份转变、地位提升而取消原先的婚约，他执着地迎娶当初媒人介绍的姜丽华为妻——尽管对方只是一位没有工作的农村姑娘。

并且，他们相亲相爱，共同打造了一个幸福美满的小家庭。这一点，在前面的章节中已有提及。

像孙玉军这样，通过考上师范学校成为教师的，在孙圩庄占有很大比例，这也是新时代下孙圩庄人走上从教之路的主要渠道，孙玉璋、孙兰、孙琼、孙东、孙玉丁、孙玉之、孙飞跃等一大批教师，都是这样。

4. 每一个从教机会都很宝贵

孙磊，1985 年 7 月出生，孙圩庄孙氏九世孙，村中第五代教师代表。

对于自己能跨入教师行列，孙磊不止一次感叹"多亏县政府的政策性照顾"。

纵观孙圩庄一代代教师的履历情况，几乎涵盖了不同时期、不同年代的所有从教机会、政策，比如私塾先生、公办教师、民办教师、顶职教师、代课教师、代课转民办教师、民办转公办教师等。

孙磊的从教，则缘于一个更为难得的机遇。

那是 2003 年的时候，沭阳县政府根据实际需要出台政策，由县教育实验学校（职教中心）从全县初、高中应届毕业生中分别特招一批师范生，初中生班学制 3 年，高中生班学制 2 年，毕业后分配到各乡镇学校任教。

这对广大农村学子来说无疑是个好消息，尽管学费有点高（高中生班 3 万元，初中生班 3.5 万元），很多人还是争先恐后地报名。

在当时，高考录取率不像现在这么高，加之各学校的教学质量参差不齐，广大农村学子想考上大学还是很难的。

考不上大学，就意味着要回家务农，或外出打工，重复着父辈的命运。

孙磊当时在沭阳县怀明中学读高三，得知"特招"这一消息后，赶忙回家与父母商议，希望能得到他们支持，让他也报名参加。

父亲孙玉祥，自然明白孙磊的心思，他也想步自己后尘，成为一名教师呢。

孙玉祥一直庆幸自己能有一份稳定的教师职业，而且像他那样的从教机会已然一去不复返了。

想当年，孙玉祥在做教师的父亲退休后，幸运地顶职成为一名教师，令全村同龄人羡慕。

只是，这样的"顶职"带有明显的时代特征，没几年，这一政策便取消了，至今再也没有出现过。

受爷爷、父亲同为教师的影响，孙磊从小把当教师作为自己的梦想，希望将来能续写一家祖孙三代从教的历史。

然而，现实情况是自己的学习成绩不是太好，想通过高考成为一名教师，估计很难。

而眼前这一"特招"政策，无疑是实现教师梦想的最佳途径。

对于高学费念"师范班"，尽管人们看法不一，持怀疑态度的不少，担心花钱完成学业当不了教师，孙磊却充满信心，向父母表白无论如何也不能错过此机会。

孙玉祥同样看重这样的机会，觉得儿子能够先到"师范班"接受专业的培训，然后再执教，比起自己当年直接"顶职"进入教师队伍要强多了，至少会很踏实。

事实上，孙磊通过二年的"师范班"学习，完全具备了做教师的条件。

2005 年，他顺利成为一名教师，先是在新河镇龙堰村小学任教，后又被借调在新河初级中学任教，再后来，被正式安排在新河中心小学任教。

他的妻子舒敏燕，也是一名教师，在颜集初级中学任教。

如今，那些曾持质疑眼光的人，也开始羡慕孙磊这批"特招生"了，他们觉得虽然靠种花、卖花赚了钱，却不如孙磊他们有一份稳定的教师职业好。

5. 代课教师

孙磊能成为一名教师，在于赶上了特殊机遇，并且抓住了这个机遇。

而孙圩庄还有一批人，也曾遇到过从教的机遇，只是，有人抓住了机遇，成为命运的幸运儿；有人却错过了机遇，被历史残酷地淘汰。

这批人，被称为"代课教师"或"民办教师"。

代课教师也罢，民办教师也罢，性质都是一样的，均指在学校中没有事业编制的临时教师。

不同的是，民办教师也是有门槛的，需要履行一定程序，经县教育主管部门批准才可聘用；而代课教师则无须审批，各学校即可自主招聘。

另外，一旦遇到合适的机会、政策，民办教师是有可能转为公办教师，从而解决编制及待遇问题的；而代课教师，则没这个可能。

有些人，在办不了民办教师手续的情况下，便会以代课教师的身份先干着，以等待时机。

"孙圩庄当老师的人为何如此之多？"很多媒体记者到孙圩庄采访，都会问及这个问题。

我个人认为，孙圩庄人普遍热衷于从教，从现实角度讲也是有迫于生存的需要及压力的因素在里面的，而且这种因素在各个年代都存在。

在相当长的一段时间，作为农村人，想要出人头地很难，工作、工作不好找，生意、生意不好做，除了农业，几乎没有别的收入。

这种情况下，孙圩庄人把握住了比别人多一份选择的机会，那就是当老师。

这种机会，来自相互间的影响，甚至是攀比；同时也来自对文化知识的储备。

一方面，很多人受庄上尊师重教传统的影响，能坚持读书、认真学习，文化知识的水平自然要高，无形中为日后当老师打下了基础。

除了考上师范成为正式教师以外，没考上的也能胜任一些小学校甚至初高中的临时教学工作，一旦哪所学校有需求，他们便会被招聘为代课教师或民办教师了。

这正是"机会是为有准备的人提供的"之道理所在，有了知识，机会来了自然不会错过。

另一方面，庄上当老师的人多了，其他人就会跟着效仿，看到别人当老师挺好，有稳定的收入，自然也千方百计想当老师。

尤其是家长们，觉得当老师有面子、有出息，也千方百计让自己的孩子当老师。

早年间，农村人挣钱不容易，纵然当个代课教师，每月只有微乎其微的一点工资，对家庭来说也是意外之喜。

要知道，那时候很多人家想买点油盐酱醋，都得先拿些鸡蛋或粮食去换钱。

相对就业难而言，当老师确实更容易一些，或者说，机会更多一些。至少，对孙圩庄人来说是这样。

正因此，孙圩庄民办教师以及代课教师累计达 15 人之多，其中有些人，有幸转为了公办教师。

2010 年 10 月退休的孙玉芳，便是早年间的代课教师，后调整为民办教师，继而通过培训提升，转成了公办教师。

孙玉芳，1955 年 10 月出生，孙圩庄孙氏八世女孙。

1976 年 5 月的一天，孙玉芳早早起床，精心梳妆打扮一番，然后匆匆吃了早饭，便高高兴兴地出门，直奔新河中心小学而去。

今天，她要去新河中心小学报到，开启她的从教生涯。

当老师，是孙玉芳儿时的一个梦想。

几天前，从父亲那里听到新河中心小学领导要聘她去教书的消息时，可把她乐坏了。

虽然只是代课教师，她也非常满意，终于可以实现自己的人生梦想了。

走进新河中心小学校园，孙玉芳心情无比激动，因为这里是她的母校，是她曾经学习、生活、成长的地方。

今后，她要在这里工作、给学生们上课了。

这一刻起，她就暗下决心，一定要做一名合格的、学生满意的人民教师。

上班第一天，学校便让孙玉芳担任一年级某班的语文老师兼班主任。

对于这个安排，孙玉芳一开始是不够满意的，因为那时没有幼儿班、学前班，一年级学生各方面素质参差不齐，什么都从零开始，可又不知从何着手。

不过她转念一想，既然学校安排了，又是自己喜欢的工作，那就得无条件服从，并且要力争做好。

于是，孙玉芳抱着试试看的心理，惶恐不安地踏进了教室。

然而，当她站到讲台前，看着眼前那一张张活泼可爱的脸蛋和一双双渴求的眼神，她心里顿时温暖起来，随之充满了自信，似乎瞬间找到了方向。

全班 50 多个孩子，没有一个能正确握笔写字的，她便慢慢地一个一个、手把手教他们如何拿笔、如何写字。

在教学拼音汉字时，面对的压力更大，不知反复多少次，学生们还是不知该如何发音，她又急不得，只能耐心地一遍遍教学、示范。

功夫不负有心人，经过一段时间的训练、指导，全班学生都能读准拼音汉字了，还会写一手正楷字，受到家长们的好评。

因表现突出，同时经各方面考核，孙玉芳很快被调整为民办教师。

从此，她的干劲更足了。

其实当时，孙玉芳只有初中文化水平，她非常害怕自己不能胜任教学工作。

她一直坚持边工作边学习，不断给自己充电。

此后几年间，她认真学习，虚心请教，工作上精益求精。

她经常外出听课观摩，汲取了不少宝贵经验。

学校也经常安排她担任全乡一年级语文公开课的示范教学工作，使她得到了锻炼，也得到了成长。

1982 年 2 月，孙玉芳与颜集乡（今颜集镇）许口村小学教师吴从明结婚，婚后调到颜集乡工作，随丈夫一起到许口村小学任教，她继续担任一年级的班主任。

那时师资紧缺，教师流动性不大，孙玉芳在许口村小学一待就是 10 多年时间，深受当地学生和家长的拥护和爱戴。

那段时间，孙玉芳感到有快乐，也有烦恼。

许口村地处偏僻，是沭阳县最西边的一个村，各方面条件都很差。

为了工作，她不得不吃住在学校，以校为家。

她每天都和学生们打成一片，教育他们要树立远大理想，告诉他们只有知识才能改变命运的道理。

她自己，也依然坚持边工作边学习，从没放松对知识的追求。

1987 年 9 月，孙玉芳顺利考入淮阴师范学校（函授班），有了进一步提升自我的机会。

通过四年的进修学习，孙玉芳感觉自己更加强大了起来。

她所带的班级，每次在全乡教学质量抽测中都名列前茅。

她也多次担任过全乡一年级语文公开课的示范教学工作，效果良好。

她还参加过大区教学课比赛。

在她教过的学生中，有不少人后来考取了国家重点大学，如南京大学、南京医科大学等，共计 20 多人。

她多次被评为县、乡先进教育工作者，并于 2003 年被评为小学高级教师。

像孙玉芳这种情况，在孙圩庄有一定代表性，比如孙利、孙耀武、沈爱霞等7 人，也都有幸转成了公办教师。

资料显示，改革开放之初，我国教师队伍中 1/3 为民办教师。

1992 年，国家教委、国家计委、人事部、财政部联合下发《关于进一步改善和加强民办教师工作若干问题的意见》，明确提出解决民办教师问题的"关、转、招、辞、退"五字方针。

2000 年，民办教师问题得到基本解决，"民办教师"从此退出了历史舞台。

然而，很多农村学校受种种条件制约，招不到应招的公办教师，空缺的师资仍须临时教师来填补，所以，"代课教师"便在一定范围内继续存在了。

这一政策背景下，孙圩庄很多民办教师、代课教师的命运发生了改变。

他们中，有些人通过努力，陆续转成了公办教师；有些人则因考核没通过，离开了教师岗位。

这些离开教师岗位的民办教师或代课教师，虽然或多或少都心存遗憾，却共同在特定历史阶段发挥过作用，为国家的教育事业做出了贡献，所以他们又会觉得是光荣而自豪的。

他们，不应该被忘却。

他们，也不会被忘却的——庄上每次围绕"教师、教育"搞活动，他们都被以教师代表的身份邀请参加；对外公布的全庄从教人员名录，他们的名字也赫然在目！

秦怀红，1969 年 12 月出生，孙圩庄孙氏八世孙媳。

1992 年 7 月嫁过来后，秦怀红很快被孙圩庄尊师重教的气氛感染，尤其是公公孙如玖，是庄上第三代教师的杰出代表，在村民中享有一定威望，令她颇为自豪，也深受触动。

于是，拥有高中学历的她，也想当名老师，哪怕是临时的。

后来，通过亲友介绍，秦怀红如愿成为颜集乡沙湾村小学的一名代课教师。

虽然不在一个乡，但离得不是太远，秦怀红每天骑着自行车去学校上课，乐此不疲，从没觉得苦和累。

只是，风里来雨里去的，工资却很低，每月还不到 100 元。

当时，新河在苏北鲁南一带已是远近闻名的花乡，养花致富成了这儿很多人时髦的追求。

与这些人的高收入相比，秦怀红那点代课工资实在是微不足道。

然而在她看来，获得的更多是充实和快乐，是一种精神满足。

1997 年底，江苏电视台《走进乡村》栏目组到孙圩庄拍摄专题片《教育世庄》，秦怀红作为代课教师代表接受了采访，她在节目中坦言："工资虽然低，但是我热爱这一行，我们班上如果有一个学生不来，我便感觉特别想他们的。"

当时在节目中她还透露，为了拿到高学历以换取转为公办教师的机会，自己正在参加高等教育自学考试，12 门课程已经过了 6 门了。

遗憾的是，随着国家对民办教师问题的"关、转、招、辞、退"，秦怀红紧赶慢赶，还是没能迎来身份的华丽转变，而且此后再也没机会转为公办教师乃至民办教师了，她不得不于 2004 年退出了心爱的教师岗位。

若干年后，女儿孙晶晶以优异成绩考入淮阴师范学院，毕业后成为一名正式的老师，现在沭阳县广宇学校从事英语教学工作，先后获得"教学质量提升奖""优课比赛二等奖""优课比赛一等奖""教学设计二等奖"荣誉。

这，又是退出教师岗位后的秦怀红感到无比欣慰的，她的梦想，在女儿身上得到了延续，并变成了现实。

6. 教师"夫妻档"

在孙圩庄的教师队伍中，"夫妻档"占有很大比例，达45%左右。

所谓"夫妻档"，就是夫妻俩同为教师。

孙圩庄共有22对"夫妻档"教师，且覆盖各个年龄段，有的已光荣退休，有的风华正茂，有的则刚参加工作不久。

是相同的职业，相同的理想和追求，使他们走到了一起。

孙玉丁和戴敏、孙东和骆静、孙飞跃和张洁等夫妻，早在念师范期间就互生了情愫，毕业后又都在一起工作，自然而然地组成了家庭。

孙玉芳和吴从明、孙兰香和姜华明、孙玉丰和曹利娟、孙乾和胡霞方等夫妻，则是经媒人介绍，因彼此都是教师而愉快结合的。

他们，生活中相濡以沫，工作上携手进步，用爱和责任，弹奏出一首首教书育人、成就梦想的人生乐章。

一天天，一年年，学校成了他们的"家"，学生成了他们的"孩子"，他们把最美的青春，献给了学校，献给了教育。

1997年4月20日，对孙多来说是一个幸福的日子，因为这一天，她做新娘了，开始拥有自己的小家庭和甜蜜生活了。

她嫁的也是一位教师，可谓志同道合，夫唱妇随。

孙多，1976年5月出生，孙圩庄孙氏八世女孙。

1994年9月，她成为新河乡沙河村小学的代课教师。

参加工作了，自然就有人为其婚姻大事着想，加之她长得漂亮，人品又好，一时间登门说媒者络绎不绝。

虽然亲戚朋友介绍的对象个个家庭经济条件都不错，有的甚至是腰缠万贯的年轻花农，但孙多都一一婉辞了。

母亲便有些发急，嗔怪她眼高手低，也不看看自己的条件。

孙多却一点也不在乎，满脸羞涩地望着发急的母亲笑。

后来，直到1996年春的一天，孙多领回一个身材魁梧十分精神的小伙子，家人才恍然大悟。

原来，她与沙河小学体育老师张权恋爱好久了。

在孙多看来，做教师的不仅责任心强，富有爱心，更会体贴人。

一结识张权，她便抱着非他不嫁的态度和决心了。

能为"教育世庄"又增添新成员，家人也非常高兴，很快便同意了这门亲事。

当年江苏电视台《走进乡村》栏目组到孙圩庄拍摄专题片《教育世庄》时，记者曾就此佳话对孙多、张权夫妻俩进行采访。

节目中，孙多深情地说："当初别人给我介绍好多，我都没谈。因为我的父亲、哥哥、姐姐他们都是教师，我自己也是教师，我对教师有一种特殊的感情，教师的人品比较好，后来我遇到了张权，他忠厚老实，比较可靠，所以我选择了他。"

说话间，这对小夫妻不时地相视陶然，一脸幸福的笑容，感染着现场的每一个人。

大姐孙玉芳夫妻俩都是教师，二哥孙东夫妻俩也都是教师，孙多和张权的结合，使他们这个家庭的"夫妻档"教师达到了3对，这在庄上可是绝无仅有的。

苏联著名教育家马卡连柯说过："爱是教育的基础，没有爱就没有教育。"

孙圩庄的广大教师，用他们无私的爱去关心学生，培养学生，并因此赢得各方认可。

孙娥、李勇这对90后小夫妻，还善于在教学工作中进行"爱的接力"，因而更受学生欢迎。

孙娥，1991年5月出生，孙圩庄孙氏九世女孙。

2016年，师范毕业的孙娥被分配到新河中心小学，成为一名教师。

工作中，孙娥与同一批分配到新河小学的李勇经常接触交流，相互产生感情，很快便确立了恋爱关系，并于2017年6月8日结为夫妻。

年轻的他们，既有责任心，又有爱心，所以学生们都很喜欢。

还有的学生，因先后被他们两个人教过而感到自豪。

庄蒙，便是有此感受的一位。

那是李勇入职的第一年，他教三年级语文。

李勇说，这一年的学生是他印象最深的。

在一次写字课的时候，李勇发现，大部分学生的字写得很工整，但是没有笔锋，缺少韵味。

于是，他便在黑板上讲了一遍，并告诉大家，每个字都要有意识地去练习。

后来在批改作业的时候，李勇发现一位叫庄蒙的女生的字进步非常明显。

于是，他平时便有意识多花了点功夫指导她。

这令庄蒙感到很开心，练得也更加用功。

在李勇的关心和指导下，庄蒙的字越写越好看，李勇觉得很有成就感，也越发喜爱这个小女孩了。

暑期后，庄蒙升入四年级，李勇则继续教三年级。

此时，李勇和孙娥已经完婚。

一天晚上，两人一边看电视，一边聊着各自所带班级的学生表现情况。

聊着聊着，孙娥忽然提到班上有个女生的字写得漂亮，说是很难得。

李勇听后，随口问了声"是谁"，没想到孙娥说出了"庄蒙"的名字。

李勇赶忙说道："是她呀，难怪呢，我教过的，我对她可下了不少功夫。"

接着，李勇称这个女孩很有悟性，要孙娥好好教她学习，包括练字。

此后，孙娥就像李勇先前一样，对庄蒙格外关心，有事没事总会找她聊几句，不断鼓励她要好好学习，好好练字。

在她的关心帮助下，庄蒙的学习成绩一直很不错，字也写得更加出色。

而庄蒙，非常庆幸遇到了孙娥、李勇两位好老师，后来两位老师不带她课了，她还经常去看望他们，以示感谢。

同样是李勇入职的第一年，他班上还有一位叫徐泰的男生，学习成绩较差，习惯也不太好，与庄蒙的听话、好学形成鲜明对比。

教过徐泰的老师都感到无奈，纷纷表示"管不住""随他去吧"。

李勇了解到，徐泰的爸爸妈妈平常不在身边，只有他的奶奶每天接送他，照顾他。

这样的家庭环境，难免孩子散漫。

李勇就想，对于这样一个学生，或许在学习上没法指望其有所成就，但至少，能做到的事情应该要求其做到，不能让他随心所欲，惯坏了自己。

于是，李勇每天都坚持仔细检查徐泰的家庭作业，每当发现作业没写完，就会严肃批评，让他产生怕觉。

李勇认为，学习成绩再不好，家庭作业总该完成吧？

但是，效果有限，徐泰还是经常不写作业。

一直到学期结束，都是如此。

李勇一度感到郁闷，觉得自己没有发挥好作用。

第二学期，李勇没有放弃对徐泰的管教，还像先前一样，每天坚持检查徐泰的家庭作业，依然会苦口婆心地鞭策他。

转眼一个学期又过去了，李勇个人认为徐泰有变化，但并不明显。

巧的是，到四年级后徐泰也被分到了孙娥班上。

自然，李勇希望孙娥能重点关注和帮助一下徐泰，不要让他"变得更差"。

于是，孙娥接替李勇承担起了管教徐泰的责任。

精诚所致，金石为开。

在孙娥的耐心教导下，徐泰的态度逐渐有了转变，虽然学习成绩依然不够理想，但综合表现越来越好了。

2022年的一天傍晚，李勇放学后正准备回家，已是新河初级中学初三学生的徐泰突然出现在他面前，热情地跟他打招呼。

聊起往事，李勇原本还为没能把徐泰送上好的中学而感到惭愧呢，没想到徐泰反过来安慰道："李老师，你和孙老师都还没有放弃我，我自己怎么能放弃呢？虽然学习上不如别人，但是做人上不能比人差。"

是的，正如孙娥反映，后来的徐泰不但不再故意不完成家庭作业，打扫卫生的时候也能主动帮助别人，见到老师更会主动上前问好。

一句话，除了学习成绩差点，别的方面完全就是好学生的标准。

包括这次能主动来看望、问候一下李勇，也是徐泰成熟、懂礼貌的体现。

知道的人都说，像徐泰这种情况复杂的差生也能被管教好，完全是孙娥、李勇夫妻俩热心帮助、耐心教导的结果。

有人说，教师不仅有爱心，更有付出，乃至牺牲。

而我还想说，作为"夫妻档"教师，尝到的辛酸苦辣更多，在工作和家庭之间，他们往往难得平衡，无论是哪一方，过分专注于工作，都会对家庭造成一定的影响。

孙琼，1965 年 11 月出生，孙圩庄孙氏八世女孙。

受族中从教前辈的影响，孙琼自小立志当老师，1986 年幼师专业毕业后，如愿在新河镇中心幼儿园工作。

她和同为教师的张士川结婚后，于 1998 年 7 月创办了新河镇光明幼儿园，这是属于她自己的幼儿园，也是新河镇第一所私立幼儿园。

由于一心扑在工作上，孙琼放在家里面的精力便相对少了，她对自己的孩子心存愧疚。

孙琼记得，孩子上二年级时，她正参加全国自学考试，每年分两次举行，分别是 4 月和 10 月，那一次是 1999 年的 4 月，地点在宿迁，考 3 门课程，一共两天半时间。

那两天，正好张士川到县里学习，孩子只好送到老家爷爷奶奶那里。

考试回来，孩子一见到孙琼，"哇"的一声就哭了。

孙琼忙问怎么了，孩子一边哭一边说："妈妈，我的右手食指指甲很痛，我和大曦哥哥睡一张床，他睡得好香了，但是我一夜没有睡着，手指放在肚子上肚子痛，放在腿上腿疼，放在心上心痛，二娘用棉签擦了还是疼。"

见孩子一边说一边眼泪直流，孙琼心里很不是滋味，对孩子说："没事，现在就去医院。"

一家三口一起去医院，医生说："这么晚了，先吃点药，明天再来挂水。"

第二天，张士川带孩子去医院，药水被护士兑好了，可是孩子说一定要妈妈来才给挂水，张士川一把没拉住，他撒腿就跑。

当时，孙琼正在给小朋友上课，一听说孩子从医院跑了，心里很着急，可当时班里 45 个小朋友怎么办？她走了没有人照看呀。

没办法，只好等到放学的时候她才去医院陪孩子。

值得庆幸的是，孩子三年级时就开始懂事了，孙琼的辛苦付出他看在眼里，记在心上，用行动表示对她的支持。

那年，孩子被张士川接到县城读书，考虑到没有人接送，就选择在离家最近的广州路小学。

一个冬天的晚上，孙琼从学校回到家里，刚进门，看到桌上有两碗面条。

孩子跑了过来，对她说："妈妈，我作业做出来早你还没有回来，我想给你一个惊喜，学你做饭，下两袋方便面，你一碗，我一碗，打了两个鸡蛋在里面，可是鸡蛋没了，我真的没有吃，鸡蛋我打了进去时也看到了，可是锅里水热了，怎么也找不到了。"

孙琼会心一笑，说："鸡蛋和你捉迷藏了，来，我把鸡蛋找出来，饭倒入锅，你仔细看。"

孩子在认真看，见鸡蛋真的出来了，高兴地说道："我知道了妈妈，刚才水没有烧开，鸡蛋没熟，所以看不到。""嗯，吃饭，今天晚上饭好香！"

平时，孩子每天上学放学基本都靠自己，只有中午被张士川带到他所在的学校食堂吃饭，早饭、晚饭则给钱由孩子自己解决。

孙琼的幼儿园距离县城有40里路，只要是上学时间，她都住在学校里，不回家。

因为新河是花乡，农民很忙，只有下雨、下雪天才能休息一下。平常都是早上早早把孩子送进幼儿园，安心在家干活，晚上再到幼儿园接孩子回家，有的家长经常忙得忘记接孩子，就这样把她的上班时间拉长了，她也就无法早点下班回去照顾自己的孩子了，只能是星期天才能回家。

一次，她回家，孩子说："妈妈，我们学校明天开家长会。"

从孩子上学，每次家长会孙琼都到，作为老师，她知道家长会的重要性。

第二天，孙琼去开家长会，老师端过来一个纸盒说："各位家长好，这里面是孩子们写给你们的信，是他们想对你们说的话，请你们看看。"

孙琼找到孩子张继元写的信，迫不及待地默读起来：

"爸爸妈妈我想对你说：你们辛苦了，你们两人的付出我都看到了。这次考试我是年级第一名。我想对妈妈说：你是我心中最伟大的妈妈，我们一家人大小事都由你来照顾和安排，还有你幼儿园200多学生和十几个教职工，上上下下、大大小小什么事都离不开你，妈妈我看到了。爸爸你也很辛苦，早晨顶着星星上学，晚上顶着月亮回来，爸爸我最想跟你说：你晚上能早点回来吗？因为我每天作业做完了等你回来的时候，会听到外面刮风，我家窗户发出来的声音就像《聊斋》里面的鬼神音，好害怕，等着等着就睡着了。"

看完，孙琼的眼泪情不自禁地流了下来，她似乎第一次读懂了孩子的内心世界。

联想到当时正是幼儿园遭受困难和压力最大、几乎要办不下去的时候，家长会结束后一回到家，孙琼就问孩子："元元，你看妈妈的幼儿园办还是不办？"

孩子很帅气地回答："办，一定要办！我和爸爸天天不是生活得很好吗？爸爸抽时间做饭给我吃，我很喜欢吃呀！"

正说着，张士川回来了，孙琼问了他同样的问题，张士川却说："我早就想让你不办，回家安心生活了，因为孩子上学没有人带。"

孙琼一听，顿感失落，她没想到丈夫会说出与孩子相反的意见。

张士川则继续说道："我每天上学早，又不能喊他，孩子早上都是自己起床。晚上放学回来自己一人在家，我要上晚自习，天气不冷还可以，冬天天气冷，我多次回来，见他不是趴在桌子上面，就是趴在被子上面睡着了，我伸手抱他，他就会醒，醒来就对我说，爸爸我在等你回来，怎么我睡着了？每当此时，我只能嗯一声说，好了，洗洗睡觉吧……"

那天晚上，孙琼躺在床上很久很久都睡不着，丈夫一下子讲了那么多，每一句都在理，每一句也都刺痛着她的心。

或许在不经意间，她亏欠这个家真的是太多了。

然而她知道，丈夫并非不支持她，也不是仅仅觉得孩子更需要她，而是不想她再受苦受累地两地奔波，一个人扛着那么大的压力了。

说到底，这是他对她的爱，是夫妻之间的惺惺相惜。

孙琼一夜反反复复考虑的结果，却还是要将幼儿园办下去，只有坚持，再坚持！

对于孙琼的决定，善解人意的张士川除了再度支持，还能说什么呢？

这，或许正是"夫妻教师"的真情所在吧！

第五章

立碑

1. 为了教育，立碑明志

"德礼相济，泽被子孙。"

这是孙如道自参加工作起，便对本庄孙文元、孙禹昌等先辈办学风范产生的印象及感慨，他一直以此为荣，深感自豪；同时，这也是他认为应该传承给后人的一笔宝贵财富，乃至一种信念。

毕竟，一个家庭、一个家族、一个村庄，还是有点精神追求、文化品位比较好。

孙如道经常思考，是不是可以在孙圩庄做点什么，比如立块碑、树个风气啥的？以此提振一下士气，引导村民不断提升自我，共同打造更加文明、和谐、富强的新村庄。

到了 20 世纪 80 年代，孙圩庄的孙姓已是四代执教，光正式教师就达 20 人，算上民办教师、代课教师以及曾经教过书的和"姑爷"当中任教师的，孙圩庄从教者总数已近 40 人。

这在当时可是件了不起的事情，人们一听说这个小村庄竟然有这么多人从教，无不赞赏有加。

孙如道则更加感觉到，孙圩庄在教育上的特色或者说成就，已经不仅是先辈们热衷于办学这段历史了，而是转化成以从教者甚多且代代出教师见长了。

这样一来，若真能在庄上立块碑、树个风气啥的，其意义及作用无疑是大的。

因此，孙如道心中积攒起一股巨大的能量，如一团热情的火焰，就等着合适的时机释放了。

此时，已从工作岗位上退下来的孙如春，也在想为孙圩庄做点事——确切地说是想做点大事。

曾经教过书、当过大队书记的孙如春，在孙圩庄属于见多识广、德高望重的权威人士，他乐于也善于帮大家解决问题，因此拥有一言九鼎、一呼百诺的群众基础。

他，始终把村中尤其是族中的事情当成自己的事情来对待，遇到问题总会冲在前面，迎难而上。

而他最想做的一件事，便是为孙圩庄的孙姓创修家谱，这在他看来不仅迫在眉睫，而且意义深远。

俗话说，乱世藏金，盛世修谱。

当时，全国各地的人们兴起寻根热潮，追查并补正族谱，从而使族人得以认祖归宗。

这对国家文化传承、道德建设来说，也被视为是潜在的、巨大的一种积极作用和力量，是利国利民又利后代的大好事。

孙如春开始盘算，希望能为本庄孙姓创修家谱，以填补家族文化的一个空缺。

为了确保把这项工作真正推动起来并且做好，他想到了孙如道。

孙如道长期在县教育局工作，有文化、有思想、有担当，找他共创家谱，在孙如春看来是不二选择。

1989 年春节前夕，正在淮阴党校脱产进修的孙如道，放假回到了孙圩庄，与家人团聚。

这天，孙如道正在整理书籍，孙如春来到了他家。

见孙如春忽然登门，孙如道赶忙放下手中的活，好奇地问道："老二哥今天怎么想起到我家来？肯定是有事吧？"

孙如春笑着回答："是的呀，无事不登三宝殿嘛，还真有点事想跟你商量。"

"哦？好的好的，那坐下来慢慢谈吧。"

说着，孙如道招呼孙如春在堂屋椅子上坐了下来。

然后，孙如春便把创修家谱的想法跟孙如道说了，希望能得到他的支持。

孙如道一听，二话没说，当即答应了下来。

他也是觉得，庄上孙姓一大家子应该有个家谱了。

接着，孙如道又补充道："二哥，修家谱不是小事，更不是一天两天的事，得从长计议，慢慢完成。"

"是的，这个我有数，不然怎么会先找你商量商量呢？"

"嗯，要么不做，要做就把它做好。"

这时，孙如道联想起自己心中思考已久的立碑、树风气等想法，便接着说道：

"二哥，你看我们能不能借此机会，在村里先搞点活动，把大家的思想统一起来，然后再立块碑，把孙圩庄子的文化底蕴体现出来？"

"好啊，我只是把修家谱的想法说出来，具体怎么做，还要靠你拿主意，包括你说的这些，都是好事情，值得一做。"

孙如道还告诉孙如春，他之所以想到立碑，是受到了一些事的启发。

1985年9月10日，沭阳县塘沟中学曹衡武校长在县里参加完纪念我国第一个教师节的庆祝大会，顺便到教育局办事。

孙如道见他手中拿着写有"教育世家"字样的匾额和证书，便详细打探了一下。

原来，曹衡武校长因家中三代人从教而被淮阴市政府授予"教育世家"荣誉称号，这次庆祝大会上，县领导向他转发了匾额和证书。

这对孙如道触动很大，当时他就想，曹校长一个家庭三代从教便被评为"教育世家"，而孙圩庄是整个孙氏家族四代从教，涉及10多个教师家庭，且已有数十年历史，不应该是"教育世庄"吗？

从这个时候起，"孙圩庄——教育世庄"的理念，便在他心中扎下了根。

另外，孙如道注意到，但凡修家谱，都会提到本族的人文特色，诸如牌坊、祠堂、纪念碑等。孙如道觉得，孙圩庄完全可以把尊师重教这一特色打造好，然后写进家谱。

如何打造尊师重教特色？归根到底，得有一个载体。

这个载体，一是无形的，那就是"教育世庄"品牌；二是有形的，那就是立于村头的石碑，名曰"教育世庄"之类。

这样的话，既可将孙圩庄的特色、传统体现出来，又能为下一步修订家谱提供素材，同时还能对全体村民起到鼓舞作用，岂不是一举多得？

对于孙如道的想法，孙如春表示完全赞同。

于是，他们俩经过一番讨论，达成了共识：

首先，利用春节的机会，举办一次家族团聚活动，为立碑做铺垫。

其次，下半年也就是教师节前后，在村头立两块碑，一块是标志村名的"孙圩庄"碑，一块是体现村庄特色的"教育世庄"碑。

然后，他们俩分别就这两项计划向村中一些有影响的宗亲征求意见，得到他们一致支持后，便立即启动筹备工作了。

2. 集体协商，达成共识

1989 年正月初五上午，孙圩庄孙正家房前的宽敞场地上，坐满了黑压压的人群，一场别开生面的活动——孙圩庄孙氏村民"春节团聚会"在这里隆重举行。

初春的乡村虽然透着丝丝寒意，但在这里，大团圆的喜悦与激动让大家感受到了一种少有的温暖。

除了早年间生产队里开大会，像这样由一个家族举办的大聚会，在村里还是头一次。

悬挂在墙上的红色会标，在阳光照耀下熠熠生辉，映衬着人们灿烂的笑容，营造出热闹、喜庆的气氛，感染着现场的每一位参与者。

活动开始后，首先燃放了鞭炮，既是对新年的祝福，也是对本次活动的庆贺。

鞭炮声中，组织者为每个人发放了糖果、瓜子，使大家进一步感受到浓浓的年味和亲人间的温暖。

随后，一群年幼的孩子手持鲜花，在主席台前跳起稚嫩而欢快的舞蹈，赢得长辈们啧啧赞叹，掌声不断。

负责编排节目的，是村中的第四代教师孙琼，三年前刚成为一名幼儿教师，当天她还弹着电子琴为孩子们伴奏，若干年后，她办起了新河第一所私立幼儿园，并亲自担任园长。

而跳舞的孩子中，有的长大后也成了老师。

团聚会由孙如春主持，这也是众望所归的事。会上，他还将发动大家，统一思想，讨论并确定竖立"孙圩庄"碑、"教育世庄"碑等重要事项。

孙如道在会上做了主题发言，他说：

"举办这次活动，主题是团结、相聚，传承好的文化传统，欢度新春佳节。目的，是为了在家族中间乃至全庄树立一种好风气。

"今后，要从每个家庭做起，提倡敬老爱幼，勤俭持家，勤奋学习。

"家庭是民族一分子，家庭中的优良传统，预示着家庭的繁荣、向上、幸福和国家发展同步，家庭丑恶的陋习，将导致村落衰败和为世人所不齿。

"要提倡勤俭、团结、谅解和奋发向上，并且不仅在本族内，而且要发展成全村庄、各个姓氏都团结起来，友好相处，共同富裕，用自己勤劳双手建设起一个物质文明、精神文明都很发达的美好村落。

"如果有人对长辈不敬不孝，对晚辈不理不睬，把乡村中自私、狭隘、冷漠等落后的风俗继承下来，而抛掉了团结、宽厚、无私和助人为乐等美德，那么这种人小日子过得再好，也只能像块长草的荒地，大家只会说他是一块荒地，决不会说成是一块良田！

"我们希望多出一些热心为大家办实事的优秀代表和人才，使之成为好的庄风、文明之风的带头人。对于这样的族人，大家要支持他们、赞扬他们、鼓励他们，使之更好造福于庄人，造福于后代。"

孙如道的一番讲话，令在场村民备受鼓舞，深受启发，很多人情不自禁地鼓起掌来。

平时，大家习惯于家长里短，柴米油盐，谈的也多是生活中的小事、琐事，没想过更多、更深、更复杂的问题，尤其是对于家风、庄风之类的提法，他们几乎是头回听说，感到既新鲜又美好。

因为孙如道提出了"提倡敬老爱幼、勤俭持家、勤奋学习"之观点，因而这次团聚会后来也被称为"'三提倡'活动"。

有几位村民代表，在会上做了即兴发言，纷纷称赞这样的团聚活动搞得好，有意义。

对于孙如春、孙如道等人提出的立碑倡议，这些村民代表也都表示赞赏和支持。

就这样，这次活动将竖立"孙圩庄"碑和"教育世庄"碑的计划正式提上了议事日程。

为此，还专门成立了由孙如春、孙如道、孙如华、孙如达等人组成的"立碑"筹建组。

一场改变孙圩庄历史的行动计划，正式拉开帷幕。

3. 自力更生，节俭立碑

立碑明志是好事，但也应征得政府部门同意，尤其是竖立"教育世庄"这样的特色碑，如果得不到政府部门的认可和支持，便有自我标榜之嫌，不仅收不到预期效果，还有可能适得其反。

于是，1989年春节过后，孙如道等人先后找到新河村党支部书记房文科、新河小学校长周鹏、新河中学校长万秀平、新河乡党委书记夏庆安等领导，逐一向他们汇报并征求意见。

听罢，这些领导无不为孙圩庄的教育特色感到惊讶，一致认为竖立"教育世庄"碑不仅无可非议，而且意义深远。

尤其是夏庆安书记，很为本乡出了个"教育世庄"感到高兴，表示全力支持竖立"教育世庄"碑，还称这是"功在当代，利在千秋"的大好事。

若干年后，退休了的夏庆安应邀来到孙圩庄参加活动，悉知村中教师已近百人，还不禁为当年支持竖立"教育世庄"碑感到欣慰呢。

得到了领导支持，孙如道他们"立碑"的信心就更足了。

当然，困难也是有的，而且不少。

第一个困难，便是碑文撰稿、题写以及碑名题字。

无论是"教育世庄"碑，还是"孙圩庄"碑，立在那里都是供人观看的，既要有精彩的碑文，又要有漂亮的题字。

这两个问题，依靠孙圩庄人自身，显然难以解决。

于是，孙如道决定利用个人关系，寻求外力支援。

首先，他找到昔日同事张勇卫东，请他帮忙撰写"孙圩庄""教育世庄"两块碑的碑文。

张勇卫东是沭中"特级"语文教师，在文言文方面功底更为扎实，造诣颇深，请他撰写碑文算找对了人。

张勇卫东本就是性情中人，曾经也在县教育局工作过，对于老同事的需求岂会不帮忙？何况作为教育同人，他也乐意为有教育传统的孙圩庄撰写碑文。

看了材料之后，没几天时间，张勇卫东便向孙如道交付了"两碑"的碑文文稿，其中为"孙圩庄"碑写的内容是：

"清季嘉庆，中原洪荒，孙氏太公太母，率室迁此垦荒，茅舍炊烟，家东凿井种园菜根香，虽不果腹，得免辗转，遂号东园庄，百有余年，人丁渐旺，友姓庄邻地连墒，辛亥革命义举，武昌狐狸方去穴，桃偶已登场，残贼公行，百姓遭殃，赤县桃园在何方？为了自卫，筑圩御强梁，众议为一，更名孙圩庄。孙圩庄饱经沧桑，乙丑年红旗飘扬，从此后，庄人建设祖国，美化家乡，肥田沃土，贡献多少爱国粮，淮海平原，一颗明珠闪光，看南临沂沭，北傍京衢，东濒沙河，西接膏粱。冬去春来，鸟语花香，夏绿成荫，秋熟千仓，安居乐业。饮水思源，今非昔比，孙圩庄刻石永志，后辈须臾勿忘！"

为"教育世庄"碑写的内容则是：

"十年树木，百年树人，千年大计，教育为本，庄有孙姓，是理恪遵，四代执教，挥袂生风，曾祖一辈，名讳文生，私塾伊始，追踪孔圣，族曾文元，新小开宗，比及祖辈，更兼四公，大昌禹昌，持盈守成，才为佃昌，树大根深，三代四代，从教如云，二十一人，当代园丁，承前启后，时雨春风，披肝沥胆，心织笔耕，胸怀祖国，眼观锦程，新苗茁壮，堪慰平生，立碑铭志，抱诚守真，为人师表，子子孙孙。"

碑文内容有了，请谁书写呢？

很快，孙如道想到了单兰坡、胡方渠两位本土书法家。

单兰坡是新河单庄人，1952 年参加工作，先后任初小校长、文化站站长、县文博员，做过县、市几届政协委员。

当时，单兰坡在县人民剧场工作，每天剧场及电影院的海报均出自他手，在沭城乃很有名气的文化人，特别是练就了一手好书法，尤以隶书独具特色。

孙如道跟单兰坡是好朋友，又都是同村人，便将"两碑"中"教育世庄"碑的碑文书写工作托付给了他。

另一块碑即"孙圩庄"碑的碑文书写工作，则交由胡方渠完成。

胡方渠是与孙圩庄一河之隔的周圈村人，乃清顺治年间吏部侍郎胡简敬的后代。

受胡简敬影响，胡方渠虽务农在家，却苦心孤诣一门心思追求书法艺术，其正楷字写得远近闻名。

孙如道和胡方渠是初中同班同学，找他书写碑文，自然不成问题。

而且，孙如道找单兰坡、胡方渠分别书写"教育世庄"碑和"孙圩庄"碑的碑文，也是有特殊用意的：

其一，可以减轻二人的压力；

其二，可以展现两种书法风格，带给村民不同的欣赏体验；

其三，可以收藏两种不同风格的书法作品（即"两碑"碑文原稿），日后将成为村庄的宝贵财富。

碑文的撰稿及书写完成了，两块碑的正面碑名，又请谁题写呢？

孙如道胸有成竹，找姜华！

姜华是孙如道在淮阴师范专业班时的同班同学，淮阴人，"文革"中曾作为知青到沭阳高墟插队。

姜华酷爱书法，当时至少在淮阴地区已很有名气，请他题字不仅方便，也能扩大影响。

寒假过后，淮阴党校开学了，孙如道如期回到淮阴。

不久，孙如道利用周末时间，来到了姜华家。

正在忙碌的姜华，对孙如道的到来感到很意外和惊喜。

那时通信不便，遇事很少能提前联系，往往是直接找上门。

招呼孙如道进门后，姜华便笑着问道："今天是哪阵风把你吹来了？"

"好久不见，来看看你老同学呀。"

坐下后，喝了口茶，孙如道便言归正传，说出了想请姜华为"孙圩庄""教育世庄"两碑题字的心愿。

姜华听了，自然爽快答应。

来到书房，一阵挥毫泼墨，姜华很快便将两幅题字写好。

其实不光这一次，乃至后来孙圩庄的二次立碑和三次立碑，姜华都应约重新题字，且分文不取。

用姜华的话说，他和孙如道是师范专业班同学，可谓同道中人，对于他老家为弘扬尊师重教传统而做的工作，理当积极支持，鼎力相助。

这不，字题好后，姜华还耐心地又用宣纸复誊（实际是描）一份，以便孙如道回去后往碑上刻字时备用，考虑得非常之周到。

至此，碑文撰稿、题写以及碑名题字问题，顺利解决了。

第二个困难，是费用问题。

同时竖立"孙圩庄""教育世庄"两块碑，涉及的材料、人工等费用不是个小数目，这对孙圩庄人来说是一笔大的支出。

按照当时的经济条件，根本没办法像其他地方立碑那样讲究，就连正规的石碑，也买不起，更别说在上面规范刻字了。

为了"花小钱、办大事"，孙如道决定带领大家自己动手，做仿真的石碑。

什么叫"仿真的石碑"？

简单地说，就是参照石碑的样式，用水泥、黄沙、石子、钢筋浇注成所需水泥板，再用白水泥压实磨光，然后细心地在上面刻字及上色，使其跟真正石碑相似。

因此，孙圩庄最初立的"孙圩庄"碑和"教育世庄"碑，并非真正的石碑，而是看着像石碑的"水泥碑"。

之所以想到以"水泥碑"代替石碑，缘于孙如道此前的一段工作经历。

原来，20世纪60年代末，孙如道在被地方推荐上师范之前，曾被抽调在建筑工地上当过一段时间工程员。

当时，孙如道高中毕业回乡参加劳动，被生产大队找在宣传队帮忙做事，紧接着，又被抽到公社做新闻报道员。

做新闻报道员没多久，赶上县水利局规划在新河境内修建两座电灌站（用电作动力的抽水机房和排灌涵洞），需要地方有技术的人参与施工，孙如道被抽走，经培训后参与到工程队的施工工作中。

这样一来，孙如道就有机会接触工程建设上的事了，也就了解并掌握了图纸设计、水泥级配等技术，尤其是利用高标号白水泥打磨出大理石效果的技巧，他更熟记于心。

孙如道的这些经历及技术，现在在村里立碑时正好派上了用场。在经费欠缺的情况下，他便大胆地想到了利用水泥、黄沙、石子、钢筋等原材料自制"水泥碑"的办法。

而且孙如道早有打算，等原材料备齐后，他将亲自设计，把模具的规格、尺寸以及混凝土的级配、比例等拿出来，供施工使用。

这样的话，花钱就有限了，加之本村有泥瓦匠和劳力，连工钱都省了。

当然，制作模具需要不少木板，如果买，依然得花钱。

费用及木板筹集问题，孙如春主动承担了下来。

为此，他找到新河村党支部书记房文科，向其寻求支援。

房文科二话没说，当即批了村集体的两棵树给孙如春砍伐利用。

两棵树在今天也许不算什么，但在当时，可帮了孙圩庄大忙，一部分用来制作模板，一部分卖钱购买水泥、沙、石子、砖头等原材料，基本不需要额外掏钱了。

第三个困难，是选址。

选址本身倒也并不算难事，找到合适的位置就行，无外乎村庄四周的某个地方。

问题是，两块碑得占用不小空间，村庄周围又没多少集体土地，如果碰到占用私人土地的情况该怎么办？

虽说立碑是整个村庄的大事，各家各户都应大力支持，但在牵涉个人利益时，还是要允许村民有不同意见。

综合各方面情况，为了将难度及影响降到最低，大家最后将"两碑"的位置选在了村庄西北角。

这个地方，西临庙颜路（从庙头经新河至颜集的公路），北临灌溉渠，灌溉渠边上又有堤坝和排涝沟，位置绝佳，视觉效果也好。

将"两碑"立在此处，占用的土地多为集体的，对村民个人的影响最小。

影响再小，还是得占用孙如贵、孙如良两兄弟家的一部分土地，否则离公路就太近了。

当时，这一带属于宅基地延伸部分，既没盖房屋，也没种庄稼，仅仅是栽些杂树在上面，在农村来说基本属于废地，所以孙如贵、孙如良两兄弟没作多想，便同意了。

对于孙如贵、孙如良兄弟俩的顾全大局，孙如春、孙如道等人给予了充分肯定。

万事俱备，只等动手施工。

而最后一个困难，是如何施工。

相对前面那些困难来说，如何施工更加困扰着孙如春、孙如道他们，这是最后一道关卡，也是最艰难的一道关卡。

施工的责任落在了庄上孙氏八世孙孙玉华身上，他干了多年的泥瓦匠，手艺一流，大家信得过。

1989 年 9 月初的一天，正式施工。

孙玉华首先按照孙如道提供的设计方案及规划尺寸，用木板做成碑状模具，再用水泥、黄沙、石子制成混凝土，连同钢筋一起，注入模具，制成了两块厚实的水泥板。

在等待水泥板凝固的过程中，孙玉华用砖头砌好了两块碑的地基和底座。

水泥板凝固后，孙玉华又按照孙如道的指点，在其表面抹上一层高标号白水泥，然后反复压实磨光，渐渐地，外形美观的"水泥碑"便呈现在了大家面前。

碑做好了，刻字又成了棘手问题，不仅考验手下功夫，还要抢时间、赶进度。

孙玉华说了，这水泥碑是有一定凝固期的，如果不抓紧把字刻好，超过了一天，就完全变硬，很难再刻了。

为此，孙如春、孙如道把全村身强力壮的男教师都召集过来，让他们轮流刻字。

说是刻字，实际是"挖"。

他们先把写有碑名的宣纸贴在碑的正面，用绣花针沿着每个字每个笔画的边缘慢慢地挑、剜，挑剜出轮廓后，再用凿子、平口螺丝刀等工具，将轮廓内多余的水泥挖掉，形成凹凸字。

然后将碑翻转过来，用同样的方法将背面的碑文刻好。

碑名还算好刻，也就那几个大字；而碑文，不仅字小，字数还多，刻起来实不容易。

一开始的时候不觉得难，可刻着刻着就不行了，手捏着细细的绣花针在坚硬的水泥碑上扎来扎去，不仅疼痛难忍，后来直接扎不进去了，不得不停下休息，或干脆换人。

没办法，大家只好都坚守在现场，轮流上前操作，好多人连晚饭都顾不上回家吃。

考虑到要加夜班，孙如道便让妻子葛玉霞在家做好饭菜，让没吃晚饭的人轮流到他家去吃饭。

看到大家挑灯夜战、废寝忘食的样子，孙如贵家还做了夜宵犒劳他们。

在大家一致努力下，终于连夜将两块碑上的所有字及边框都刻好。

经过一周左右的浇水保养，终于可以将两块碑竖立起来，组装到事先砌好地基的底座上，并进行上色了。

上色之后再看效果，跟真正石碑几乎一模一样。

收工之际，孙如道脸上露出了欣慰的笑容，他多年的梦想，此刻终于变成现实。

第二天，路过的村民看到刻着字的"孙圩庄"碑和"教育世庄"碑，无不感到惊讶和兴奋，纷纷驻足观赏，赞不绝口。

4. 两碑落成，举庄欢庆

1989 年 9 月 9 日，第五个教师节前一天，孙圩庄举行了简约而隆重的"两碑"落成典礼。

村头，崭新的"孙圩庄"碑和"教育世庄"碑并排立在那里，宛若两座雕塑，庄严而凝重，使身后的村庄也显得鲜亮了起来。

"两碑"周围狭小的场地上，站满了村民代表，有的是应邀而来，有的则是不请自来，他们共同的目的，是要见证"孙圩庄"碑和"教育世庄"碑的落成。

考虑到时间紧迫，场地有限，方方面面条件都不允许，孙如春、孙如道他们原本没打算邀请领导、嘉宾参加"两碑"落成典礼，就想以村民代表为主，简单搞个仪式，让村民们知道立碑这件事及其意义即可。

谁知，新河乡党委书记夏庆安、党委副书记卢伯华，新河中学校长万秀平，新河中心小学校长周鹏，新河村党支部书记房文科、村会计黄科兴等人，知道后陆续赶来，表示祝贺和支持。

另外，庄上的王俊奎、王顶桂、堵建云、张士行、胡仰华等其他姓氏村民代表，也主动到场，并燃放鞭炮表示庆贺。

这样一来，参加人员的数量及级别提高了很多。

最后，典礼现场的人群一直排到了村边公路上。

不过，典礼的形式及规格并没有调整什么，也就增加了相关领导的即兴讲话而已。

典礼的主要内容，是由孙如道代表筹建组向大家作"两碑"筹建情况的汇报。

孙如道首先介绍，今年春节期间，庄上有部分人发起搞了一个"三提倡"活动，即提倡庄邻之间敬老爱幼、提倡妯娌之间勤俭持家、提倡青少年学生勤奋学习。

正是"三提倡"活动的成功举办，促成了"孙圩庄"碑和"教育世庄"碑的竖立。

孙如道接着表示，孙圩庄有两大特点，一是庄子大，不同姓氏多；二是从事教育事业的人多，这两个特点一直提醒村民们，要竖立两块碑作为永恒的激励和鞭策。

他说，竖立起"孙圩庄"庄碑，这就是一个起点、一个标志、一个号召，必将引导村民们团结、互助、向上，奔向幸福的明天。

而对于竖立"教育世庄"碑，孙如道则解释道，庄上的教育工作者都有一个愿望，既要确立教书的光荣感，又要努力做到为人师表，"竖立'教育世庄'碑，表明全村几代从教者的信心、力量和责任，意义重大而深远"。

"两碑"落成典礼结束后，莅临现场的领导及嘉宾，与村民们一道，参观了"孙圩庄"碑和"教育世庄"碑，并在"两碑"前合影留念。

从此，"孙圩庄""教育世庄"两块碑，便如同孙圩庄的两张名片，无声地向南来北往的人们宣传着这个小村庄。

也正从这时起，孙圩庄正式拥有了"教育世庄"的名号。

5. 立碑之事，影响深远

孙才珍，孙圩庄孙氏六世孙，1924 年出生，初小文化，精通地理风水，对中国古文、周易有钻研，在新河一带有一定影响。

一天，趁着孙如道休假在家，孙才珍找到他家，问："如道啊，你在我家北边立的那碑到底是干什么用的呀？经常有人问我呢。"

原来，孙才珍家为"孙圩庄""教育世庄"两块碑南边那排人家的最边上一家，紧挨着公路，他经常看到有人在碑前指指点点，议论纷纷。

有时，他到偏远一点的地方给人家看风水，竟也有人问他这是什么碑，是干什么用的。

每当此时，他总想解释一下，却又真的不知个中缘由，担心说错，只好随便应付几句。

听孙才珍这么一说，孙如道恍然大悟，可能是立碑时并没有讲清楚，抑或是孙才珍当时没听明白，所以才有此困惑。

于是，孙如道原原本本地将竖立"两碑"的起因、目的、能够发挥的作用等，又跟孙才珍复述了一遍，然后概括道："总之，竖立'孙圩庄'碑是为了增进村民团结，共建好庄风；竖立'教育世庄'碑，则是为了鼓励各家各户重视读书、教育，把子女培养成才。"

末了，孙如道还不忘提醒孙才珍："下次再有人问起，你就这样跟人家解释。"

"好的，这下我懂了。"孙才珍心领神会，满口答应着走了。

后来，孙才珍还真成了孙圩庄的"宣传大使"，到处跟人家讲解"孙圩庄""教育世庄"两块碑的意义。

在他的宣传下，十里八乡的村民路过时都会驻足观赏，品味一番"孙圩庄"碑和"教育世庄"碑，有的家长还专门带着孩子来参观，引导孩子认真读书，好好学习。

通过这件事，孙如道敏锐地感觉到，竖立"两碑"的目标达到了，尤其是"教育世庄"碑，已经产生了预期效果，影响正在不断扩大。

后来发生的几件小事，很能说明这个问题。

有一年，一位山东老板到新河、颜集一带采购花木，量很大，所以四处考察。他说不仅要找到充足的货源，更要找到诚信可靠的经销商。

说白了，就是怕上当受骗，被人"宰"了。

这个时候，孙圩庄凭借独特的地理优势，已经成为附近一带花卉集散地之一，村里不少人靠卖花挣钱，村头路边的花木销售摊点也很多。

这个山东老板选来选去，最后选到了孙圩庄这儿。

也许是觉得这儿的人比较实在吧，所以他在这儿预订了一大批花木，基本不打算再到别处选购了。

眼看就要成交，随行人员忽然悄悄提醒山东老板，要不要到别处再看看？

这让孙圩庄的几个花农感到很无奈，眼看一大笔生意就要做成，却半路杀出个程咬金，而他们又不好说什么，毕竟决定权在人家手里，不能强买强卖呀。

过了一会儿，山东老板正犹豫不决之际，忽然看到了村头的"教育世庄"碑，似乎一下子有了主张。

只见他略作思索，然后非常果断地说："不走了，这些花俺买了，准备算账吧。"

正当众人怀着各自心情，一脸茫然地互相望着时，山东老板指着不远处的"教育世庄"碑，意味深长地说："就冲这'教育世庄'碑，可以断定村中的风气怎么样、人们的品德怎么样，俺相信他们不会骗人！"

就这样，因"教育世庄"碑无声地"发挥"了作用，结果促成一笔价值10多万元的花木生意顺利成交。

这事，很快在村里传为佳话。

从此，村里的人们更加推崇"教育世庄"碑了。

说到"教育世庄"碑的影响，更直接的当然还是在孙圩庄内部，庄上人之间。

孙玉忠能成为一名人民教师，便离不开"教育世庄"碑的影响。

孙玉忠，1983 年 12 月出生，孙圩庄孙氏八世孙。

他家离"教育世庄"碑很近，中间只隔着几户人家，几乎天天都能看到。

儿时的记忆已经模糊，但有些片段，孙玉忠一直没忘：

一条南北路穿村而过，将村子分割成东西两部分，路东边矗立着两块石碑，一块上刻着"孙圩庄"，另一块上刻着"教育世庄"，碑后面的文字分别是村庄的来历和庄训。

为了保护石碑，人们在碑的周围拉起了一圈铁链。

但在顽皮、好奇的孩子们面前，这一圈铁链显得不堪、无奈——一群孩子正翻过铁链，围着石碑，其中一个年龄稍大的男孩一字一顿地读着石碑上的内容：

"清季嘉庆，中原洪荒，孙氏太公太母，率室迁此垦荒……"

其他几个孩子竟也似懂非懂地认真听完了大男孩断断续续的诵读，仿佛这石碑里藏着天大的秘密正被破解似的。

大男孩也好似着了魔一般，读完长长的孙圩庄"来历"，又兴奋地跳到另一块碑后面，大声读起了"庄训"：

"十年树木，百年树人，千年大计，教育为本，庄有孙姓，是理恪遵，四代执教，挥袂生风……"

生硬的诵读声，再次吸引了其他几个孩子的注意力，听着听着，他们还会相视一笑。

这群孩子中，有一个便是孙玉忠。

孙玉忠从大男孩口中，听到了父亲孙银的名字（孙银是孙圩庄共同竖立"教育世庄"碑的 21 位教师之一），觉得挺自豪的。

当时年幼、单纯的孙玉忠，就这样懵懵懂懂地对"教育世庄"碑产生了好感。

后来稍大一点，识字了，孙玉忠便经常一个人到"教育世庄"碑前玩，并且在碑背面一堆人名中寻找父亲的名字，看到了"孙银"二字后，心中便会莫名地激动。

再后来，他懂事了，更加理解"教育世庄"碑的含义了，加之父亲的言传身教，孙玉忠便对教师这个职业有了深刻的认识和深厚的感情。

最终，他也步父辈后尘，成了一名光荣的人民教师，并且与同为教师的孙利荣结为伴侣。

正在湖北科技学院读书的张涵茜，是一个多愁善感的姑娘，平时，她最爱听《故乡情》这首歌。

每当夜深人静的时候，她不仅思念自己的故乡，还会想起母亲的故乡，因为在母亲的故乡，有疼她爱她的外公外婆，有给她鼓励、催她奋进的尊师重教好传统……

她的母亲孙敏，是从孙圩庄走出来的一名人民教师，现为沭阳县外国语实验学校副校长，也是宿迁市人大代表。

张涵茜对孙圩庄的深刻记忆，要从她离开自己的故乡进城生活开始。

孙圩庄离她的故乡不远，小时候，母亲经常带她去那里看望外公外婆，所以她对孙圩庄毫无生疏感。

她印象最深的，是村头那块"教育世庄"碑。

那时候的她很小，从外婆家出来，在村头等公共汽车的时候，总会好奇地盯着路边的"教育世庄"碑望。

有一次，她拽着母亲的手，昂起头，用稚嫩的言语问道："妈妈，这是谁的碑？"

"这不是谁的碑，这是孙圩庄集体的碑。"母亲耐心地给她讲述孙圩庄的历史，祖辈从教的经历。

也正从那时起，张涵茜知晓了孙圩庄的人们追求知识、酷爱读书的高贵品质，而且很多人由学生转换成先生，在讲台前释疑解惑，用所学的知识哺育后人，传承祖国的教育大业。

母亲也常常教育她要好好学习，有所作为，成为接班人。

后来，张涵茜读了小舅爹孙如道主编的《那一个时代，那一个家》一书，其中还有她外公孙如玖写的回忆录，她从中了解了他们那个时代的孙圩庄、那个战争年代烽烟四起的小村庄，以及他们的坎坷童年。

她还惊讶地发现，当年是不起眼的山芋藤、榆树叶，救了外公他们的命；后来则是神圣的教师职业，使他们过上了幸福生活。

虽然没有经历过，少了点感同身受，但她用心了解了他们的过去，并从中体会到了知识改变命运的力量。

这些，都成为张涵茜刻苦学习的动力。

高中毕业后，她考上了湖北科技学院，成为一名攻读临床医学专业的大学生。

在张涵茜看来，这是她对"教育世庄"的最好回报。

在孙圩庄，诸如此类与"教育世庄"碑有关的故事，还有很多、很多……

6. 立碑不易，护碑更难

毫无疑问，"教育世庄"碑以及"孙圩庄"碑的竖立，为扩大孙圩庄的影响，推动尊师重教理念的传播，发挥了非常重要的作用。

但是，要说它一帆风顺，众心归一，也不尽然。

从立碑至今，已30多年了，这30多年时间里发生了很多变化，"教育世庄"碑和"孙圩庄"碑一度面临破损、歪倒、被要求迁移的局面，可谓命运多舛。

"根源，可能是当初立碑时没有考虑那么多、那么远，选址不妥，占用了一部分私人土地。"说到"教育世庄"碑的一路"坎坷"，孙如道如是分析。

在一定范围内，还曾流传着关于"毁碑""护碑"的说法。

有一段时间，不知什么原因，有关"教育世庄"碑和"孙圩庄"碑的负面声音忽然在庄上传开。

有人就说，一个小村庄，竖碑有什么用啊？

又有人说，不过是某些人为了出风头罢了。

还有人说，看以后庄上当教师的人越来越少怎么办？！

诸如此类的杂音，难免影响着那些一心向上的人们的心情。

而相对于这些不自信的质疑声，封建迷信显得更为可怕。

有人散布谬论，说在村头立碑不吉利，还有人将其与墓碑联系起来，说得人心惶惶的。

在各种传言的误导之下，一些别有用心之人以及年幼无知的孩子，时不时以各种方式破坏"教育世庄"碑和"孙圩庄"碑。

当初为了美观和防护，两块碑四周是用铁链拦着的，可不知不觉，这铁链被人砸断了，再后来，铁链直接消失了。

没了铁链拦着，两块碑就像失去爹娘保护的孩子，谁都可以上前"欺负"一下，一会儿缺个角，一会儿多个坑，碑体逐渐变得"伤痕累累"。

这个时候，作为立碑主要发起人之一的孙如春已经因病去世，而另一位立碑主要发起人孙如道又正常生活在县城，缺少"主心骨"的监护，无形中加剧了两块碑的受损。

每一次回老家，孙如道都会发现两块碑又添了"新伤"，真是痛心疾首，却又无可奈何。

曾有传言传到孙如道耳朵里，说"这碑就是孙如贵、孙如良带头破坏的，他们听人说地头有碑不吉利，巴不得将它们推倒"。

孙如道则平静地表示，凡事要讲证据，不能凭空猜测，"我看如贵、如良不是这样的人。"

后来，孙如道曾找到孙如良，开诚布公地聊了聊，问他知不知道两块碑受损的事。

孙如良非常诚恳地说："小哥（孙如道在家排行最小，庄上比他小的同辈习惯叫他小哥），不瞒你说，我们确实有过将碑弄走的想法，而且庄上人说什么的都有，还有人鼓动我们将碑砸了呢，你说我们能做这事吗？"

同时，孙如良还郑重向孙如道表示："小哥你放心，我们不但不会做出格的事，今后还会帮你留意着点，不让有人再去碰碑，发现了就及时制止。"

自此以后，"教育世庄"碑和"孙圩庄"碑还真没有受到更大的损坏。

有人曾告诉孙如道，曾经有几个小孩聚在碑前方比赛谁能用石子击中碑上的字，孙如良发现后，将他们撵跑了。

孙如道听后感到很欣慰，他表示，"'教育世庄'碑和'孙圩庄'碑是大家的，大家就应该共同爱护它。"

就这样，日子在平静中又过了几年。

到了 2002 年，随着新世纪的到来，农村的面貌发生了翻天覆地的变化，建设举措也在不断出新——包括孙圩庄在内。

一个现实问题是，很多人家的房子落后或不够用，需要翻新、扩建，乃至盖楼。

而原先的一些废地，也随之逐渐派上了用场——孙如贵、孙如良兄弟俩也不例外，迫切需要在老房子北边的空地上盖新房。

这样一来，矛盾就出现了：如果绕开"教育世庄"碑和"孙圩庄"碑，规划起来就得浪费很多土地，而且盖出的房子太小；要想把土地完全利用上，盖出充足、如意的房子，就得将"教育世庄"碑和"孙圩庄"碑移走。

这一难题很快提交到了孙如道跟前。

那天，孙如良特地找到孙如道家，跟他说："小哥，真不是我为难你，你看庄上各家都盖了大房子，我们不能不盖呀，原来那房子太小，家里这么多人，根本不够用呀。再说了，两块碑占用我们土地这么多年，不能再占用下去了。"

孙如道约了几个人座谈，看看这事怎么解决。

通过现场勘察和私下走访，孙如道明白，孙如贵、孙如良他们确实需要盖房，"教育世庄"碑和"孙圩庄"碑确实应该移走。

问题是，往哪里移？谁来负责移？经费又从哪里来？

一系列的难题，困住了孙如道。

其实难题也挡在了孙如贵、孙如良兄弟俩的面前——他们知道这事不能硬来，更不能乱来，只能一步一步妥善解决。

孙如道犯难了，而且他试着征求几个骨干教师的意见，他们竟然态度不一，有人还说气话："这碑干脆拆了拉倒。"

或许，这么多年过来，有些人并没有真正感受到有多大变化，对立碑的激情已今非昔比。

孙如道第一次感到了力不从心。

"如果如春二哥还健在，事情肯定不会这么难。"孙如道在心里说道。

但是，难归难，问题总得解决呀，"别人可以不管，我不能不管！"

就这样，孙如道拿定主意，动员了一些教师参与，正式开启了重新立碑工作，后来大家习惯称之为"二次立碑"。

结合实际情况及众人建议，这次重新立碑只立"教育世庄"碑，不再立"孙圩庄"碑了，而且原来的碑受损严重，就不用了，重新订制了一块正规的"教育世庄"碑。

经再三斟酌，"教育世庄"新碑的地址选在了与孙如贵、孙如良两兄弟家宅基地一沟之隔的沟堤上。

前面说过，原先"教育世庄"碑和"孙圩庄"碑所处的地理位置是：西边庙颜公路；北边排涝沟，排涝沟再往北是灌溉渠，灌溉渠与排涝沟之间是堤坝，堤坝北侧为河堤，南侧为排涝沟堤。

由于排涝沟挖得比较深，所以沟堤显得很宽敞、牢固；加之随着花卉种植的普及，当地已不再种水稻了，这灌溉渠便长年干涸了。这样的话，将"教育世庄"新碑立在沟堤上，还是很安全的。

而且为了保险起见，孙如道他们将原"教育世庄"碑和"孙圩庄"碑掩埋在新碑下面的泥土中，一是加固了新碑地基，二也保存了这两块旧碑。

这次重新立碑，虽然遇到了不少困难、挫折和阻力——比如所需经费由庄上教师分担，有人头一天交了钱，第二天却又要了回去，以此表示对重新立碑的不认同——但最终，在众人支持下，还是顺利完成了。

至此，孙如道总算松了口气，觉得对全体村民尤其是因病早逝的堂哥孙如春有所交代了。

而孙如贵、孙如良兄弟俩，也非常感激大家的体谅和快速行动，他们终于可以如愿地盖新房了。

然而，欢愉往往是短暂的，烦恼总会不期而至。

"二次立碑"约莫过了几年时间，竟然又发生了新情况。

"教育世庄"碑，再一次面临何去何从的尴尬抉择！

原来，随着那条灌溉渠的长期荒废，以及边上排涝沟的式微，村、组两级默许了一个发自村民的做法：灌溉渠及排涝沟沿线的住户，只要上交一定的占用费，就可以自行将自家地头的那部分排涝沟及灌溉渠填垫起来使用。

这种利好的事情，当然是家家争着去做了，而且别人家都花钱将沟、渠填了，"扩大了地盘"，自己家不填也不好看呀。

有些人家实在用不着，便将"填"出来的地块出租给别人种花。

孙如良家紧靠路边，填垫出来的地块更值钱，所以他家也不例外。

只是，往北填垫沟、渠，必然要经过"教育世庄"碑。

这样一来，"教育世庄"碑又变成是在孙如良家的土地上了。

而且，那个地方除了边上公路、小路，已经没有其他属于集体的土地了。

也就是说，要么将碑往更远的地方迁移，要么让孙如良家做出牺牲，将碑继续留在原地。

　　根据当时的情况，迁移谈何容易，只能将碑继续留在原地。

　　后来，孙如良家将填垫出来的地块出租给别人使用。

　　租户接手后，不知是有意，还是无意，在平整土地过程中，竟将"教育世庄"碑碰倒了，而且没有扶正。

　　有人发现后，及时打电话告诉在县城的孙如道。

　　孙如道一听，赶忙通过电话联系上孙如良的一位亲戚，让他给孙如良打电话，询问"教育世庄"碑歪倒是怎么回事。

　　孙如良倒也没有趁机提出将碑移走，而是说那地方租给别人了，具体情况他也不知道。

　　但孙如良表示，他可以过去看看，如果碑真倒了，尽量让租户给扶正。

　　"不能尽量，是必须！"孙如良亲戚在电话里斩钉截铁地说。

　　"行、行、行……"孙如良则在电话里笑着连声答应。

　　后来，孙如道不放心，回老家时还特意过去看看，发现"教育世庄"碑已经恢复原状，才踏实下来。

　　此后，"教育世庄"碑立在那里虽然确实影响做事，但没人再去扰动它的安宁了。

7. 重新立碑，一劳永逸

俗话说，人算不如天算。

"教育世庄"碑虽然不再受到人为扰动，但在轰轰烈烈的基础设施建设面前，它依旧不能守住安宁、落得清静。

2016 年，终于到了"教育世庄"碑再度面临抉择的时候。

而这一次抉择，要比以往显得更为艰难，同时也更有尊严，当然，也更能彻底解决问题。

这一年，被命名为"月季花大道"的新河镇东外环路建设工程，正式上马开工。

该工程由东向西延伸段，从孙圩庄穿村而过，沿原灌溉渠及排涝沟的位置向两边拓宽，得占用村民们的不少土地。

这样一来，"教育世庄"碑也保不住了，必须迁移。

这一次，与孙如良家无关，他家也有一些土地要被占用，但他还是及时告知了孙如道，让他有所准备。

对于因修路而导致"教育世庄"碑要迁移，孙圩庄的人们予以了充分的理解和支持。

毕竟，修路是大事、好事。

经过这么多年的风风雨雨，大家也都从思想上认识到了"教育世庄"碑的存在意义，更从内心接纳了它。

这一次，大家不仅对"教育世庄"碑迁移（下称"迁碑"）没有杂音，而且同谋共振，群策群力，推动了"迁碑"工作的进展。

只是，碑往哪里迁，费用怎么筹，谁来负责迁……一系列的难题，又都压在了孙如道身上。

而此时，他已经 76 岁，原本什么事都不想烦了。

但他心中的那份责任感，始终没变。

当得知"教育世庄"碑又面临迁移的时候，孙如道还是义无反顾地站了出来。

最终，经他协调，这次"迁碑"工作由孙圩庄所在的新河镇新槐社区居委会和新槐社区乡贤参事会主体承担，新河镇乡贤参事会、新河初级中学、新河中心小学给予大力支持。

首先，在新河镇乡贤参事会有关领导的带领下，先期完成了新碑挑选和碑址落实工作。

经镇、村有关领导同意，选定的"教育世庄"新碑为花岗岩巨石，长 4.2 米，高 1.6 米。

地址，定在了孙圩庄西南方、庙颜路东边的位置，也就是周圈大桥北端东侧小公园的西南角。

此处，原先为废水塘，后被填平并建成了美丽的乡村公园。

大家曾围绕孙圩庄整个村庄转了一圈，考察了多处位置，都不理想，最终觉得小公园这儿最好，不仅视野开阔，风景优美，还依偎着新开岔流河，并且与周圈古栗林隔河相望，可谓得天独厚。

这样的话，新落成的"教育世庄"碑前后方还可以辅建广场、宣传栏等，便于村民及过往行人参观。

其次，由新槐社区乡贤参事会的于长胜、房文科执笔，制订了具体的《"教育世庄"迁碑方案》，内容包括"孙圩庄的文化内涵""立碑的经过和意义""迁碑的资金来源""成立迁碑工作小组"等。

然后，以新槐社区居委会和新槐社区乡贤参事会的名义，向新河镇政府打了个《关于移竖"教育世庄"碑的申请报告》，同时向孙圩庄广大村民和老师发出了《"教育世庄"迁碑倡议书》。

这两项工作的完成，对上得到了新河镇党委、政府的批准，对下得到了孙圩庄村民和老师的支持，使得"迁碑"计划得以顺利实施。

其中资金筹集是关键，能否把所需经费自行解决，不给镇里添负担，这是一切工作的重中之重。

前面说了，村民和老师们对因修路而导致"教育世庄"碑要迁移很理解，也很支持。

所以在资金筹集工作开始后，很多人积极响应，在第一时间捐款，200元、500元、1000元不等，有的人甚至高达2000元。

值得一提的是，在这次资金筹集过程中，不仅沈士举、王之安、于长胜、房文科、蔡子华等领导带头捐款，而且庄上除了孙姓村民纷纷捐款，占到了捐款总额的69%以外，其他姓氏的村民也热心捐款，如王永田、王德钱、王春雨、王大雨、王宏伟、王小雷、堵新耀、堵新兵、堵迎宽、胡玉明、胡玉刚等。另外，庄上一些嫁出去的女性也专程回来捐款，有的还带着丈夫一起捐款。

与此同时，很多人还动员家人及身边亲友捐款，号召大家为"教育世庄"的集体荣誉共同贡献力量。

作为孙圩庄媳妇的徐亚文，不仅自己以教师名义捐了1000元，还让丈夫王春雨也捐了500元；从小就迁居外地的孙建波，携二子孙雨轩、孙宇航，共捐款6000元；孙东在那段时间出差在外，委托他人代为捐款1000元……

在各方共同努力下，最终捐款总额达60800元，远超预期。

有了资金保证，接下来的工作就更顺利了。

经过10多天时间的紧张施工，圆满完成了地基平整、新碑竖立、碑体刻字等工作。

就连碑体前方的绿化，也施工到位。

一座高大、壮观的巨型石碑，呈现在了人们的面前，碑面上的"教育世庄"四个红色大字，尤为引人注目。

碑的前方，还有用大理石铺设的一个小型广场，既方便参观"教育世庄"碑，又能在上面从事各种文体活动。

碑的后方，是一个精致的木质宣传栏，上面有关于"百年教育世庄"的简介，方便人们了解孙圩庄的前世今生。

经研究，定于第34个教师节前一天，即2018年9月9日，举行"教育世庄"新碑揭幕仪式。

当天，参加活动的有沭阳县乡贤协会秘书长李德明；新河镇党委书记葛恒平、新河镇党委原书记夏庆安；新河镇人大主席范晓东、副镇长杨江伟新河镇乡贤参事会会长胡方林等；

更为可喜的是，教育界的一些同志也来到现场祝贺，他们是沐阳县教育局原局长叶树源；沐阳县教育局副局长葛恒军；新河中学校长李军、新河小学校长孙利等。

仪式由沐阳县乡贤协会常务副会长、新河镇乡贤参事会副会长沈士举主持。

新河镇乡贤参事会会长胡方林在仪式上讲话，他介绍了新河镇乡贤参事会在此次迁碑过程中所做的相关工作，对"教育世庄"的过往进行了介绍、评价，并且提出了殷切希望："新河人得益于教育，人文底蕴深厚。明朝的'一门三进士''长淮名门第一'吴承恩的老师刑部侍郎胡琏，康熙帝师胡简敬，清末民初放足先驱胡仿兰，现代的教育世庄，一个个掷地有声。我们要以他们为榜样，刻苦读书，靠知识改变命运；尊师重教，为千年大计添砖加瓦；教育兴国，为实现中国梦培养更多的优秀人才！"

孙圩庄教师代表、庙头中心小学原校长孙玉军在仪式上发言，他介绍了"教育世庄"的来历，以及三次立碑的过程，最后表示："每一次竖碑都是一次教育、一次总结，使'教育世庄'的英名不仅刻入庄头的青石上，也刻在世人的心中，流淌在教师们的血液中……如此优良的庄风、家风，每一位孙圩庄人都有义务、有必要将之传承下去，并进一步发扬光大，这是对祖先最好的怀念与敬重，也是对后代最好的交代。"

新河镇党委书记葛恒平在仪式上讲话，她介绍了新河镇整体教育情况及近年来取得的成就后，着重强调："此次'教育世庄'重新立碑工作，我镇乡贤参事会发挥了重要作用，在项目挖掘、立项、选址等过程中积极推动，并能及时与党委、政府沟通。希望乡贤参事会在以后的工作中充分发挥参谋助手、桥梁纽带作用，为建设'强富美高'新新河做出应有的贡献！"

沐阳县教育局原局长叶树源在仪式上讲话，他首先回顾了 1992 年与孙圩庄教师共度教师节的情景，接着，高度评价了"教育世庄"后来发生的变化，最后表示："教育世庄就像一座丰碑，早已矗立在苏北大地人们的心中，人们会永远记住这个荣耀百年的村庄！"

最后，各位领导共同为"教育世庄"新碑揭幕，并与大家合影留念。

历经磨难、几近消失的"教育世庄"碑，终于迎来属于自己的高光时刻！

从此，它可以高枕无忧地矗立于这方热土之上，代言着身后这个荣耀百年的"教育世庄"，并将激励着庄上的教师、村民们，进一步创造新的、更大的辉煌。

2022 年 1 月 19 日，沭阳县融媒体中心推出了一期题为《6 代人 82 名教师书写百年"教育世庄"的师道传承》的专题节目，节目一开始，便是主持人站在这新竖立的"教育世庄"碑前，将孙圩庄百年从教的感人故事娓娓道来……

第六章

深耕

1. 勤研善教

"一名教师若能热心于本门学科正在探讨的问题，并具备进行独立研究的能力，这样的教师则可成为学校的骄傲。"

这是苏联著名教育家苏霍姆林斯基说过的一句话，强调了教师开展教学研究的重要性。

在孙圩庄的教师中间，不乏这样的实践者，比如孙敏。

孙敏，1975 年 5 月出生，孙圩庄孙氏八世女孙。

1997 年 9 月，从扬州师范大学毕业的孙敏如愿成为一名老师。

此后的 20 多年里，她一直奋战在教育教学一线。

她跟孙圩庄许许多多的教师一样，忠诚于教育事业，始终以一个优秀教师的标准严格要求自己，爱岗敬业，勤奋努力，深受学生的爱戴和学生家长的欢迎。

孙敏在大学期间学的是英语专业，2018 年之前，她一直从事初中英语教学。

那期间，她连续多年担任学校里的英语教研组组长，比较胜任初中英语循环教学，并有多年担任初三毕业班英语教师的经历。

她所带班级的英语成绩，在本校同年级中一直名列前茅，有几年在毕业班中考时也是成绩显著，深得领导、同事和学生家长的肯定。

在教学上，她多次受到表彰，如：

2008 年被评为沭阳县初中英语学科骨干教师；

2012 年被沭阳县教育局评为初中英语学科带头人；

2016 年获宿迁市一课一案一思评选二等奖；

2017 年获县双语阅读优秀指导教师奖等。

孙敏在工作过程中，不断开展教学研究，成果丰硕，相关论文先后在《教研周刊》等期刊发表。

比如，英语学习中听、说、读、写四大能力的提高需要采取不同的学习方法，可是孙敏发现，有些学生未能掌握这些方法，结果陷入了越学越吃力、越吃力越不想学的恶性循环之中。

于是，她撰写了《浅谈影响英语自主学习的几个因素及对策》一文，对此现象进行了剖析、研究，提出了"打破传统的教学模式，实行'以教师为中心'到'以学生为中心'的转变""引导学生积极参与课堂教学活动，让学生多参加语言实践"等建议，以帮助学生培养自主学习英语的能力。

很快，这篇论文发表在了 2012 年第 9 期《语数外学习》期刊上。

再比如，孙敏发现，很多学生对英语有一种畏难情绪，往往提不起学习兴趣。爱因斯坦说过："兴趣是最好的老师。"

于是，她通过细致总结、分析，写出了《浅谈在英语教学中激发学生的兴趣》这样一篇论文，发表在了 2014 年第 12 期《读与写》期刊上。

这篇论文，主张从"利用幽默""发掘词汇背后的故事""在阅读教学中感受文化差异""综合教材排练英语短剧""运用多媒体信息技术优化课堂教学"等五方面，激发学生学习英语的兴趣。

她在文中还提出了"学生的学习兴趣与学生对教师的信任成正比"的观点，强调"教师要善于发现学生的闪光点，只要有一点进步都要加以表扬"，并以此为契机，切实提高教学效率。

此外，她还撰写了《新课程下的初中英语教学》《英语教学中学生写作能力的培养策略》等论文，先后发表于 2012 年第 24 期《试题与研究》、2014 年第 46 期《教研周刊》等期刊。

这些论文的撰写及发表，增强了她的教研信心，具提升了她对有关问题的判断能力，对提高教学效率、提高英语教学质量来说，也有很大的帮助。

因教学成绩突出，专业知识丰富，孙敏还于 2017 年被沭阳县教育局教研室聘为学期调研测试命题组成员。

2018 年 9 月，因工作需要，孙敏被调整到沭阳县外国语实验学校教务主任的岗位上。

根据分工，她主抓学校的教育教学。

从那时起，她以更加严格的标准要求自己，全身心投入教学本身以及所分管的各项工作之中。

除了认真执行好各项规章制度，她还积极推动学校的教学改革，使得教师课堂效率得到明显提高，达到了减负增效的目的。

另外，她多次组织师生参加县级以上的各项竞赛活动，均取得良好成绩，并因此受到表彰，如：

2019 年被评为沭阳县教科研先进个人；

2020 年被评为宿迁市家教工作先进个人；

2021 年被评为宿迁市教育系统优秀工作者等。

因管理工作上的成绩也得到了上级的认可和肯定，孙敏于 2020 年 2 月被沭阳县教育局任命为沭阳县外国语实验学校副校长。

像孙敏这样的成功者，在孙圩庄还有很多，比如孙玉之、骆静等人。

他们，都是注重教学、教研相结合，不断提升自我，适应岗位需求，从而更好地为教学服务、为学生服务。

他们，均在教学过程中撰写了大量论文，公开发表于全国各种报纸、期刊，并产生了一定影响。

他们，是勤研善教式的优秀教师代表，也是孙圩庄教师群体的榜样与骄傲。

2. 攻克难关

孙玉璋，1959 年 3 月出生，孙圩庄孙氏八世孙，1978 年 8 月参加教师工作。

2022 年 6 月的一天，孙玉璋接到沭阳县实验小学一位领导的电话，让他谈谈在教学工作中的一些经验。

已经退休的孙玉璋回忆了早年间带领学生学习科技、提升动手操作能力的点滴。

孙玉璋是 1988 年 6 月调入沭阳县实验小学的，至 2019 年 3 月退休，在那里工作了 31 个年头。

最初的那几年，正是我们国家重视教育、提倡科技兴国的时期，全国中小学生都学习并背诵叶剑英元帅写于 1962 年的那首《攻关》诗："攻城不怕坚，攻书莫畏难。科学有险阻，苦战能过关。"

在这首诗的影响下，全国各地有志青年纷纷钻研科学技，攻克难关。学生家长们也非常了解教育、科技方面的政策内容，在学生学习、科技创新上面都是足够的重视。

沭阳县实验小学也紧跟教育步伐，在全校掀起了小学生创新动手技能的教育。

当时，孙玉璋任毕业班的班主任。

他记得，1991 年国庆前夕，学校提出要把学生学习科技、提升动手操作能力等实践活动落到实处，激发学生对科技创新方面有一个深刻的认识，为未来培养科学技术人才打下基础。

学校同时还要求，三至五年级每个班都要拿出作品，准备在国庆节上街游行时展览。

孙玉璋当时感到很困难，连科学技术的内涵是什么都不知道，还谈什么创新、创作？

偶然打开电视，正好看到发射卫星的直播，他就突发奇想：能否做一个卫星火箭模型呢？

但他很快又犹豫起来，觉得条件不允许，比如框架、外包装等都不好办。

放学后，孙玉璋去找耿志国校长，把自己的想法说给他听。

没想到耿校长很重视，当即拍板了，并且表示遇到困难由他来协调。

有校长的支持，孙玉璋就很有信心了，紧锣密鼓地展开筹备。

首先，他在班级进行宣传，并让每位学生带回一份倡议书，以取得家长们的支持。

接着，经耿校长协调，由后勤木匠任师傅父子俩加班三个晚上，做成了火箭模型的框架。

对于火箭模型的外包装，原本准备在班级凑钱买锡纸进行制作的。

孙玉璋平时爱抽烟，一次，他在扔烟盒时突然想到，不是可以废物利用吗？用烟盒中的锡纸来拼凑，完全也行嘛！

于是，他迫不及待地跑到教室，动员学生回家后联系所有抽烟的亲戚朋友，把烟盒里的锡纸留下来。

经过几天的收集，千余张烟盒锡纸堆积在了教室一角，孙玉璋心头一阵欢喜。

然后，他又发动学生带来细线、糨糊等材料，并利用课外及课间的时间，让他们自己动手组装、制作。

用了大约一周的时间，终于把长 5 米，高 2.5 米，重达 50 公斤的金银色火箭模型做成了。

为此，学校还专门利用课间操时间，让全校师生参观孙玉璋他们班制作的这个火箭模型。

孙玉璋记得，当时火箭模型上面还贴了国旗，显得非常的耀眼。

国庆节那天，学校三至五年级学生全部上街游行。

游行的主要任务，就是进行科学技术宣传。

每班都带着各自的作品，孙玉璋他们班的火箭模型由 8 个学生拉着，走在队伍最前列。

游行路线是：从实验小学门前出发，向南到达人民路，沿人民路向东到达骡马街，然后向北到达沭阳中学南门，最后沿老街一直向西，到达位于实验小学东边的小操场（体育场）。

一路上，引来行人驻足观望，纷纷鼓掌赞扬。

在小操场集合后，周慕白校长发表了热情洋溢的讲话，对孙玉璋他们班的表现提出了特别的表扬。

这次科技探索，对学生的动手操作能力起到了培养和锻炼作用，同时也激发了他们学习文化知识的兴趣和热情。

那一年，沭阳中学初中部面向全县招生 4 个班共计 180 人，孙玉璋他们班达分数线一共有 17 人之多，受到了学校及学生家长的一致好评。

由于长期担任毕业班班主任兼数学老师，孙玉璋在班主任管理方面摸索出了非常好的经验及措施，为此还制定了一套比较完整的"班级管理细则"，50 条左右。

按此"细则"，每天由各小组长根据本组同学表现，在自己本子上做记录，放学后班委和组长们留下来几分钟时间，对每人当天表现进行打分，哪怕是丢一张纸屑、说一句不文明的话也要扣分，主动打扫卫生、助人为乐的则加分。一学期下来，每个人的表现、作业完成情况、成绩等都有记录。放寒暑假时，就把"学生在校记录小档案"当作家庭报告书给学生带回家。

后来，国家教委出台了《小学生日常行为规范》，跟孙玉璋制定的"班级管理细则"竟相差无几，甚至有些方面，孙玉璋的"细则"显得更细、更实。

耿志国校长对比了孙玉璋制定的"班级管理细则"和国家教委出台的《小学生日常行为规范》以后很是后悔，后悔之前没有督促孙玉璋将"班级管理细则"整理好投稿或上报给上级教育主管部门。

孙玉璋连续带了约 20 年的毕业班，每天比其他班级老师多上 1.5 小时左右的课，还要早起晚睡，没有空调的那些年，大冷天甚至是在床上写教案、批作业。

然而，孙玉璋从来没有提出过要加班费或额外的酬劳，不是不敢提，而是压根儿没有这种想法，反而把"加班还要钱"当作是一种笑话。

那个时候的教师，在教学态度、责任心方面都是没的说的，他们从不计较得失。

工作 41 年，孙玉璋内心一直秉持着敬业和勤奋，几十年如一日地用知识和职业道德言传身教地培养着每一届、每一批、每一位学生。

多年来，他先后获得过"模范教师""先进工作者"等 30 多项荣誉及表彰。

这些荣誉及表彰，是对他立足三尺讲台、执着从教的见证、肯定和回馈！

3. 边干边学

孙银，1949 年 9 月出生，孙圩庄孙氏七世孙，20 世纪 70 年代初开始从事教师工作，是村中第三代教师代表。

一开始，他只是为了挣点工分。

当时还是计划经济时代，生产队以记工分的方式衡量群众干活多少，而给村中孩子代课，也可挣得工分。

后来上面统一给代课教师发工资了，也是几块钱、十几块钱的，想靠这点钱养家糊口并不容易。

最困难的时候，孙银一个人要养活一家 7 口人，为了多挣点钱，他选择在闲暇时到河里捞沙。

没有船这一捞沙必备工具，他就托朋友借用别人的。

那个时候的人很淳朴，他们都无偿借给孙银使用。

为了不耽误船主捞沙，孙银只能打时间差，有时天还没亮他就下河捞沙，到时间了便将船还给人家，然后回家吃饭，吃完饭去学校上课。

晚上放学后，他又匆匆下河捞沙，捞个一船两船的。常常是家人来喊他回家吃饭了，他才依依不舍地离去。

有一次，很晚了孙银还没有回家吃饭，后来又刮起风下起了雨，妻子胡玉兰很是担心，便拿着手电筒到河边去找。

漆黑的夜，本就胆小的胡玉兰迎着风冒着雨，一步一步地摸索着来到河边，将手电筒的光照向河面，照向孙银平时捞沙的位置。

可那本就微弱的光线，全被这漆黑的夜和宽阔的河面吸收了，胡玉兰啥都看不见，只好大声呼喊孙银的名字。

一声声呼喊仿佛也被这静谧的黑夜吞噬了，收不到一点回音。

胡玉兰更加焦急了，担心有不好的事情发生，便一边继续呼喊着，一边艰难地向下游找去。

不知走了多远，也不知喊了多少声，胡玉兰只觉得嗓子都嘶哑了。

"玉兰，我在这里。"

终于听到了丈夫的声音，胡玉兰如释重负地瘫在地上，眼泪忍不住涌了出来。

原来，原先的那个位置捞不到黄沙了，孙银就换了个远一点的地方，没来得及告诉家人。

孙银将船划回岸边，胡玉兰帮他一起将船舱里的黄沙运到岸上，然后一起回家。

在那个艰苦的年代，面对生活的重担，孙银没有妥协，他要通过自己的努力，让家人的日子过得好一点。

实际上这也是那个年代的特点，很多农村教师都是边教书边照顾家庭，通常是在工作之余还要做点别的事情，以此增加家庭收入。

这就促使孙银更加珍惜眼前的教书机会了。一方面，他不愿失去这份微薄的工资，另一方面，他希望有朝一日能转成正式教师，获得更高的工资，从而更轻松地照顾家人。

为此，孙银努力工作着，力争比别人干得更多、更好。

刚开始条件很艰苦，孙银是在生产队一处废弃的牛舍里带着村中十几个孩子上课。

房子又旧又破，像样的门窗都没有，是孙银自找材料安装的。

没有课桌，他便带着孩子们一道弄来土、麦壳、石灰等，加水和成泥团，在房子里堆出一个个土墩，然后在每两个土墩上搭一块木板，供孩子们趴在上面学习。

那时农村学校有上早课的惯例，孩子们天不亮就起床赶到学校，挑灯学习。

没有电灯，孙银就找来些空墨水瓶，自制煤油灯，每个孩子面前放一盏，屋里顿时通亮起来。

由于只有孙银一位老师，所以这是个"混合班"，各年级的学生都有。

每天，都是一个年级一个年级地轮流上课，轮不到的，便坐在那里做作业或看书，但不能离开。

后来房子塌了，孙银还临时将孩子们带回家继续教学，直到孩子们统一到新河中心小学上学，才结束这种状况。

从那以后，孙银成为新河中心小学一名民办教师，工作劲头更足了。

有一年，孙银带毕业班。

为了让学生有充足的试卷做，他便在白天忙不过来的情况下，等放学后加班刻印试卷。

后来感觉在学校加班不方便，而且家中还有农活等着要干，他便干脆将油印机背回家。

这样，每天放学到家，他就可以先干农活，等干完农活再加班加点刻印试卷。

在家操作不习惯，每次印好试卷都会弄一手黑墨，要费很多事才能洗干净。

等一切忙完，往往已是深夜。

第二天，他还要再背着油印机回学校，以便其他老师使用……

就这样反反复复，直到毕业考试结束。

孙银当时的学历并不高，只是初中毕业，他深知自己的不足，所以自从从事教师职业后，就借来高中的书籍在家自学。

他知道勤能补拙的道理，通过刻苦学习，一定能不断提升自己的知识储备和教学水平。

后来，他又到师范学校进修，最终取得了中师文凭。

这也让孙银更深刻体会到知识的重要性，无论何时何地，都不能忘了学习。

所以当社会上开始流行奥数竞赛，他虽然一窍不通，却并没有放弃，而是借来这方面书籍自学，学会了一点，再教给学生。

每当碰到新的奥数题，他就和学生一起学、一起琢磨，互相促进，共同进步。

就这样，孙银带领学生参加完乡里的奥数竞赛，又参加县里的奥数竞赛，有一年竟然去到北京，参加了全国奥数竞赛。

因各方面表现突出，孙银曾先后被任命为新河中心小学下辖的沙河小学、周圈小学、龙堰小学等学校的校长。

其中在周圈小学时，孙银带毕业班，升学率一直很高。

有一年，周圈小学一下子有20多个学生考上新河初级中学或联中，升学率竟然超过了新河中心小学，引起了不小的轰动。

当时，沭阳电视台还派记者来到孙银家，就此事对他进行了采访。

4. 甘为人梯

孙静，1982 年 6 月出生，孙圩庄孙氏九世女孙，江苏省沭阳中等专业学校美术教师。

从 2002 年 8 月参加工作，迄今为止，孙静已在教师岗位上默默奉献了 21 个春秋。

岁月的流逝，使她由一个无忧无虑的花季少女，变成了一个为人妻、为人母的家庭主妇，青春已然不再。

但她始终没变的，是那颗忠于教育事业的心和那股一心为了学生的干劲！

她，一直以自己是教育世庄的一员为荣，更为自己也加入了教师队伍而自豪。

为了延续这种自豪，她一直在努力地拼搏着。

作为一名老师，孙静认为只有具有高尚的人格，才能感化学生，让学生愿意接受他（她）的教诲。

她非常注重自身修养，除了认真学习有关理论著作和《教师法》《中小学教师职业道德规范》等法律法规以外，还积极参加各项教研活动和教育培训，不断提高思想认识和业务水平，使自己在教学过程中始终具有强烈的事业心和高度的责任感。

俗话说爱美之心人皆有之，作为一名女性，孙静也想打扮得更漂亮一些，但她又深知作为教师当为人师表，所以非常注意自己的形象，自觉做到衣着得体，容止有仪。

有时候，就连丈夫都劝她："你也买点好衣服穿穿，别总是老一套。"

孙静则笑着说："给你省点钱不好吗？"

她是觉得，要求学生做到的，自己必须率先做到，学校不容许学生穿奇装异服，老师岂能例外？

她做过多年的班主任、技能大赛指导老师，非常清楚自己该做什么，不该做什么。

工作中，她以班主任和技能大赛指导老师应有的责任心，和学生代表共同制定一套完整可行的管理制度，对班级进行严格、规范管理。

平时除了正常备课、上课、辅导、批改作业以外，她还注重与学生交流，经常在课后找学生谈心，了解他们的思想动态。

尤其是做好差生、后进生以及性格孤僻学生的思想工作，尽可能多地帮他们解决生活或学习上的困难，从情感上感化他们，不让他们滑坡、掉队，更让他们对学习和未来充满信心。

有的学生，在她帮助下还真变化很大，进步很快。

她经常是下晚自习后，还陪着毕业班学生在教室学习，到11点多才回宿舍。

有一年冬天，天气突然变冷，学生来不及回家拿衣服，她把家里的所有衣服都找出来带到学校，分给学生穿，帮他们抵御寒冷。

在教学上，孙静能认真学习领会课改精神，努力探索教育教学规律，改进教育教学方法，提高教育教学质量和科研水平。

同时，她认真钻研教材、教法，大胆进行教学改革与尝试。

比如在课堂上，她尽量多地教给学生行之有效的学习方法和技巧，培养他们良好的学习习惯和坚强的意志品质，提高他们的自学能力和探究能力。

孙静一直担任对口单招美术专业核心课程的教学工作。为此，她首先吃透教学大纲，把握住教学尺度，并根据学生的基础和兴趣，选择灵活多变的教学方法。

一些基础差的学生，也许掌握基础知识和基本技能就可以了。

而基础较好的学生，孙静认为应该加深拓展，以便实现"教是为了不教""授人以鱼，不如授人以渔"。

这说起来容易，做起来却并不简单，所以需要老师自身做到"肚中有货"，"胸有成竹"。

这也正是孙静参加工作后仍不断学习的原因所在。

她参加工作时只是大专学历，这在当时属于正常现象，但长远来说，肯定不行。

为此，工作第一年，孙静便通过函授学习，获得了南京艺术学院艺术设计专业的本科学历。

第二年，她再接再厉，又获得了中央广播电视大学汉语言文学专业的本科学历。

如今，她早已获得中教高级职称，以及"普通话二级甲等"等专业证书。

孙静积极参与各种科研、培训、竞赛活动，不断给自己"充电"。

她积极参加各种业务学习，了解本学科的最新科研信息，不断拓宽自己的知识面。

教师不是照本宣科，而是要从专业的应用等方面给学生讲解，让他们感受到美术的重要性和学习美术的乐趣。

她于 2015 年 3 月至 2016 年 12 月参与了市级立项课题《中职语文教学的生活化研究》；于 2017 年 2 月至 2018 年 12 月参与了省级立项课题《中职校学生不良就业心理调适研究》；于 2017 年 3 月至 2018 年 12 月参与了省级立项课题《中等职业学校创新教育实践研究》。

参与这些课题，使她有机会与同行交流，学习到了很多先进经验，同时也增强了自己对某些实际问题的把控能力，从而更好地促进了自己教学水平的提高。

她撰写的一些专业论文，也得到了各方认可，并多次在媒体发表。比如：

2016 年 1 月，在《美术教育研究》上发表了《中职美术教学中激励教学法的运用探微》一文；

2016 年 6 月，在《读与写》上发表了《设疑、探究、总结——高中美术课堂教学设计探析》一文；

2021 年 3 月，在《中国教师》上发表了《浅谈高中美术鉴赏高效课堂构建》一文。

其中在 2013 年 12 月，她撰写的论文《架设中职美术教学中的德育之桥》，还获得了"宿迁市职业教育与社会教育优秀论文评选活动"二等奖。

被誉为"教育学之父"的捷克教育家夸美纽斯说过："老师是太阳底下最光辉的职业。"

这是深受孙静喜欢和推崇的一句名言，对她的从教影响很大。

她知道，作为一名新世纪的人民教师、人类灵魂工程师，肩负着重大而艰巨的历史使命。

孙静多年来始终保持"为他人作嫁衣""甘为人梯"的心态和奉献精神，不断努力学习、锻炼自己，使自己能够更好地适应新形势下的教育教学工作，用更加出色的表现，照亮学生的美好前程。

孙静先后获得了"优秀班主任""十佳教师""优秀指导老师"等荣誉称号。

2022 年 3 月，孙静被沭阳县妇女联合会评为"沭阳县三八红旗手"。

这在孙静看来，既是对她勤劳付出的奖赏，也是对她今后工作的鞭策。

成绩只属于过去，明天任重而道远。

孙静表示，只有继续努力、不断努力，为社会培养出更多、更有用的人才，才对得起自己的教师身份，无愧于"教育世庄"父老乡亲的培养与期待！

5. 循循善诱

孙娥，别看她只是一个话不惊人、貌不出众的年轻女子，可在教学上，轻车熟路、游刃有余，取得的成绩也有目共睹。

2021 年 8 月，在宿迁市教育学会、宿迁市中小学教学研究室联合举办的宿迁市优秀教育教学论文评选活动中，她撰写的论文《巧创问题环境，提高数学课堂效率》荣获宿迁市三等奖。

同一年 9 月，她又因在 2020—2021 学年度教育教学工作中表现突出、成绩优秀，被新河镇党委、新河镇人民政府授予"花乡园丁奖"。

这一切，都跟她热爱工作，善于思考，懂得关怀有关。

2019 年，她曾教过一个姓史的女学生，个子小小的，家里有 4 个姐姐、1 个弟弟。

这个小女生的家人对她的照顾可能不是太周到，她头上竟然有虱子！

那天听搭班的王沭林老师说起这事时，孙娥都不敢相信，现在还有孩子的头上有虱子？

一次自习课，孙娥在教室里督查学生们写作业时，忽然看到这位小女生的头上有东西在动，定神一看，还真是一个虱子。

她很惊讶，赶忙把这个虱子捏走了。

课间，她把小女生带到边上仔细察看，发现她头上大大小小的虱子还有很多。

第二天，孙娥带了箆子、木梳到学校，专门帮这个小女生梳头、清除虱子。

此后，她每天都帮小女生箆一下虱子。

有一次，她还跟小女生的家长进行了交流，希望能引起重视。

慢慢地，她发现小女生头上的虱子越来越少了，直至最后完全绝迹。

对此，这位小女生很感动，多次向孙娥表示感谢，感谢她对她的贴心关爱。

孙娥则认为，这是她作为一名老师应该做的。

她曾教过一个"后进生"，语文能考个二三十分，数学、英语更差，连二三十分也得不到。

经过孙娥再三努力，他的成绩还是没有起色。

后来孙娥发现，这名同学喜欢读课外书，而且喜欢写作，于是，她便鼓励他课余时间多读、多写。

这名同学受宠若惊，一下子有了激情。

在孙娥的鼓励之下，这名同学写了很多诗，而且经常把新写的诗拿给她看。

虽然文笔很稚嫩，但孙娥相信，只要坚持下去，以后肯定会越来越好的。

她是觉得，人生的道路有无数条，找到适合自己的才是最好的。

孙娥在念师范期间就很欣赏苏霍姆林斯基关于"一个好教师要是个懂得心理学和教育学的人，懂得而且能体会到缺乏教育科学知识，就无法做孩子们的工作"的观点，所以在工作中，她非常善于运用心理学、教育学等方面知识，成功帮助了一个个有缺点或不足的学生。

还是 2019 年这一年，班里有一个男生，羞答答的，有事从来不敢直接跟孙娥说，都是告诉同桌，让同桌来跟她说。

每次发生这样事情的时候，孙娥并不会当时就处理，而是把这位男生叫到跟前，让他自己把整个事情说一遍给她听。

一开始，这位男生羞涩极了，总是两三个字、两三个字地往外蹦，说了好久才能把话说完、把事讲清楚。

后来，孙娥就经常抽空与他聊上几句，让他适应和习惯与她交流。

时间久了，他再有事的时候，就勇敢地过来跟孙娥说了。

教学多年，孙娥经常会碰到各方面都不错，就是课堂上不肯主动回答问题的学生。

每每遇到这样的学生，她上课时便会有意识多提多问，以此锻炼他们。

尤其是她正在教的五年级的一个女生，成绩拔尖，字也写得很漂亮，就是不爱说话，上课也从不举手。

甚至，孙娥多次提问她、表扬她，也没能使她主动举过一次手。

为此，孙娥利用课间等机会，多次与这位女生交流谈心，鼓励引导，打开她的心扉，终于有了一点改善。

后来，孙娥在课堂上再提出问题，只要目光扫向这位女生，这位女生就会迅速举起手来，既像是真的想回答问题，又像是为了不让孙娥失望而专门表现给她看。

但不管出于什么考虑，能举起手来就好，孙娥就会感到欣慰，觉得满意。

2017年孙娥教四年级的时候，遇到一个男生，带给她的是另一番"考验"。

这个男生头脑很聪明，看过的书很多，不管是学习成绩还是书写水平，都很不错。

最让人佩服的，则是他的口头表达能力，讲起故事绘声绘色，连许多老师都赞不绝口。

但他有个很严重的问题，就是比较自大，与同学相处过程中自觉高人一等，甚至对老师的话也会不以为然。

这种心态，是不利于一个学生成长的。

但是孙娥发现，这名男生对她的话却比较爱听，也很信服。

于是她便经常开导他："虽然你是一个很聪明的男生，但不论聪明与否，一个人最基本的礼貌素养是要有的。"

甚至还用上了激将法："你只是在我们班比较突出而已，要是把你放到整所学校、整个沭阳县呢？比你聪明的人多的是，如果那些成绩比你好的同学都到你面前表达对你的蔑视，你心里会舒服吗？"

目的，就是"打击"一下他那自负的心理。

长此以往，孙娥发现他的态度真的转变了很多，不再像先前那样目中无人了。

小学毕业后，这位男生顺利考入县城比较好的一所中学——沭阳如东实验学校（即沭阳如东高级中学初中部），开启了一段新的学习生涯。

6. 耕耘海外

费城，美国一座古老的城市，曾经是他们国家首都，也是著名的《独立宣言》的签署地。

2018 年 6 月 23 日下午，国际学术交流影响力颇高、参会人员达 6000 多的美国核医学与分子影像学会（SNMMI）年会，在这里隆重召开。

中国作为本届年会的"亮点国家"（每届选一个国家），由中华医学会核医学分会主任委员、山西医科大学校长李思进在会上做主题报告，对中国核医学现状、成就及展望进行介绍。

李思进主委的报告中提到了"一县一核医学科"这一中国核医学长远规划，所显示的图片是江苏省沭阳县的核医学科刚刚安装的 PET/CT。

这一幕，引发了台下的美国核医学与分子影像学会放射性药物分会主委、美籍华人蔡伟波的感慨。

因为他夫人孙云琳的老家，就在沭阳县的新河镇，也就是"教育世庄"——孙圩!

看到夫人家乡现在都有了核医学科，蔡伟波不仅感到亲切、感动和自豪，也充分体会到了中国过去几十年的飞速发展和强大。

蔡伟波，1975 年 5 月出生，江苏淮安人，1991 年从江苏省淮阴中学免试保送到南京大学。

1995 年从南京大学强化部本科毕业，继续在南京大学化学系就读硕士研究生。

1998 年 9 月，蔡伟波离开南京大学，随后赴美留学。

2004 年，他获得美国加州大学圣地亚哥分校（UCSD）化学博士学位。

2005 年起，在美国斯坦福大学分子影像中心（MIPS）开始博士后研究，后确定了核医学和纳米生物科技的教学和研究方向。

2008 年 2 月，加入美国威斯康星大学麦迪逊分校，主要从事分子影像及生物纳米科技的研究与教学。

蔡伟波现任美国威斯康星大学麦迪逊分校放射学系、医学物理学系、材料科学与工程系及药学系的 Vilas 杰出成就教授，享受"终身教授"待遇。

孙云琳，1975 年 9 月出生，孙圩庄孙氏八世女孙。

1998 年，孙云琳于南京师范学院毕业以后，回到家乡的沭阳师范任教。

她热爱教育工作，善于钻研教学，所以很短时间内就适应了教师岗位，受到广大学生的欢迎。

1999 年 12 月，孙云琳与蔡伟波结婚。

婚后，由于两地生活不便，孙云琳也选择出国，与蔡伟波共同在美国发展。

在美国，孙云琳补习了英语，并系统地学习了会计专业知识。

蔡伟波应聘到威斯康星大学任教后，孙云琳也随他一起过去，在两个孩子都上学后，开始在该校做财务上的工作。

孙云琳之所以要转行干财务，主要是她在国内学的专业到美国学校不对口，教师岗位已经不适合了。

夫妻俩能同在教育领域和一所学校工作，互相有个照应，这才是最重要的。

家庭生活稳定了，蔡伟波的教学、科研工作也就干得更踏实、更顺畅了。

目前，蔡伟波是 UW-Madison 的癌症中心、干细胞和再生医学中心、心血管研究中心和临床和转化研究所的成员，主要从事多学科交叉（包括化学、材料、生物、物理、工程、医学等）的科研。

蔡伟波勤于钻研，多年来，他先后编写了 3 本书、发表了 380 多篇同行评议文章、投了 300 多篇会议摘要、办了 300 多场讲座，并为各种同行评议的期刊编辑了许多专刊，他的文章已经被引用了 36000 余次（h- 因子为 100）。

他曾在 20 多个学术期刊编辑委员会任职，如《美国核医学杂志》（JNM）、《欧洲核医学与分子影像杂志》（EJNMMI）、《诊疗一体化》等。目前他是《美国核医学与分子影像杂志》和《纳米生物科技》两个期刊的主编，也是《欧洲核医学与分子影像杂志》的副主编。

此外，他还参加了 150 多个期刊的同行评议，参加了许多基金评审小组（包括美国、加拿大以及十几个欧洲国家的各种基金），参与主持了许多国际会议。

目前他是美国癌症学会一个基金评审委员会(关于肿瘤试验性治疗)的共同主席。

从 2006 年起,蔡伟波基本上每年都参加 SNMMI 的年会,亲眼见证了世界核医学领域最近十几年的发展。从 2011 年起,他也基本上每年都参加欧洲核医学的年会。

他最早几年参会的时候,大多是和在美国学习工作的华人交流,从我们国内去参会的人数很少。

但是每次见到,他都觉得格外亲切。

进入 21 世纪第二个 10 年后,中国核医学界前往参加 SNMMI 年会的人数越来越多。

他每年都非常期待 SNMMI 年会,因为又可以见到老朋友,结识新朋友。

对他来说,此乃开会最大的乐趣。

从 2016 年起,SNMMI 年会每次都选一个"亮点国家",重点介绍这个国家的核医学历史、发展和现状,有 20 分钟的大会报告及其他各种介绍、活动等。2016 年是日本,2017 年是德国。

当时他就在想,中国的核医学发展已日新月异,应该不出三年,中国肯定也会被选为"亮点国家"。

没想到,2018 年就轮到了中国。幸福真是来得太快、太突然了!

蔡伟波在 SNMMI 摸爬滚打了十几年,一直在努力,最近几年也逐渐进入了一些 SNMMI 委员会,所以对 SNMMI 年会的组织、摘要评审、口头报告和壁报的安排、挑选主持人等细节都比较熟悉。

2018 年 SNMMI 年会的"分子靶向探针"这一块,便是他和另一位同事负责。

蔡伟波因为是 SNMMI RPSC(放药分会)的主委,所以整个会议从头到尾几乎没有喘息的时机。他主持了将近 8 小时的各种会议,参加了 8—10 小时的各种委员会的会议,甚至连续三天都没有时间吃午饭。

6 月 24 日晚上,中国核医学学会和 GE 公司联合举办"中国之夜"。

蔡伟波因连续多年同时参加了欧洲核医学学会年会,所以和北美及欧洲的核医学界领军人物大多比较熟悉,于是毛遂自荐地参与了"中国之夜"的部分组织工作。

其间,李思进主委问他是否可以写个 200—500 字的短文,以他在海外的视角谈一谈对这次会议的感受。

正好那几天他也在想这个问题，所以欣然答应 24 小时内交稿。

结果，在几个小时内，他洋洋洒洒写了李主委要求的字数的 10 倍左右，因为感触太多了！

该文，后来被全文刊登在了中华医学会核医学分会网站上。

在威斯康星大学 15 年左右的时间里，蔡伟波组里先后有大约 70 人（包括博士、博士后、本科生、访问学者、高中生等）参与学习和研究。

截至目前，有大约 15 位他指导过的学生和博士后（不包括已有职位的访问学者）已经在世界知名院校（包括美国、中国、韩国、泰国）独立建组开展研究工作。

在中国的有上海交通大学、浙江大学、南京大学、华中科技大学、同济大学等。其中有 6 位已经是正教授，3 位是副教授，6—7 位是助理教授。

截至目前，蔡伟波所指导的本科生、博士生、博士后和访问学者已经累计获得超过 150 项学术奖励，其中包括 SNMMI Berson–Yalow 奖（2012 年）、欧洲核医学学会 Eckert & Ziegler 最佳摘要奖（2015 年），多个"青年千人""海外优青"，多人获得 SNMMI 青年学者奖及多人获得中美核医学及分子影像学会青年学者奖等。

其中，SNMMI Berson–Yalow 奖是 SNMMI 每年最重要的奖项之一。以诺贝尔奖得主 Rosalyn S. Yalow（罗莎琳·萨斯曼·耶洛）命名，每年只有一个名额，竞争极其激烈。2012 年得主是蔡伟波的第一个博士后、现任南京大学医学院正教授的洪浩；而 2016 年得主杨东芝，则是洪浩当时在密歇根大学安娜堡分校的博士后，可以说与蔡伟波也有一定关系。

细节这里就不赘述了，好多都已经列在他们实验室的网站上。

蔡伟波本人，于 2018 年 7 月被威斯康星大学授予"Vilas 杰出成就教授"荣誉称号。这个称号由美国威斯康星大学 Vilas 基金会设立，用以表彰在科研、教学等方面具有卓越成就的威斯康星大学教授，也是该校授予教授的最高荣誉之一。

他获得的其他主要奖励及荣誉（大大小小奖项共有约 50 个）还有：SNMMI 青年学术委员会最佳基础科学研究奖（2007 年）、欧洲核医学学会斯普林格奖（2011 年和 2013 年两次获得）、美国癌症学会研究学者奖（2013 年）、纳米生物科技开拓者奖（2022 年）、SNMMI Michael J. Welch Award（2022 年），欧洲核医学学会年会全会报告嘉宾（2016 年，迄今仍为历史上唯一华人）、美国医学与生物工程院会士（2018 年）、美国核医学与分子影像学会会士（2019 年，入选时为唯一华人及最年轻的会士）、英国皇家化学会会士（2021 年）等。

这里特别要提一下 SNMMI Michael J. Welch Award，这个可以算是放射化学及放射性药物领域的终身成就奖之一，绝大多数得奖者都是资深或（接近）退休的教授。蔡伟波在独立建组不到 15 年的时间里就获得了这个奖，是历史上最快的得奖者。

耕耘海外，心系祖国，这是许多海外赤子的共同表现，蔡伟波同样如此。

近些年来，蔡伟波频频回国，参加各种各样的会议及活动，进行学术交流，并多次做报告，把自己在海外学到的知识、经验传授给国内学子及同行。

新冠疫情前，他经常到上海、厦门、西安、南京、北京，武汉等地高校交流讲学。目前为止他已经受邀做了 300 多个学术口头报告，其中包括国内的绝大多数的 985 高校、10 多个顶级的医院、10 多个中科院的研究所，以及香港地区的各大高校和澳门大学等。

在世界大学 200 强里，蔡伟波已经在 100 多个大学做过报告，比如美国的哈佛、斯坦福、耶鲁、哥伦比亚、芝加哥等大学，加拿大的多伦多大学，日本的东京大学，韩国的首尔国立大学、延世大学，澳大利亚的悉尼、墨尔本、昆士兰等大学，以及欧洲的剑桥、牛津、苏黎世理工、慕尼黑工业大学等诸多大学。

2018 年 9 月 6 日至 9 日，由中华医学会、中华医学核医学分会主办，湖北省医学会核医学分会、华中科技大学同济医学院附属协和医院共同承办的中华医学会核医学分会 2018 年全国学术年会在美丽的江城武汉成功召开。

蔡伟波作为 SNMMI 的代表，应邀参加了这次年会，并做了报告，畅谈分子影像与精准医学交融的时代，平台建设的重要性与未来的发展方向。

作为"教育世庄"的"姑爷"，蔡伟波在国外也一直关心着"教育世庄"的发展。有一年，他们夫妻俩曾专门回国，与孙圩庄广大教师及沭阳县孙氏文化研究会成员见面、交流、合影，共商教育大计，共叙宗亲情谊。

第七章

领航

1. 学校犹水，师生犹鱼

著名教育家梅贻琦说过，"学校犹水也，师生犹鱼也，其行动犹游泳也。大鱼前导，小鱼尾随，是从游也。从游既久，其濡染观摩之效自不求而至，不为而成"。

意思是说，教师不仅要传授知识，而且应处处率先垂范，用自己的高尚品行去引导学生，使学生自然而然地受到影响，得到教育。

这种"不求而至""不为而成"的耳濡目染式教育法，被视为是一种很高明的教育方法。

那么，教师们诸如此类的高明教育方法来自哪里呢？

显然，除了教师自身的提高，还来自校领导的培养，或者说引导。

校领导的培养、引导，简单说就是校长的职责。

校长，百度百科的定义是指国家教育行政部门或其他办学机构管理部门任命的学校行政负责人，综合管理全校的校务，对外代表学校，对内主持校务。

当然，就社会层面来说，对于校长的定义及定位是不一而足的，各方有各方的看法，各人有各人的理解。

而我以为，校长是"领航人"。

不是吗？校长就像一名舵手，领着全校的教职工和一茬又一茬的学生，顺着知识的海洋一路航行，渐渐驶向成功的彼岸。

如是而言，校长的工作便是对学校全局起指导、组织、协调、统揽等作用。

一所学校的兴衰，与校长的能力及努力息息相关，说"有什么样的校长，就有什么样的学校"，并不为过。

事实也正如此，纵览很多名校的发展成长历史，校长无不起着至关重要的作用，诸如蔡元培之于北京大学，竺可桢之于浙江大学，等等。

名校如此，普通学校亦然，离不开一位好校长的"把舵""领航"。

十年寒窗，我的记忆中也留有不少校长的身影，他们在我读书求学的不同阶段悄然出现，陪我走过数个春秋，完成那个阶段的学业，然后又默默坚守，接着教育培养下一批学子。

感觉他们真的就像一个大家长，操持着学校这个大家庭，大事小事样样都管，很不容易。

在孙圩庄的一批批教师中间，也有不少人走上了管理岗位，有的当上校长。

比如，孙如林曾任中央党校进修部主任，孙东曾任新河中学团委书记，孙天霖现为沭阳县教育局教育发展中心教科部副主任等。

而当了校长或副校长的，就有 10 多人：

孙文元：1913—1917 年任沭阳第二区立第一国民学校校长；

孙禹昌：1942—1943 年任潼阳县立新河中心小学校校长，中华人民共和国成立后任新沂县中学副校长；

孙如玖：曾任新河公社龙埝小学、埝头小学、春生小学、大营小学等学校校长；

孙如道：曾任沭阳县技工学校校长；

孙　银：曾任新河乡沙河小学、周圈小学、龙堰小学等学校校长；

孙玉军：曾任新河中心小学副校长、庙头中心小学校长；

孙玉丁：曾任新河中学、七雄中学、华冲中学、沭阳华冲高级中学等学校校长；

骆　静：现为沭阳县第一实验小学副校长；

孙玉之：现为沭阳塘沟高级中学副校长；

孙　敏：现为沭阳县外国语实验学校副校长；

孙　琼：曾任新河镇光明幼儿园园长；

徐亚文：现为新河镇中心幼儿园园长。

他们，做老师时兢兢业业，刻苦钻研，精心教学，甘为人梯；走上管理岗位后，勤勤恳恳，恪尽职守，全面发力，从而在教育领域做出了更大、更多、更特殊的贡献。

2. "村小"不易，"中小"更难

孙玉军是孙圩庄第四代教师中的杰出代表，参加工作不到 5 年时间，便担任新河中心小学副校长。后又相继担任庙头中心小学校长、沭阳特殊教育学校副校长。

1981 年 7 月，孙玉军从淮安师范学校毕业，被分配到新河中心小学任教师。

1984 年 10 月，他被调到新河中心小学下辖的新河乡大营小学任校长。

在当时，村小的校长非常难当，不仅师资匮乏，而且生源也不稳定，经常出现有学生没老师，或有老师没学生的尴尬情况。

甚至有的村小，长期关门上锁，形同虚设。

但是，年轻的孙玉军并没有被困难吓倒，也没有因为远离集镇而感到失落，他把大营小学当成自己的家，把村民送来的孩子当成自己的亲人，天天陪着孩子们学习，成长。

在他的精心管理下，大营小学焕发出蓬勃生机，教育质量明显好转，学生成绩也普遍有了提高。

因表现突出，一年后，即 1985 年 10 月，孙玉军被调回新河中心小学任副校长，兼中心教研组组长，负责全乡小学的教学研究工作。

身份变了，责任大了，担子也重了。

为此，已是共产党员的孙玉军，积极参加乡、校组织的政治学习，时时处处以高标准、严要求来约束自己，不断提高思想觉悟和师德修养。

他为推动、促进全乡教育事业发展出谋划策，工作中以身作则，积极进取，并且做到团结同志，以诚待人。

他始终不忘自己是一名人民教师，努力提高业务水平，保证能够胜任副校长的职务以及分管的教研工作。

他长期坚持带主课，多次为全乡教师举行公开课教学。

对于新教材、新大纲，孙玉军认真学习领会，并为全乡教师进行讲解梳理，帮助大家做到熟练自如地驾驭各种新教材、新大纲。

在教研改革的大潮中，孙玉军带领教研组的全体同志，采取"走出去 引进来"的方法，取他人之长，补自己之短。

比如曾带领全乡教学骨干，先后赴连云港、徐州等地的名小学参观学习，并邀请徐州的名师到学校来为老师授课、讲学。

孙玉军曾力主学习建湖县钟庄乡教育管理改革理念与实践经验，推广钟庄的先进教育方法，并取得显著成效。

在孙玉军的倡导下，新河中心小学曾专门为各村小学举行教育教学开放日活动，让村小学老师们进行现场观摩。还定期组织中心小学的优秀教师，送教到村小学。

为了进一步提高教育改革成效，在时任校长周鹏的关心支持下，孙玉军还用简陋的字丁，"敲"出了一期《新河教研》，向全乡各村小学分发。

尽管只有几页纸和几百字的短文，但它开启了新河中心小学的教研新时代。

除此以外，每学期都组织一至两次教学质量调研，对全乡教师教学工作进行综合考评，作为当时评优、晋级以及民办教师转为公办教师的重要依据。

为了把此工作做实做好，每次期中、期末考试的试卷，孙玉军都是亲自骑着自行车，往返奔波三十几公里从县教育局领回，再逐校分发。

往往是工作结束，已是满天星斗。但他从未喊苦叫累，反觉心中怡然自乐。

在抓好教研工作的同时，孙玉军还注重课题研究，他的《小语低、中、高年级衔接与过渡》研究曾得到县教研室认可。

他指导贺永花、骆静二位老师对《注音识字 提前读写》方案进行实验，四年时间，成效显著。二位老师参加县评优课，获二等奖。

作为一名副校长，孙玉军千方百计抓好教学质量提高工作。在他的主导下，建立了正常的教学业务档案，并做好教师业务检查、督促工作，搞好集体备课，组织"学刊"考试，面向全乡开展"三学一话"比赛，促进教师教学基本功训练积极性。

由于教育工作搞得有声有色，新河中心小学及各村小学的教学质量得到了显著提升，新河中心小学教研组曾前后5年被评为沭阳县先进中心小学教研组；小学生数学奥林匹克竞赛团体总分连续5年进入全县前5名，一次全县第1名；小学生体育运动成绩在县小学生运动会上也是连续4年获奖。

而孙玉军本人，也多次被评为沭阳县先进中心、教研组长。

在孙玉军担任副校长期间，新河中心小学涌现出了后来的清华大学博士李春波、新加坡南洋理工大学博士胡巍等优秀学子。

1989年10月，孙玉军参加了淮阴市在金湖召开的小学教学研讨会；1991年3月，在沭阳县小学德育工作研讨会上，孙玉军做了"教书育人，自然渗透"专题发言，发言稿后来在《沭阳教研》上发表；1992年11月，孙玉军参加淮阴市小学教育工作会议，做了"着力美化校园，提高学生素质"专题发言。

上级部门也给予了孙玉军很多荣誉，如1989年，被评为沭阳县先进教研工作者；1990年，被评为沭阳县优秀教研员；1991年，被沭阳县政府评为先进教育工作者；1993年，被中国教育工会沭阳县工作委员会评为先进工会工作者。

1997年3月，孙玉军被调到庙头中心小学任校长，从此离开了新河中心小学，离开了教学研究岗位。

但他仍牵挂新河小学的教育教学教研工作，经常魂牵梦萦着那段美好时光。

与此同时，他又把这一切转化成动力，投入庙头小学校长之全新职责中。

这是孙玉军自1985年离开新河乡大营小学校长岗位之后，时隔12年，再度担任一所学校的"一把手"。

在孙玉军看来，自己纯属草根出身，无任何社会背景，能有这样的升迁机会，既是多年努力工作的结果，也是上级领导对他的信任与肯定，所以他一定要好好工作，不辜负领导的信任和重托。

他曾经以为，村小校长是非常不易干的，谁知到了庙头小学才发现，还有更难的工作在等着他呢！

正因此，孙玉军到庙头小学做的第一件事，竟然是很多校长想都不敢想的——迁校！

当时的庙头小学，位于街后面的村庄中间，存在诸多弊端及隐患：一是地理位置不好，周围被村居房舍环绕，连校门两侧都是村民的住宅；二是校舍简陋，且绝大部分都是危房；三是道路不通，一到阴雨天，师生上下学便成问题。

孙玉军心想，这样的条件下，还能把学办好吗？

于是，他下决心迁校。

随后的一个阴雨天，孙玉军请来镇、村领导现场办公，体会小学生上学的难处。

对于孙玉军的良苦用心，领导们自然看在眼里，急在心中。

功夫不负有心人，最终，镇政府在一个空旷地带划拨 93 亩地给庙头小学重建新校，也就是庙头小学的现址。

得到了镇里的支持，孙玉军紧锣密鼓地进入图纸设计、施工招标等工作之中。

新学校及教学楼设计，是专门请淮阴设计院专家组完成的。

学校大门，则是托关系套用涟水县的民办高校炎黄大学（现为炎黄职业技术学院）的校门图纸，省了笔设计费。

在建设过程中，孙玉军特别重视工程质量，当时还没有设立监理的要求，他却专门从县建筑公司聘请一位专家，前来给工程做监督。

同时，他组织学校快退休的老教师、老教干，轮流到工地上值班，共同监督施工，以确保教学楼的质量安全。

除了迁校，孙玉军做的第二件事是狠抓教学质量的提高，因为他知道，教书育人是学校工作的关键所在。

首先，他明确一名副校长主抓教学质量，并想方设法提高广大教师的工作积极性。为此，他提议将接近退休、事情不多的老教干组成教研组，要求他们经常进校进班听课、评课，促使广大教师认真学习、认真教学。

其次，做好教学质量抽查工作，将抽考、统考结合，通过排名评比，奖励先进，鞭策落后。

再者，将教学质量与职称评定挂钩，谁教得好，谁就有机会优先晋升高一级职称。

通过采取这些措施，教师们都能认真教学，你追我赶，教学质量提高了，得到了广大群众的一致好评。

第三件事，是做好教师的思想工作。

到庙头小学后，孙玉军很快了解到，少数老师、教干不够团结，钩心斗角，搞得气氛整天很紧张。

于是，他想了一些办法，着力进行化解，最终把他们引导到了专心对待工作上去，解决了内耗。

从此，庙头小学的风气好转，各项工作走上了正轨。

1999 年 6 月，孙玉军被中共宿迁市委组织部授予"优秀共产党员"称号。

3. 奉命于艰难之际

孙如道的综合管理能力，从甫一成为教师便有所体现了，只不过并没有在校园内按部就班地走到校长位置上，而是先被提拔到县文教局任职，许多年后机缘巧合重返校园，才得以以校长的身份发光发热。

1973 年 8 月，孙如道从淮阴师范专业班毕业后，被分配到沭阳县中学任教。

工作第一年，孙如道因把一个风气最差的班级管理成了风气最好的班级而令校长刮目相看，被认定是个干工作的好苗子。

第二年，他被委以重任，担任了校团委书记。

后来，全县共青团工作会议首次在沭中召开，校领导很重视，让校团委配合做好会务接待工作。

孙如道忙前忙后筹备会议资料，还在校党委支持下，抽调人力布置了学校团工作展览室。

这是沭阳县团委在那段特殊时期举办的一次很成功的团的工作会议，全县有关各单位、各中小学均是好评如潮，孙如道因而被县团委看好，常抽调协助工作。

再后来，因县团委组建新班子，直接与县文教局领导沟通，想调孙如道过去任职。县文教局不想让人才流失，便一边答复说他们也有安排任用，一边很快下文，于 1979 年 10 月将孙如道提拔为县文教局政工组副组长，负责文教局人秘工作。

结果这一提拔，孙如道在县文教局从事人秘工作达 10 多年之久，直到 1993 年 10 月调任江苏省沭阳县技工学校校长。

沭阳技校的前身是淮阴市技工学校沭阳班，属于沭阳县劳动局负责的一个面向当地企业输送技工人才的培训学校。1993 年 6 月，经省劳动厅上报省政府，由江苏省人民政府批准，"沭阳班"升级为正式的技工学校，沭阳县委随后调整了该校领导班子，调孙如道过去担任校长。

只是这样的调动，在某些人看来并非孙如道的荣幸，而是临危受命，意味着他要付出，甚至是损失。

因为，"沭阳班"于 1989 年 8 月建班时，国家尚处在计划经济向市场经济转轨之初，沭阳大部分企业的经济效益还是比较好的，因此"沭阳班"在 1990 年前后曾呈现出一种繁荣的景象；而到了 1993 年沭阳技校挂牌时，市场经济大潮严重冲击沭阳厂矿企业，该校生源急剧下降，经费来源枯竭，学校管理也陷入混乱……

这样一个教学质量低、经济效益差的穷学校，自然不是香饽饽，相反，倒像个烫手山芋，谁来当校长都不轻松。

一些亲朋好友私下里就劝孙如道："在文教局搞人秘工作比技校强多了，何况技校的前途一片渺茫，还是别去了吧！"

孙如道却说："这是领导委托，我不能拒绝，服从安排是共产党员应有的组织观念。"

于是，他义无反顾卷起铺盖去技校报到了。

他坚信，事在人为，只要有一颗赤诚、敬业的心，就能让技校走出低谷，走向光明的。

其实，在孙如道骨子里，还有一份浓浓的办学情结，似一个未了的心愿，时刻牵引着他——他想像族中孙文元等先辈那样，治理好一所学校，当一名优秀的校长，为更多的老师、学生服务，最终为社会做出贡献。

当年调到县文教局工作后，孙如道一度以为今生与校长岗位无缘了，甚至差点踏入仕途，现在竟然又有了当校长的机会，他岂肯放过？

可以说，从任命书下达的那一刻起，孙如道就把全部身心投入技校管理、技工教育上了。

不过，当孙如道真正跨入沭阳技校大门，现实的困境远超想象，又着实让他的心凉了半截。

彼时的沭阳技校，说好听点是举步维艰，说难听点就是一个烂摊子：一无资金，二无师资，校园内就像个草场，唯一的一座教学楼从下到上几乎没有一扇完整的窗户……

孙如道走进教学楼，细查发现，原本 176 只日光灯，起电器损失 175 个，灯管损失 51 只，剩余的只有 20 只能用；原本 64 台吊扇，损失 5 台，吊扇开关损失 49 个；原本 960 块窗玻璃，损失 38 块……

看着教学楼如此千疮百孔，孙如道那双炯炯有神的眼睛呆滞了，那张常常微笑的脸阴沉了。他，深深地叹了口气。

当孙如道将这些情况整理成一份"沭阳技校公物损坏统计表"递交到县政府分管领导陈士明副县长跟前的时候，陈士明副县长也是大吃一惊，连称没想到沭阳技校会落到这般田地。

更为严重的是，52 名教职工不仅工资无钱发放，而且绝大部分人是办"沭阳班"时挤进来享福的关系户，真正能教书的不到 20 人。

困难面前勇者胜。孙如道虽然焦头烂额，却没有退缩，而是勇敢地选择面对，全面开启了"拯救"行动，誓要把沭阳技校带上正轨。

他团结一切可以团结的人，调动一切可以调动的积极因素，内治外联，艰苦创业。

那段时间，孙如道日夜奔波，走访、学习，寻找治校良策。

他深刻认识到，随着市场经济体制的建立和完善，以及厂长经理承包责任制在各企业的实行，作为向企业输送技术人才的技工学校，也必须不失时机转变观念，解放思想，确立适应时代需要的企业化管理模式。这样，既可明确校领导、教职工的职责权利，又能激发大家的工作热情，有助于提高每一个人在治校教学上的积极性、主动性和创造性。

孙如道首先召开全体教职工大会，学习国家劳动部《关于深化技工学校教育改革的决定》、省劳动厅负责人《在全省职业技能开发工作会议上的报告》等政策文件，使大家清醒地认识到：学校有权推进以人事制度、分配制度等改革为核心的整治措施，打破平均主义，使教职工像企业职工那样，收入靠贡献，岗位靠竞争。

经分组讨论，最后通过了教职工实行竞岗制、班主任实行包班制等一系列改革方案。

通过公平竞争，确定在岗教师 13 名、后勤人员 4 名，并明确了在岗人员的岗位责任，从而实现人得其职，职得其人。

对于其余待岗人员，则做了明确交代，让他们稳定情绪，配合工作。

此举，从根本上为学校深化改革打下了坚实基础，使沭阳技校在凤凰涅槃的重生路上迈出了可喜的一步。

就这样，在孙如道的精心管理下，沭阳技校逐渐有了生机，有了起色。

然而，创业的路并不平坦，坎坷随时便会出现。

1994年，沭阳技校犹如一只颠簸在风尖浪谷的小舟，经历了一段艰难的航程之后，随着全县改革的深化又被惊涛骇浪抛上了浅滩，再度陷入困境。

孙如道这个"船长"，还能使他的"船"摆脱困境，走出浅滩吗？"船员"们在注视着他，期待着他，更在为他担忧。

孙如道感到前所未有的压力，同时一种责任感和使命感在胸中激荡，他凭着对职教事业一颗赤诚的心，顽强拼搏，迎难而上。

他无时不在思考着，筹划着，奔波着。

时光很快来到1995年的5月，天气一天比一天炎热。

为了技校的生存，为了不失时机顺利招生，孙如道一不靠二不等，自力更生谋出路。

连续多日，他天天带着几个校务人员，冒着酷暑，深入乡镇中学寻找、联系生源。

有时，他们坐中巴；有时，他们骑自行车；有时，他们则干脆徒步……

不到一个月时间，他们先后到庙头、马厂、塘沟等30余所中学进行宣传发动。

潜移默化之下，各中学的初高中毕业生普遍认识到，上技校学技术也是一条非常好的出路，可以做社会有用之人。

"学好数理化、不如有个好爸爸"的时代早已过去，"找市长不如找市场"已成各方共识。

孙如道至今还记得，当年《淮海经济开发》杂志记者到沭阳技校采访时，他给对方讲了几个典型事例：

事例一：一位在外打工的沭阳青年，由于没有技术特长，经常碰壁，写信给沭阳技工学校钳工班的王老师，诉说无技术的苦恼，希望上技校学习技术。

事例二：沭阳县磷肥厂的张某，精通机械技术，1993年从车间主任位置上辞职，到张家港一家工厂上班后，试用期间工资就800元一个月，半年后工资涨到了1200元一个月。

事例三：沭阳县公路仪器厂的仲某，发现电脑热门，便勤奋学习电脑技术，掌握后到上海一家合资公司从事电脑操作，一上班就获得 2000 元一个月的工资待遇。

事例四：沭阳技校 1994 年底毕业的车工班，由于技术过硬，百分之百达到四级工，全部被无锡方面录用。

当时，就连北京、上海等大城市的很多青年也感觉到生存的危机感，纷纷选择上夜校、上技校进行再培训，学习分门别类的技术。

据悉，深圳、广州等地 36% 以上的求职者掌握 5 种以上不同技术，持七八种技术证书者也十分平常。

他们深知市场经济优胜劣汰的无情，而在竞争中立足的关键，则是知识和技术。

这些，使孙如道看到了职业教育的希望，也更加坚定了办好沭阳技校的信念。

在他的带动下，全体师生的激情被充分调动起来，学校终于又充满了活力。1995 年招生取得了可喜成绩——由 1994 年的 1 个班 24 人，上升到了 5 个班近 200 人。

这一年，沭阳技校荣获淮阴市技校统考总分第二名，且于当年底跨入了江苏省合格技工学校行列。

而 1996 年的秋天，是沭阳技校又一个丰收的时节：这一年，又一批毕业生被苏南接收过去分配工作；这一年，又招到 6 个班 240 余名新生。

这一年，沭阳技校同样荣获淮阴市技校统考总分第二名。

至此，为了使学校不断完善，能培养出高质量的技术人才，孙如道已对沭阳技校进行了三次改革，不断优化组合教师队伍，技校大专以上学历的教师达 90% 以上。

那几年，沭阳技校除了对教学楼进行装修，还花 78 万元盖了三层 24 套教职工宿舍楼，花 9 万元盖了 12 间办公平房，花 20 万元办了微机室，花 2 万元搞了卫星地面接收站；另外，还添置了办公桌、会议桌等。

这些项目的完成，没要县里拨一分钱，全是靠孙如道等校领导和教职工的努力，一点一点自我实现的。

曾经，孙如道带领教职工清理校园，修理门窗，没日没夜地工作，积劳成疾，可他从未请假休息过，公文包成了小药包。

学校形势好转了，他仍不忘记节俭。暑假里和一位教师去无锡买教材，为了住宿不超标准，硬是在无锡市区走了十几里路才找到一家便宜的地下室住下来。

知情者说，他这样做是为了什么呢？还不是为了节约资金来建校！

有人这样形容孙如道：口袋里没有"红塔山"，腰上没有 BP 机（当时手机尚未出现，BP 机是先进的随身通信工具），出门没有小轿车，酒桌上不会豪饮，会议上不会自吹，一切都像他的人一样朴实。

认认真真工作，老老实实做人。就在这平凡中，孙如道一颗忠于职教事业、永不停息的赤诚之心，在熠熠生辉，光彩耀人。

在孙如道担任校长期间，沭阳技校实现了全县五个第一，即：

第一家合格无烟学校；

第一家具有中技、中专双学历证书的学校；

第一家用法律手段保证毕业生定点分配安置的学校；

第一家不另交钱转为国家户口，省计经委、劳动厅发录取通知书的学校；

第一家与中华职教社建立联合办学实体关系的学校。

这些"全县五个第一"，记录着沭阳技校的发展，也见证着孙如道的付出与回报。

"在这改革的大潮中，在这经济腾飞的时代，如果每个领导人都能像孙如道那样，勤勤恳恳，任劳任怨，敢作敢为，克服重重困难，扫除前进道路上的一切障碍，坚持在自己的岗位，堂堂正正的工作，决不胡抓乱挠，坚持改革，开创职教领域新局面，那沭阳将不会有瘫痪的企业，倒闭的工厂；不会有失业的工人……"

这是 1997 年第 6 期《淮海经济开发》杂志关于孙如道专访中的一段话。

"挨过寒风的皮鞭，遭过冰霜的欺辱，然而送给人们的还是馨香，这是梅花的性格。人们喜欢，人们热爱。"

这是对梅花的礼赞，也是对孙如道的高度评价，一如这篇专访的题目——梅花香自苦寒来！

4. 春风化雨，润物无声

孙玉丁，1967 年 11 月出生，孙圩庄孙氏八世孙。

1988 年 8 月，师范毕业的孙玉丁被分配到沭阳县阴平中学任教，后来曾任该校教导主任、副校长。

2000 年春，一个美好而充满希望的季节，孙玉丁迎来了事业的春天——走上了很多人梦寐以求的校长岗位。

当时，县委县政府着力于公办教育改革，对教干任用实行竞争上岗制，并设立全县校长人才库，以公开选拔的方式确定人选。

通过公开竞聘，孙玉丁以突出的表现、优异的成绩成功入选沭阳县校长人才库，并随之被任命为新河初级中学校长。

回到家乡工作，孙玉丁并未感到轻松，因为当时的新河中学存在诸多问题需要他去解决。

第一大难题，便是教师之间不团结，钩心斗角现象严重。

另外，经常有学生打架斗殴，寻衅滋事。

这些问题，孙玉丁在走马上任之前就有所耳闻了。

怎么办？

坐在陌生的办公室里，孙玉丁时常盯着窗外那排随风摇曳的冬青树冥思苦想，寻找解决问题的办法与突破口。

正是这些司空见惯的冬青树，给他带来了灵感。

孙玉丁意识到，要想办好一所学校，就得找准这所学校的优势和劣势分别在哪里，然后扬长避短，打造特色校园，春风化雨般影响广大师生，凝心聚力，同舟共济。

新河中学身处花乡，最大优势是有绿色文化滋润和美育氛围熏陶。

于是，孙玉丁决定将教育与养花结合起来，充分发挥花卉的美育功能作用，以此促进学校德育教育，从而美化师生心灵，润物无声。

为此，他提议在校门口立了两块石碑，分别刻上"砺志""高远"两句口号，鼓励师生们要有远大的目标，不断实现自我超越，做一个大写的人和大美的人。

同时，他还亲自动笔，创作了《新河中学校歌》，进一步鼓舞士气。

一系列特色性举措，在师生中树立了花卉美、心灵美、行为美的"三美"理念，扭转了教师中间的不良习气，提高了学生的学习积极性，教风、学风和校风都明显好转。

而在硬件上，孙玉丁也是审时度势，不断加快建设步伐，以适应教学需要。

首先是向学校周边征地，扩建操场，解决了困扰师生们多年的活动场地不足的问题。

其次是先后建了4栋教学楼，使师生们上课的地方变得宽敞而明亮。

继而，加大绿化等方面投入，校园环境也变得整洁而美丽了。

在这样的环境中工作、学习和生活，老师和学生都很开心、愉悦。

学校的教学质量及中考升学率，曾连续6年居全县农村中学第一，深得百姓好评。

与此同时，学校被评为"江苏省现代化示范初中"；他本人，则被宿迁市教育局评为教育基建先进个人。

2004年，时任教育部副部长章新胜到新河中学考察，充分肯定了学校的诸多创新以及取得的成绩。

2007年春，孙玉丁迎来了事业的又一个春天——被调到七雄中学任校长，得以在另一个全新的环境中接受挑战，实现自我超越。

在这里，他继续践行"特色"理念，力争通过勾连当地文化历史，来弥补学校自身不足，从而树立崭新的外部形象。

七雄，是位于沭阳县城东部的一个街道。

相传这里是明代朝廷官员的土地，因不纳赋税而被誉为官田，久而久之，"官田"就成了这儿的地名。

中华人民共和国成立后，这里原为官田乡，为纪念当地的七位英烈，于

1968 年改为七雄乡，2005 年区划调整为七雄街道。

七雄中学，则是坐落于七雄街道中心位置的一所初级中学。

孙玉丁到任的时候，七雄中学的发展不是很好，存在的问题不少。

孙玉丁冷静面对，果断决策，并且抢抓机遇，用了不到三年时间，使学校走上了良性发展的快车道。

当时，在省委省政府规范办学行为、强力推进素质教育的前提下，沭阳县委县政府高度重视教育，加大资金投入力度，支持教育事业。

孙玉丁带领学校一班人乘势而上，提出打造"英雄校园"，利用革命历史、英雄事迹厚植校园文化。

他常说，老师认真讲课，把学生教好，就是英雄；学生认真听课，把学习搞好，就是英雄！

很快，学校上下形成了"人心思齐、人心思上、人心思干"的大好局面。

而他撰写的论文《践行英雄主义精神，蓄积奋进的校园文化》，于 2012 年 11 月获得江苏省教育学会初中教育专业委员会第九次年会暨理事扩大会议论文交流二等奖。

学校发生的变化和取得的成绩，在学校内外也赢得了广泛赞誉。

采访过程中，我看到了七雄中学曾经整理的一份汇报材料，从中可以看出孙玉丁在教职工心目中是一个什么样的人。

首先，他是一个有先见之明的人。

走马上任后的第一次中考也就是 2007 年中考，七雄中学只通过了 5 人，孙玉丁觉得不满意，便给未来两年定了目标：2008 年翻一番，2009 年翻两番！

结果，2008 年中考通过了 10 人，一个不多，一个不少，正好翻一番；2009 年中考，则通过了 26 人，超额完成翻两番的任务。

目标就这样连连实现了，大家都纳闷：怎么会如此神奇呢？

其实也难怪，孙玉丁在抓工作上很有一手，方方面面都能兼顾，特别是抓教学。

用心做了，自然有回报。

那段时间，七雄中学推行的新措施总是超前，有时甚至超前一两年。

孙玉丁说了，要做就做最好，要争就争一流。

比如，学校食堂要买最好的东西给学生吃，饭菜要换着花样让学生吃；

比如，不上早晚自习，把教师从繁重的教育教学中解放出来；

再比如，学校早在省委省政府规范办学行为之前，就已经出台了规范办学的措施……

所有这些，不都反映出作为"领航人"的孙玉丁在办学上是勇于探索和有先见之明的吗？

其次，他是一个心中有他人的人。

"毛校长，把魏主任给我找来，弄肉给学生吃，买牛奶给学生喝，钱留在那里干什么？"孙玉丁曾经在食堂如是说。

他这么做，完全是为学生着想，因为他知道，学生正是长身体的时候，没有好体魄，怎么能把学习搞好呢？

他还要求，买菜质量差的人要自掏腰包，把菜拿回去；食堂师傅谁切了不合格的肉类食品，谁也要自己出钱把食品买下。

很多时候，他去食堂不是吃饭，而是检查后勤工作。

他就是这样，心中装的不是自己，而是学生。

他常常教育身边人："干部家的、有钱人家的孩子都到城里去了，留下来的都是弱势群体的孩子。我们干的是良心活、做的是良心工程，要对得起自己的良心，对得起七雄的群众。"

孙玉丁用了一年左右的时间，理顺了教职工队伍人与人之间的关系，为大家创设了一个阳光校园、学习校园、和谐校园。

从那时起，学校所有的人都在动——所有的学生和老师，所有的工人包括临时工，都在行动！团队精神、竞争意识得到了加强。

孙玉丁心中装着别人，时时处处为他人着想，还体现在对教师的关心培养上。

比如，在周前会设教师论坛，为大家建立展示自我的平台；挤出经费为一线教师配备笔记本电脑，以提高他们的业务素质；不间断地安排老师去外地听课，学习和借鉴别人的教学经验……

为此，学校还制定了《教师成长规划书》，以多方面创设教师成长通道，做教师成才的助推器。

谈起初衷，孙玉丁表示就是想让大家尽最大努力提升自己业务水平，"希望人人都好起来"。

此外，他是一个理论水平很高的人。

不管谁走进孙玉丁的办公室，感受最深的都是书多。

什么问题经他一说，还真就是那么回事。

甚至教职工家里的事，他也能评上几句，给出好的建议。

他经常要求大家利用节假日多看书，多帮家中做事，提高修养做好人。

曾有人评价孙玉丁"想得周到，说得到位，让人心服口服"，也有人表示："听君一席话，胜读十年书。"

校长理论水平高，自然能做出各种英明的决策。

几年间，七雄中学的面貌发生了翻天覆地的变化，转身成为沭阳教坛的一朵鲜花。

有一年，全县教育教学现场会还专门选在七雄中学召开，成为七雄中学师生们的骄傲和自豪。

2013 年 3 月，又是一个春季，孙玉丁迎来事业又一春——通过公开竞聘，成为华冲高级中学校长。

创办于 1956 年的华冲中学，是完全不同于七雄、新河等中学的一所学校，其一，它是一所完中，既有初中部，又有高中部，规模很大；其二，在当时，它是沭阳县四所公办高中之一，规格比较高。

华冲中学位于长流不息的古泊河南畔，曾与沭阳中学并驾齐驱，是沂北大地上一颗璀璨的教育明珠。

此前几十年间，华冲中学一直秉承"诚信为本、坚守良知、艰苦奋斗、自强不息"的精神，以"立足农村，走坚定平民化教育"为办学理念，以"淳朴致远、励学济世"为校训，先后培养出了西昌卫星发射中心现场副总指挥张道昶、残奥会冠军荣静等一大批优秀人才。

作为华冲中学校史上第 19 任校长的孙玉丁，非常清楚肩上的责任，唯有把华冲中学搞得比以前更好，才能不辜负各方期盼。

他一直没有忘记，最初担任新河中学校长，开启自己事业第一春的，是在 2000 年春天；后来担任七雄中学校长，开启自己事业第二春的，是在 2007 年春天；这次担任华冲中学校长，开启自己事业第三春的，又是一个春天。

　　三次迎来事业的春天都是在春天，不知是巧合，还是上天对自己的眷顾与鞭策？孙玉丁一遍遍回味着，也一遍遍琢磨着，不干出点新成绩，还真对不起美好的春天。

　　为此，他带领新一届领导班子，从新时期华冲中学的历史处境出发，从当时的教育使命出发，以"位卑未敢忘忧国"的高度自觉，着力推动以课堂变革为突破口的各种改革。

　　这一次，他要打造的是"激情校园"。

　　从进入华冲中学第一天起，孙玉丁就走进课堂，深入听课，深入调研，掌握第一手情况。

　　从教干到教研组长、从班主任到普通老师，或谈心，或召开民主生活会，或利用校长信箱、学校网站让全体师生提建议、进言献策。

　　不到一个月时间，无论是前勤还是后勤，无论是初中部还是高中部，相关情况他都了然于心了。

　　时值沭阳县推进中心城市建设，大量优秀的师资、生源向城区聚集，华冲中学也不例外。

　　优秀教师走了，好的生源没了，导致全校教师情绪低迷，课堂沉闷、低效。

　　针对此现状，孙玉丁提出了打造激情课堂的号召，掀起了华冲中学教改的第一步。

　　在适合教育理论的指引下，他进一步提出了"适性"课堂改革的思路，并确定了课堂改革"八步走"的教学模式。

　　所谓"八步走"，就是"复习检查、导入引新、目标展示、预习展示、解惑新授、达标检测、学习总结和作业巩固"。

　　最终，探索和形成了具有鲜明特色的"151习本"课堂模式。

　　此举，使学校课堂教学效益得以提高，教学质量也大幅度提升。

　　另外，孙玉丁负责的《基于适合教育理念下151习本课堂的实践与研究》子课题，曾被中国教育学会、国家基础教育实验中心、中国教育学会"十三五"教育科研规划重点课题《教育模式创新的实践与研究》总课题组联合评定为优秀教研成果一等奖。

　　华冲中学的学生主要来自沂河北农村贫困家庭，孤残、单亲、低保户和因病致贫的特困户数量较多。

为此，孙玉丁提倡"立足农村，走坚定平民化教育"办学理念，要求全体教师都要做到"每天送给学生一个微笑，每天说一句鼓励学生的话，每天找一名学生谈话"，绝不放弃每一个学生。

这，不仅是一种承诺，更是一番艰辛的实践。

目的，只为让更多的寒门学子实现美好的人生理想。

为了保证每个学生不因生在农村而辍学，学校特地设立勤工助学岗位，让经济基础相对薄弱的学生通过劳动获取一定的助学金。

在孙玉丁的影响下，全校教职工都能做到不为名利动摇，始终坚守岗位，默默耕耘。

他们中很多人虽然年轻，却有着高尚的无私奉献精神，任凭多所名校一次次找他们谈话、给出诱人的待遇条件，但他们从不动心，坚持把最美的青春献给华冲中学。

"华冲中学能有今天的成绩，与教职工以身作则、甘于奉献也是分不开的。"曾经，面对媒体采访，孙玉丁如是表示。

教育惠民是党和政府的重要工作。多年来，沭阳县委、县政府坚持把教育事业发展放在优先位置，全方位谋划、大手笔投入、高质量推进。

2018年，是孙玉丁到华冲中学任职的第6个年头，这一年的6月，县委、县政府做出了一个重大决策：为适应新时期教育发展的需要，进一步优化全县教育资源规划布局，办好人民满意的教育，决定将华冲中学高中部整体搬迁到位于沭阳东部城区的梦溪街道，更名为沭阳华冲高级中学，成为独立设置的公办高中。

从7月1日开始2018级高一招生工作，仅用一天半的时间，便顺利完成市教育局下达的招生计划1068人。

8月18—23日，新高一学生在新校区进行军训。

8月31日起，高中三个年级学生在新校区正常生活和学习。

9月8日，隆重举行了华冲高级中学揭牌仪式暨新学期开学典礼，宿迁市教育局局长汤成军和县委书记卞建军共同为新校揭牌。

作为沭阳华冲高级中学首任校长的孙玉丁表示，新校区揭牌仪式不仅开启了华冲中学加快发展的新征程，而且开辟了学校弯道超车的新境界。

他坦言，教育创业之求永无止境，教育创新之策永须人谋，教育创优之法永随时进。搬入新校园，环境更美了，条件更好了，但仍然要传承好"艰苦奋斗、自强不息"的"华中"精神，努力把沭阳华冲高级中学打造成沭阳教育的一张亮丽的名片，向全县人民交出一份优秀的答卷。

如今，孙玉丁已调到县教育局督导室任督导员，沭阳华冲高级中学也于2022年7月晋升为省四星级高中。

"华中"的一草一木、一点一滴，"华中"的每一个变化、每一次飞跃，都令他时常想起，并为之高兴。

在四地三校担任校长的20年间，孙玉丁先后获得过沭阳县优秀校长、宿迁市教育系统优秀教育工作者、江苏省基础教育课程改革先进个人、中国教育学刊杂志社"学校文化建设百名优秀校长"等荣誉称号，并曾当选县党代表和县人大代表。

5. 乐当"孩子王"

1998 年春节期间，江苏电视台《走进乡村》栏目播出了专题片《教育世庄》，节目中有这样一组镜头：

记者问："（孙圩庄）教师们都教些什么课呢？"

（村中退休教师）孙如玖回答："花色品种很齐全，教史地的、理化的，教政治的、外语的，数学、语文，全了，办一个'完中'是好样的。"

记者："办一个全日制中学都够了，是吧？"

孙如玖："嗯，完全够了！"

这是就孙圩庄教师所教课程而言的，其实从教师层次上讲，"花色品种"也很齐全，有在大学任教的，有在中学任教的，有在小学任教的，还有在幼儿园任教的，各个阶段都有。

而从"领航"角度来说，也是如此，除了前面提到的技校校长、中学校长、小学校长以外，孙圩庄还有做幼儿园园长的，比如徐亚文。

徐亚文，1981 年 11 月出生于新河镇龙堰村，父亲是一名中学老师，受其影响，徐亚文从小就有当教师的愿望。

长大后，她果真走上了这条路。

1999 年 9 月，毕业于沭阳师范的徐亚文，被分配到新河中心小学，成为一名教师。

从那时起，她怀着对教育工作的热爱和憧憬，正式踏上了教书育人之旅。

每次上下班路过孙圩庄，徐亚文都会被村头的"教育世庄"碑吸引，莫名地产生一种亲近感。

后来，她结识了孙圩庄的王春雨，俩人很快有了感情。

徐亚文的父亲徐义和孙圩庄很多教师都熟悉，对孙圩庄的民风、传统等非常了解，得知徐亚文跟王春雨交往后，满心地欢喜。

女儿能嫁到"教育世庄"，他感到很踏实，也很高兴。

2004 年，徐亚文和王春雨喜结良缘，组成了幸福美满的小家庭。

婚后，徐亚文一边照顾好家庭，一边精心投入工作。

她为自己能成为"教育世庄"的一员而感到自豪，深知只有出色地完成教学任务，才能不负众望。

那时的她，可谓是一腔热血，满怀激情。

光阴荏苒，白驹过隙，不知不觉中，徐亚文在小学一线教师的岗位上待了 10 年。

10 年时间，徐亚文成长了不少，收获了很多。

她在教学上积极探寻经验，努力前行。

工作的磨炼，使她逐渐成熟，最终蝶变成一名优秀的老师。

然而这 10 年，只是徐亚文教育工作的起点。

2009 年 6 月，她迎来了人生第一次挑战——领导让她担任新河中心幼儿园的园长。

在徐亚文看来，这也是一次比较重要的转折点。

为什么重要？因为新的责任、新的困难在等着她。

但她又别无选择，只能迎接挑战，接受考验。

就这样，徐亚文懵懵懂懂地开启了幼儿园园长的工作之旅。

一园之长，很沉重的职责。

怎么带领老师们把幼儿园办好？怎么带领他们在幼教之路上走得更长、更远？徐亚文曾一筹莫展！

"初出茅庐"的她，和老师们一起打扫过教室，清理过厕所，疏通过下水道……

目的，只为给孩子们提供一个干净、整洁、优雅的环境，让他们在这里舒心快乐地生活、成长。

从中，她明白了很多事情要亲力亲为才能感同身受，也明白了幼教是一份烦琐复杂、但苦中带甜的工作。

做，然后知不足；知不足，方能改正。

在一步一个脚印，日复一日、年复一年的工作中，徐亚文慢慢探寻着幼儿园的管理经验，带着老师们一步步成长。

学海无涯苦作舟，"兢兢业业做事，勤勤恳恳做人"一直是徐亚文的座右铭。

她知道，作为园长，不仅要具备勤于学习和善于管理等全面素质，还要兼备严于律己、敬业奉献等优秀的思想品质。

这样，方能使领导放心、家长宽心、自己安心。

在教学模式日新月异的变化发展中，徐亚文也在不断学习课程游戏化的理念，思考怎么结合本土特点进行教学改革。

自担任园长以来，徐亚文一直坚持做事先做人。

只有先学会做人，把人做好了，才能做好分内的事，才能赢得别人的认可。

幼儿园的工作千头万绪。徐亚文首先确立一种观点，那就是坚持从幼儿园的发展和集体利益角度出发，全面做好自己的各项工作。

她常在心里想，不是别人要我做什么，而是我能为幼儿园做些什么？

除此之外，对上级部门安排下来的事情，她从不推诿，总是设身处地站在全局高度进行考虑和落实。

扎实有效的工作，换来了喜悦的回报。

刚做园长的当年，她便带领老师们创建了"宿迁市优质幼儿园"。

2012年，她又带领老师们创建了"江苏省优质幼儿园"。

2016年，幼儿园又成功地被选为"宿迁市课程游戏化项目园"。

迄今为止，幼儿园已连续13年被县教育局评为"全面考核先进单位"和"教科研先进单位"。

徐亚文知道，这些成绩的取得，都是依靠了全园教职工的共同努力。

她说，个人的力量是渺小的，可团队的力量是巨大的。

最让她欣慰的还不是这些成绩的获得，而是在成绩背后所折射出的教师们身上那种脚踏实地、永不服输、积极向上的精神，这是她在管理过程中获得的丰硕成果，一笔宝贵的财富。

回顾过往，徐亚文感到自己的工作是平凡的，却是充实的。

如今已在园长岗位上干了14年之久，她还在坚守，也乐于坚守。

她说，她非常愿意做这份工作，通过和一批批孩子相处，看着他们幸福成长，从中找到了快乐，也找到了自我价值。

6. 自主办学又一人

一个偶然的机会，我走进了新河镇光明幼儿园，不仅被一间间整洁漂亮的教室吸引，更被一个个天真烂漫的孩子感染，他们三五成群地在校园各处活动，或在滑滑梯上玩耍，或在蹦蹦床上跳跃，或在你追我赶嬉闹，或在猜"石头、剪子、布"……

沉浸在快乐中的孩子们欢笑声不断，令我触景生情，仿佛自己也回到了童年。

创办于 1998 年的光明幼儿园，是 2007 年正式搬迁到新河供销社院内的，这里交通便利，场地宽阔，空气清新，环境优美。

幼儿园占地 1500 平方米，建筑面积 1000 平方米，户外活动面积 500 平方米，室内外设施齐备，有舞蹈室、图书室、活动室、睡觉室、洗手间、厨房等，是新河镇最具规模的一家民办幼儿园，学生人数已由初期的三四十人，上升到了 300 人左右。

这里之所以能成为家长放心，孩子们幸福生活、快乐游戏、健康成长的乐园，与一位普通女性的默默付出不无关系，她就是孙琼。

而她，也成为孙圩庄继孙文元之后，又一位自主办学者。

1998 年，政府鼓励私人创业办学。当时为新河镇中心幼儿园正式教师的孙琼萌生了自己创办幼儿园的想法，她想让更多的孩子享受到更好的学前教育，让先进的教学理念辐射到更多的家庭。

更关键的是，作为从"教育世庄"走出来的人，她想追随祖辈孙文元的步伐，自主办学，造福于民。

当时，同为教师的丈夫张士川对她的想法很支持，加上在 10 多年工作中积累了一定的教学经验，因此他们就决定创办自己的幼儿园。

当年 7 月，孙琼租下一栋私人房屋，办起了自己的幼儿园，取名为"新河镇光明幼儿园"。

创业之初，资金紧缺，种种困难着实让她感受到自主创业、独立办学的艰辛。

在亲朋好友多方支持下，她凭着一颗不服输的心，一份对教育事业执着的爱，开始筹措资金，装修教室，购买幼儿大型玩具及桌面玩具，硬是把幼儿园给办了起来。

9 月，正式招生。由于没有知名度，招收到的学生只有 32 人。

刚开始这一学期，孙琼既当老师又当保育员，大事小事都是她一人张罗。尽管很累，但每次看到孩子们天真活泼的样子，看到他们在一天天地进步，她心里就美滋滋的。

踏实做事是办好幼儿园的关键。由于孙琼的用心经营，许多家长从孩子身上看到了可喜的变化：孩子回家后主动问候父母，还能自己刷牙洗脸。

随后，入园幼儿不断增多，很快达到 90 人。

说起办园过程中遇到的困难和挫折，孙琼表示真是一言难尽，比如招生困难，多次迁址，各类检查，甚至是刁难，等等。

刚开始办幼儿园的时候，上级政策要求很低，有房子就行，后来，政策不断地改变，要求逐步提高。

原来是砖墙瓦顶就可以了，政策调整后要求木头梁要换成钢架梁，又鼓励盖楼房，楼房有了又要质检证……

2003 年，孙琼租用的这家房主盖了楼房，家院都是新建的。

可是在里面刚经营了一年，就有部门说，楼房要有质检证，院墙要达到 25 墙。

那年查得紧，三天两头检查，被查出围墙是 18 墙，幼儿园要停办。没办法，只好把院墙推倒了重新建。

丈夫在 2001 年考到县城上班，家里、学校里的大事小事，里里外外都要孙琼一个人来扛。

这年，她被压垮了，天天不舒服，到好多医院检查都没查出病，吃了好多药也不行。

后来才知道，是压力大，思想过度紧张，导致肠胃不舒服。

她想，幼儿园看样子坚持不下去了。

可到了幼儿园，看到那些活泼可爱的孩子，看到他们在这里无忧无虑地生活，她心里又高兴，又兴奋，又激动，于是自己给自己鼓劲：要坚持，幼儿园不能不办！

随后她自己思想慢慢放松，学会理解和适应政策变化及领导要求，努力把幼儿园往规范化方向发展，结果越来越顺，身体也不用药就好了。

到了 2007 年，学生人数大幅增加，教室里已坐不下了。

孙琼曾想找个地方就盖一个幼儿园，可是她手里没有那么多资金，没办法，只能继续租房。

她还发动家长配合寻找更适合办幼儿园的地点，最终确定把幼儿园搬迁到新河镇供销社。

这地方有 18 间房子，场地总面积 1500 平方米，建筑面积 800 平方米，定下来就开始动工整修。

因为那些房子年头比较长，根据上级领导给出建议，把房子的上盖全部拆换成新的，墙壁重新粉刷，地坪重新铺设，所有的大池小池全部填平（原来供销社是租给人家办造纸厂，有大小纸浆池 3 个），总的来说工程量是比较大的。

孙琼就动员家人、朋友、亲戚，有的帮找瓦匠，有的找挖掘机，有的找拖垃圾车，有的帮忙进建筑材料，等等。

经过一个暑假的努力，虽然还有点没完工，但没影响开学。那天，200 多名新老学生在家长陪同下走进新园区，一个个欢呼雀跃，高兴得不得了。

而经过这阵子忙活，孙琼 1.6 米的个子，体重一下子瘦到只有 75 斤，皮肤更是黑得发亮。

为了办好幼儿园，孙琼不断学习以提高自己的学历和业务能力。在自学取得了学前教育专业学历的同时，还不断学习先进的管理经验和幼儿教学理论，组织教师参加各种培训，实现"以保促教、保教并重"。

比如强化教师的"爱心"教育，要求教师"蹲下来讲话，抱起来交流，牵着手教育"，让幼儿在爱心的呵护下健康成长。

再比如，定期召开家长会，向家长汇报本班教与学的情况，加强家园联系，沟通幼儿教育情况。

另外还加盟《互联网教育》机构、北京《童心童画》、北京《翼趣全脑五五分十》等，为孩子接受最新理念的教育提供方便。

随着社会的发展，幼儿园的各种设施已经陈旧、落后，适应不了现代幼儿教育发展需求。

孙琼经过不断努力，为幼儿园配置多媒体教室，安装监控，新购置了幼儿喜爱的桌面玩具和大型玩具，为幼儿的健康成长创造了良好的环境，逐步缩小农村幼儿园与城镇幼儿园的差距。

付出和收获是成正比的。随着入园人数的不断增加，办园质量不断提升，家长口碑越来越好，光明幼儿园也愈来愈深受社会的认可和好评。

孙琼在办学的路上付出了很多，成绩和荣誉也随之而来，在连续多年的县教育局幼儿测评中，该园均被评为"优秀"。

从光明幼儿园毕业的众多幼儿，不仅思维活跃，而且行为习惯都特别优秀，深受小学教师的认可和好评。

光明幼儿园逐渐走上了正轨，为新河镇的民办幼儿园发挥了榜样和示范作用。

在这点上，作为园长的孙琼感到无比欣慰。

因工作出色，孙琼个人还先后被上级部门授予"三八红旗手""优秀园丁"等荣誉称号。

第八章

桃李

1. 桃李满天下

《韩诗外传》有言："夫春树桃李，夏得阴其下，秋得食其实。"

这是"桃李"一词的最早出处。

受此启发，后人遂以"桃李"比喻所教的学生或所培养的人才。

白居易在《春和令公〈绿野堂种花〉》一诗中则写道："令公桃李满天下，何用堂前更种花？"

于是，"桃李满天下"便被用来比喻一个人培养的学生或推荐的人才很多了。

孙圩庄近百名教师，也培养了一批批优秀学生，为社会输送了大量人才。

他们中，有的考上了清华、北大等名牌大学，有的在政界仕途顺遂，有的成为行业精英，有的自己开公司、办企业……

即便是在家务农，很多人也靠所学知识发家致富，有的人则成为互联网、淘宝电商行业的佼佼者，或是网络直播营销达人。有的还在国外定居或发展。

名副其实的"桃李满天下"！

而这些学子，无论位高权重，还是声名显赫，抑或家财万贯，都没忘记老师的教育之恩。

他们中的很多人，常常以不同方式表达对老师的钦佩和感激。

有的人，还长年保持与老师的联系，延续着那份珍贵的桃李情。

那天，我和孙玉丁一同到马厂镇办事，办完事，他顺便带我到镇政府去了一下。

该镇的党委书记冯朝阳，是他学生。

孙玉丁说，看这里的镇容镇貌如此之好，想必他这个当书记的学生干得还是很不错的。

冯书记一见到孙玉丁，亲热得不得了，赶忙端茶倒水，嘘寒问暖的。

谈话间，冯书记还笑称自己当年比较贪玩，多亏孙老师不嫌弃，经常关心他、帮助他，使他不断进步，才有了今天。

孙玉丁则说："教育学生是我们的应尽职责，你们能抓住机会，获得成功，靠的还是自身的素质和努力。"

是的，很多人念书期间曾被老师严管或重罚过，当时可能会不理解，甚至有怨言，但踏入社会、成家立业之后，就会慢慢体会到老师是为他们好。

作为老师，没有不希望自己教出来的学生有出息的。

反过来，只要老师尽心尽责，学生自然也是看在眼里，记在心中的。

正如孙玉璋所言："我们做教师的就像挖井人，当年给了学生一点水，他们直至今天也没有忘了我们。"

他如此感慨，是因为这么多年来，一直有自己教过的学生以各种各样的方式关心他、问候他、祝福他，还有请吃饭或到家中看望的，每每都令他感动和欣慰，同时转化成他关心、帮助当前学生的动力。

孙玉璋的教学经历主要分两个阶段：一是 1978 年 8 月至 1988 年 6 月，在沭阳县十字中心小学任教，整整 10 年时间；二是 1988 年 6 月至 2019 年 3 月，在沭阳县实验小学任教，直至退休，长达 31 年时间。

有些人认为，小学教师虽然在一个人一生的学习、受教中起着至关重要的作用，但学生们走上社会后，往往只对高中或初中老师印象深刻，很少记起小学老师。

但对孙玉璋来说，显然不是这样。

1998 年暑假的一天上午，孙玉璋正在家中看书，忽然响起了敲门声。

打开门，只见一位身穿空军服装、手提一包苹果的靓丽女孩，笑着对他说道："孙老师好！"

孙玉璋一愣，还没反应过来，心想哪来的这个女孩，张口就喊孙老师啊？

只听对方接着说："我是耿宗慧。"

"哎呀，是你呀！"孙玉璋一听，心中顿时乐开了花。

耿宗慧是他在十字中心小学工作期间，于 1986 年教过的一个学生。

当时，耿宗慧家特别贫困，父亲几次三番要拉她回家做事，不让她读书。

孙玉璋觉得，耿宗慧的学习成绩不错，辍学的话实在可惜，何况都什么年代了，还有不让孩子读书的道理？

于是，他就一个劲地劝说耿宗慧的父亲，要着眼长远，别耽误了女儿的大好前程。

后来，在孙玉璋和校教导主任仲余的共同努力下，耿宗慧终于得以继续上学。

结果，耿宗慧后来考入军校，成为一名空军军官，从此离开了家乡，也远离了贫穷。

她的家人，自然为之高兴，觉得耿宗慧为他们争了光。

然而只有耿宗慧自己清楚，这背后离不开孙玉璋老师当初对她的挽留。

因此，这次回家探亲，耿宗慧着重想到的，是要见见昔日的恩师。

几经周折，她打听到孙玉璋家在县城的住址，便直接找上门来了。

孙玉璋没想到，多年前教过的一个小学生，还能专门来看望他，真是喜出望外。

而耿宗慧则说："感谢孙老师当年不遗余力把我留下来继续读书，不然哪有我今天啊！"

孙兵、孙伟、孙小红等人，也是孙玉璋在十字中心小学时的学生，且都是同事的子女，住在一个院子里。

那时不存在课外辅导，每天放学后，几个孩子都跑到孙玉璋家做作业，孙玉璋便主动担起了监督、辅导他们学习的义务。

这在孙玉璋看来是小事，却使他们之间的师生情不断加深，并且永存。

这几个人走上社会后，都发展得很好。

孙兵，现在是南开大学教授，不常回老家，但每次回来，都会跟弟弟孙伟提起孙玉璋当年对他们的教育。

孙伟，曾经由宿迁电信局调到沭阳电信局任副局长，现已调回宿迁。无论在沭阳还是在宿迁，他都经常跟孙玉璋电话联系，有时还登门拜访，并转达哥哥对他的问候。

2011 年的某一天，孙玉璋在宿迁驾校学习时，突然接到孙小红的电话，说在市区某大酒店请他吃饭，有孙伟等人作陪。

孙玉璋知道，孙小红已是身家过千万的大老板，平时事很多的。

这样一个大忙人，还能抽空请他吃饭，并且亲自开车到驾校接他，实属难得。

吃饭的时候，孙小红感激孙玉璋当年对她及家人的帮助，连称"孙老师真是把我当侄女疼的，你的恩情我这辈子也忘不了"。

原来，当年孙小红的父亲孙庆华在十字中心小学做厨师，由于是临时工，人又老实巴交，一些人看不起他。

而孙玉璋，则以"本家"为由和孙庆华保持着亲密的关系，没事总爱和他说说话、聊聊天。

对于孙庆华的女儿孙小红，孙玉璋则以侄女相待，关心她的学习、生活和成长。

这些，年少的孙小红都看得明明白白。

她一直觉得，别人看不起她的父亲，只有孙玉璋才拿他当同事相处。后来父亲在办理退休手续时遇到点麻烦，也是孙玉璋帮忙找人协调的，令孙小红尤为感动。

后来她做生意发家致富了，怎么也忘不了孙玉璋。

有一年夏天的一个傍晚，孙玉璋正在小区和一位老领导下象棋，忽然走过来一个帅气小伙子，说："孙老师你好，我是詹乾。"

孙玉璋抬头一看，赶忙站起来说道："哎呀，是詹乾呀！你什么时候回国的？"

孙玉璋一边说着，一边示意老领导跟别人接着玩，然后领着詹乾，往他家走去。

詹乾，是孙玉璋到了沭阳县实验小学后教过的一个学生，前后还教过他两次。

那是 20 世纪 90 年代初的一个秋季，詹乾在沭阳县实验小学读三年级，孙玉璋教他们班数学。

詹乾是个头脑聪明、学习用功的孩子，数学成绩在班里一直名列前茅。

后来，孙玉璋便辅导他学习奥数。

谁知到了第二学期，孙玉璋被县里抽调参加社教扶贫工作队（简称"社教队"），暂时没法上课了，也没法辅导詹乾学习奥数了。

詹乾到了五年级的时候，孙玉璋已结束"社教队"工作，重新回到了学校，恰巧又教他们班数学。

继而，孙玉璋又开始辅导詹乾学习奥数。

在孙玉璋精心辅导下，詹乾的奥数水平进步很快。

后来，他还获得过江苏省《小学生数学报》举办的数学竞赛二等奖。

几年后，詹乾以优异成绩考入了清华大学，学的是工商管理专业。

又过了若干年，詹乾有了赴德国深造的机会，并且最终在德国发展。

令孙玉璋没想到的是，詹乾及其家人一直没忘记他这个小学老师。

有一次，詹乾的母亲在路上遇到孙玉璋，动情地说："孙老师，多谢你啊，孩子能考上清华，有你一半功劳。"

孙玉璋听了，觉得很不好意思。

詹乾的母亲则继续说道："是真的呢，没有你那两年教他学奥数的基础，孩子也不会有今天的成就！"

2. 一日为师终身为师

桃李不言，下自成蹊。

孙如道从教几十年，以其"温良恭俭让"的人格魅力，赢得了一批批学生的尊重和爱戴。

而沭阳中学 1975 届初二（4）班毕业生对他的深厚感情，尤为令他感动、难忘。

首先要解释一下，那时初中的学制是两年，念到初二就毕业了。

2016 年 4 月的一天，这个班的张玉林、杨德华等同学，忽然找到已退休 10 多年的孙如道，说他们班准备搞毕业 40 周年联谊会，想邀请他参加，并且担任"家长"角色。

孙如道感到很突然，一时没回过神来。

事实上，他当年只是做过这个班初一时的一个多学期班主任，到了初二，他转岗从事共青团工作，这个班便由史典元老师担任班主任了。

孙如道清楚，通常情况下，同学们搞毕业若干周年聚会时，多是邀请毕业时的班主任或任课老师参加，很少邀请之前班主任及任课老师的。

孙如道就跟几名同学说："我只做过你们班阶段性的班主任，而且不到一年时间，哪有资格做你们的'家长'啊？"

张玉林等人却异口同声地说："孙老师，我们的聚会不能没有班主任啊！"

原来，这个班的同学比较团结、讲究，觉得搞毕业 40 周年联谊会这样特别的活动理当有班主任参加，充当他们这个大家庭的"家长"。

他们认为，有了班主任这个"家长"，联谊会才显得完美，他们组织起来也才更加踏实、有底。

遗憾的是，他们初二毕业时的班主任史典元老师已于一年多以前不幸病逝了。

没办法，他们就想到了孙如道，觉得他初一时做过他们的班主任，现在也可以请他来充当他们的"家长"。

当然，他们诚挚邀请孙如道还有另一层因素在里面，那就是他们原本就对孙如道充满了敬意和感情，可以说非常乐意请他来当他们的"家长"。

初一的时候，孙如道原本只负责他们这个班和初一（3）班的数学教学，并没有其他的繁杂任务。

当时正是特殊时期，他们这个班的很多同学非常叛逆，非常难管，班主任又是个女的，同学们更加肆无忌惮。

就连同学们自己都说，他们班风气是全年级最差的。

有一段时间，这位女班主任竟被气得无心进教室，最后惊动了校长。

权衡之下，校长让孙如道这个刚刚参加工作的年轻教师接任这个班的班主任。

有道是初生牛犊不怕虎，面对小不了自己多少岁的学生们，孙如道大胆出手，严格管理，并且针对不同学生的不同特点，想出各不相同的应对措施，同时又能做到"晓之以理，动之以情"，逐渐把学生们给管服了，班里的风气随之好转。

一些先前比较顽皮的男生，也开始转变态度，往好的方向发展。

最后，这个班的风气反而成为全年级领先的了，令所有人惊讶。

而那段时间，孙如道也累得够呛，每晚回到宿舍，恨不得倒头就睡。

不过一想到学生们的可喜变化，他又觉得很值，累也是快乐的。

孙如道的努力与付出，换来了同学们的感动与尊重，他们都为遇上这样一位好老师、好班主任而感到骄傲。

很多同学，和孙如道处成了忘年交、好朋友，毕业后还一直保持着联系。

其实早在1989年，他们搞毕业14周年聚会时，就曾邀请过孙如道参加，令他颇感意外。

当时孙如道就说："我教过你们那么短点时间，而且对你们那么严格，你们能不记恨我就不错了，还邀请我参加你们的聚会，我真不知说什么好！"

同学们则说："你做过我们一天老师，也永远是我们的老师，何况我们那么淘气你还不嫌弃，硬是把我们带到了正道上，我们感谢还来不及呢，怎么能忘记你？"

徐兴荣，这个班的一个普通女生，初一没念完便辍学了，对孙如道却始终念念不忘。

当时，她家就住在沭阳中学对面，离学校最近，却因经济困难而被家长阻止上学。

孙如道知道后，带着班上胡翠华等同学，直接找上门去做工作，希望徐兴荣的家长能让她继续上学。

然而，再怎么劝说也没有用，徐兴荣终究还是无奈地提前结束了校园学习生涯。

这件事，让徐兴荣郁闷了很长时间。

但她庆幸的是，孙如道不仅在当时主动关心她，此后直到今天，都没有放弃她，她多年来遇到的许多困难、麻烦事，都是孙如道帮忙解决的。

徐兴荣虽然早早辍学，却一直把孙如道当成自己的恩师，每当有同学聚会活动，只要听说邀请了他，她必然会克服困难前往参加。

她也认准"一日为师终身为师"这个道理，表示"永远感激孙老师"。

甚至，她还将孙如道的女儿孙云琳、儿子孙天霖当成亲戚一样，见面也很亲切。

这个班几乎每一个同学，和孙如道之间都有着千丝万缕的联系。

有了这些背景、基础，难怪同学们搞 40 周年聚会一定要邀请孙如道参加，并且"委以重任"。

事实上，孙如道一经答应，便仿佛回到昔日校园，完全融入他们这个大集体以及本次联谊活动中，从组织筹划、游览踩点，到摄影录像、纪念册编辑等，自始至终给予精心指导，倾注师长心血。

时间，定格在 2016 年 4 月 24 日。

地点，沭阳宾馆四合院。

当天上午 8 时许，阔别 40 年的沭阳中学 1975 届初二（4）班的同学们，从全国各地四面八方陆续赶来，相聚在了一起。

幽静的四合院，顿时沸腾起来，热闹非凡。

鲜红的横幅下，同学们紧紧握手、拥抱，三三两两聚集闲聊，互相问候"你还好吗"……

浓浓的同窗情谊，荡漾在每个人的心中！

早已等候于此的孙如道，就像当年开班会一样，对本次联谊会的程序以及游览项目详细进行了介绍。

　　然后，在他的带领下，大家乘车前往新河周圈古栗林、沭阳国际花木城、沭阳中学等处参观、游览。

　　每到一处，孙如道都用自带的相机，热情地为同学们拍照。

　　在沭阳中学，游览了校园、参观了校史馆之后，孙如道还不忘组织大家在学校的标志性建筑——礼堂前合影留念。

　　同学们无不感叹，孙老师还像当年一样，对他们关心照顾得无微不至。

　　自然，他们也再一次加深了对他的感情。

　　转眼几年过去，时间来到了 2023 年 4 月 11 日。

　　还是这个班，张玉林、杨德华、徐晓林、朱惠娟、胡翠华、李翠平等 10 多名同学自发组织了一次"沭中校友花乡行"活动。

　　这次活动，他们除了参观新河镇花木专家张开亮的"春晓园"地景公司、盆景制作大师方武的盆景园等著名花木企业，还着重来到孙圩庄，感受这里的尊师重教氛围。

　　作为孙圩庄的一分子和这些同学的老师，孙如道亲自带领他们在村子各处走走看看。

　　他们怀着虔诚之心，在恩师曾经生活、成长的地方细细探访，慢慢品味。

　　每到一处，都是喜不自胜，赞叹不已。

　　在教育世庄文化大院，他们参观了教育世庄展厅之后，对孙圩庄先后培养出近百名教师的成果更是赞不绝口，连称"难怪孙（如道）老师这么优秀，原来根基深厚啊"。

　　参观"教育世庄"碑的时候，为了重温在校期间集体大扫除和到校外公共场所"学雷锋"的经历，他们找来水桶、拖把、毛巾等工具，把"教育世庄"碑及附近的公共汽车站台义务清扫、擦洗了一遍，受到村民们的交口称赞。

　　而当天，恰巧是孙如道的 77 岁生日，同学们还特地买来鲜花和蛋糕，以此向他表示祝福。

3. 为老师出点力

俗话说，滴水之恩，当涌泉相报。

作为每一个学子，都希望能有机会为自己的恩师出点力、做点事，回报其对自己的栽培。

但是，想要找到这样的机会也并不容易，因为通常情况下，作为老师，是不愿意接受学生帮助的，他们不想麻烦学生。

当然，也要看在什么事上。

作为沭阳中学 1975 届初二（4）班毕业生初一时的班主任，孙如道为了教育、引导好这个班的同学们，吃了不少苦，受了不少累。

结果却是欣慰的，不仅同学们一个个表现好了，他本人也因为把这个"差班"带成了"好班"而受到学校重用，从此走上管理岗位，直至后来成为沭阳县技工学校的校长。

宋维亮，1959 年 12 月出生，老沭城人。

当时，他是这个班比较调皮的一个学生，不仅不爱学习，还经常没事找事。

孙如道刚做他们班班主任的时候，宋维亮是不以为然的，也可以说是没放在眼里的，心想一个小年轻的能把我们怎样？

那时，他受时代环境的影响实在太大，根本没心思学习。

整天想做和不停在做的就是玩、调皮，跟老师"对着干"！

也不全怪他，当时整个社会的风气就这样，学校都难成清流，何况一个班级、一个学生？

但是，历史的脚步是前进不止的，愚昧的思想总归会转变，荒诞的现象总归会消失，不正确的导向也总归会被调整。

只是，作为个体的某一个人，能否从历史漩涡中全身而退，平安着陆，就要看其造化了。换句话说，就要看能否有贵人相助，或自己抓住机遇了。

每一次大一点的运动或风波，总有人成为牺牲品。

从这一点来讲，宋维亮显然是幸运的——遇到了孙如道。

孙如道担任他们班班主任后，发誓一定要转变班里的风气，并且不放弃每一个学生。

这就使得宋维亮没有在歧路上走得太远，最终还是回到了正轨，逐渐把精力用到了学习上，直至后来顺利毕业。

因此，宋维亮对孙如道是心存感激的。

这种感激，一直延续到成家立业之后。

他曾不止一次在心底说："将来一定要好好报答孙老师。"

然而他也知道，任何一位老师，都是对学生只讲付出，不图回报的。

孙如道更是如此，兢兢业业工作，任劳任怨帮助每一个学生，从来就不是为了哪一天得到学生回报。

相反，即便是离开了学校，学生在社会上遇到困难，他依然会出手相助，尽力帮忙解决。

这种品德和态度，致使很多学生想帮他点忙、报答他一下，都找不到机会。

有时，同学们甚至直截了当地跟他说："孙老师，你就让我们帮你一下吧，哪怕一次！"

孙如道也只是笑着表示感谢，断然不会答应的。

1995 年，已是沭阳县技工学校校长的孙如道，为了壮大学校规模，增设了学制为三年的服装专业，招收了两个班近百名学生。

两年后，为了让服装班学生有点"实战"机会，同时也为了增加学校收入，他和浙江台州一位老板谈了笔服装加工生意，对方提供布料，他们学校负责加工成品，然后对方支付加工费。

这个时候的宋维亮，已经是沭阳县飞尔达服装有限公司的经理，在业务上正好对口。

于是，孙如道和宋维亮之间的师生情快速升温。

当时在宋维亮看来，孙老师在办学上有经验、有方法，但在市场经营上是个门外汉，弄不好就会吃亏，甚至栽跟头。

他决定帮老师把把关。

向孙如道详细一了解，宋维亮还真察觉出了问题。

原来，对方要求孙如道这边在领取布料时要先付款，等完工时再算总账。

出于保险考虑，宋维亮决定陪孙如道一起去台州，看看究竟是什么情况。

结果到了台州，找到那位老板，却始终没见到布料存放在哪里。

宋维亮就悄悄跟孙如道说："孙老师，听我的，这里面肯定有诈，绝对不能付款，咱们回吧，这生意不要做了。"

事后，孙如道经过认真总结分析，觉得宋维亮的担心是对的，多亏他及时提醒，避免了一次上当受骗。

这是孙如道第一次体会到，作为老师，在学生面前也有力不从心的时候。

而接下来发生的事，更让孙如道感慨。

那段时间，沭阳技校应上级要求搞的现场观摩活动比较多，孙如道经常为观摩场地、活动费用等发愁。

宋维亮听说后，就电话给他说："孙老师，有些活动、会议就放在我这里进行吧，我这里很方便的，完全能够接待好。"

孙如道一开始并不想麻烦宋维亮，觉得上次陪他去台州已经很不容易了。

宋维亮则坚定地说："孙老师你就不要客气了，在校时我那么调皮，是你关心我、帮助我，我才能有今天，现在你遇到困难了，就让我帮你一下吧。"

孙如道则在电话那头开玩笑道："过去我那么严厉地批评你、管教你，你不记恨我就已经不错了，还要你帮助我，哪能过意得去啊。"

但开玩笑归开玩笑，为了把工作做好，孙如道最终还是欣然接受了宋维亮的意见，把相关活动放在他的服装厂搞了。

据宋维亮回忆，当时沭阳技校大大小小的活动、会议在他那里搞了好几次，每次他都认真对待，细心服务，保证不给老师丢脸。

这还不算，很快，沭阳技校首批服装班学生到了该实习的时候了，孙如道又为他们到哪里实习以及将来到哪里工作而绞尽脑汁了。

为了解决这一问题，孙如道甚至不惜远赴福建、广东等地，为学生们"找下家"。

宋维亮听说后，再一次主动请缨："孙老师，我的服装厂不算大，但解决二三十人实习、就业还是没有问题的，你就安排一部分到我这边吧。"

孙如道感到盛情难却，也可以说如释重负，便率先安排一批学生到宋维亮那儿实习了。

实习结束后，这批学生直接被宋维亮接收下来，成为他们服装厂的正式员工。

那几年，宋维亮每年都要接受沭阳技校服装班的 20 多人到他的服装厂实习、就业。

对孙如道来说，这是他少有的接受过的学生帮助。

只不过，这种帮助是面向他所负责的沭阳技校的，而非他个人。

说到底，是为了他当下的学生能有个好的学习环境、实习环境和就业环境。

尽管如此，宋维亮依然感到自豪。

毕竟，他帮了老师的忙，做了自己该做、想做、愿意做的事情！

那么，有没有老师主动开口要学生帮忙的呢？

有！比如孙银。

作为孙圩庄第三代教师代表的孙银，有一段时间很为儿子孙玉忠的学习发愁，却又找不出什么好办法帮他。

这是一个奇怪的现象，很多教师都深陷其中，他们能培养出一批又一批好学生，对自己的孩子却无能为力。

眼看着孙玉忠的学习成绩一天天下滑，孙银除了着急还是着急，一点办法想不出。

恰在此时，一个叫吕艳芹的学生登门看望孙银，令他眼前一亮，顿时有了主意。

吕艳芹，龙堰村一个贫苦家庭的女孩，小学时，孙银曾经教过她数学。

当时看到吕艳芹聪明好学，孙银便带着她一起学奥数。

奥数是很难学的，一般的农村孩子根本学不来或不愿学，而吕艳芹在孙银精心指导下越学越有兴趣，也越学越有经验，成绩不断上升。

有一次，吕艳芹以出色的表现一路过关斩将，先后通过乡、县的层层筛选，闯到了北京赛场上，参加全国奥数竞赛并获奖，引起不小轰动。

若干年后，高中毕业的吕艳芹以优异成绩考入中国人民大学，成为当地少见的高才生。

对于自己取得的成绩和荣誉，吕艳芹深知离不开孙银当年对她的关心和帮助，所以在回家度假时，她不忘登门看望恩师。

而孙银，见到学有所成的女学生登门，除了高兴之外，还想到了一件事，那就是儿子孙玉忠的学习。

于是他把自己的苦衷及期盼如实跟吕艳芹说了，希望她今后能多给孙玉忠写写信，帮助他把学习搞好。

对于这点小事，吕艳芹自然是满口答应。

后来，吕艳芹真就经常给孙玉忠写信，结合自己的经历鼓励他好好学习，不要因为贪玩而误了大好前程，更不要让做教师的爸爸脸上无光。

不明真相的孙玉忠，收到这位学姐的一封封来信后，感动不已，也深受教育，逐渐调整了心态和学习方法，成绩一天天好起来了。

最终，孙玉忠顺利完成了中小学阶段的学业，如愿考入沭阳师范学校，成为一名光荣的人民教师。

此时，孙银心满意足。

同时，他也不忘吕艳芹这名女学生的"助力"。

4. 长大后我就成了你

作为一名教师，最开心的事，莫过于把自己的学生也培养成了教师。

"小时候，我以为你很有力，你总喜欢把我们高高举起。长大后我就成了你，才知道那支粉笔，画出的是彩虹，洒下的是泪滴……"

《长大后我就成了你》这首歌，恰恰道出了莘莘学子成为教师之后，对昔日恩师的感激与怀念，也道出了他们希望像前辈一样成为一名好老师的心声。

在孙圩庄教师所教过的学子中间，也有不少人成了教师，彼此由师生关系变成了同行的关系。

姜潮，1982年7月出生，颜集镇堰下村人，现为江苏财经学院副教授。

回首自己的从教之路，姜潮表示离不开一位老师的影响和帮助，他就是孙东。

孙东，1969年10月出生，孙圩庄孙氏八世孙。

1988年9月，从沭阳师范毕业的孙东被分配到新河中心小学，正式成为一名教师。

1993年8月，他调到新河初级中学任教。

1994年9月至1997年7月，姜潮就读于新河初级中学，这期间，孙东做了他三年的班主任。

在姜潮看来，中学时代是一个人从少年到青年的生命进阶；孙东老师对他的影响很大，让他对人生充满了理想。

特别是每次经过孙东老师所在的孙圩庄，路边那块"教育世庄"碑总会令他肃然起敬。

在他记忆中，孙东老师教学水平高，课上得生动，对学生要求严格，却又不失风趣幽默，有着很强的亲和力，深受学生的喜爱。

孙东老师教育学生也有一套独特的方法，从不拘泥于形式，很善于调动学生的积极性。

有一次统考，姜潮和另外几个同学的成绩特别好，孙东老师便自掏腰包，请他们到新河影剧院看了一场电影。

老师破费请学生看电影，可以说是很少见的，所以他们很感动。

看的电影叫《你是我的英雄》，是一部香港励志动作片，由郭富城、李若彤、洪金宝等人主演。

姜潮他们觉得，孙东老师也是他们这些学生的英雄，很了不起。

所以打那以后，他们学习劲头更足了。

在孙东老师的言传身教下，班级学习氛围越发浓郁，同学们也非常勤奋刻苦。

成功，在一天天向他们靠近。

而那个时候的姜潮，每次坐在课堂上听着孙东老师讲课，都会想象着自己有朝一日也能站上讲台，和孙老师一样，成为一支照亮别人的蜡烛。

这是对孙东老师的崇拜，更是对教师职业的尊重和向往。

几年后的 2001 年 7 月，姜潮于沭阳县建陵中学毕业，考上了徐州师范大学（原徐州师范学院，现江苏师范大学）。

2006 年 9 月，大学毕业后的姜潮入职江苏财经学院，如愿以偿地成了一名光荣的人民教师。

在江苏财经学院，他主要教授旅游管理等课程。

传道、授业、解惑……站在大学讲台上，姜潮时常想起孙东老师当年的教诲，他的一言一行时刻鼓励着他牢记教师的初心和使命，也坚定了他为教育事业贡献毕生力量的决心。

从教以来，姜潮先后主持完成市厅级科研项目 4 项，指导完成省级大学生实践创新项目 2 项，主持完成校级科研项目 3 项，公开发表学术论文 12 篇，2015 年获选淮安市"533"学术技术骨干人才培养对象。

如今，已是江苏财经学院副教授的姜潮，依然保持着和孙东的联系，没事的时候，总不忘打个电话或发个微信，向他问候一下。

岳慧丽，1976 年 2 月出生，沭阳县实验小学教科室主任。

在她成为教师乃至成为一名优秀教师的征途上，也离不开一位老师的影响和帮助，他就是孙玉璋。

他们之间的情感，并不仅局限于此，而是在持续多年的交往中不断升华，历久弥新。

1987 年 9 月，岳慧丽和孙玉璋第一次相遇。

那时，岳慧丽是沭阳县十字中心小学五年级的一名学生，而孙玉璋，则是他们班数学老师兼班主任。

此前的岳慧丽和其他同学相比，是比较胆小的，看到老师都不敢多说话，课堂上也很少举手回答问题。

开学一周后，孙玉璋就关注到了岳慧丽的这种情况，他把她叫到教室门口，亲切地和她交谈，耐心开导她、鼓励她……

从那以后，岳慧丽一天天在变，变得越来越大方。

课堂上，她也敢积极举手发言了。

而她的数学成绩，也在不知不觉中变得越来越好。

岳慧丽知道，这些变化的背后，是孙老师开导的潜移默化。

然而，第二学期开学第一天，刚进教室，岳慧丽忽然听说孙老师将不再教他们，要调到县城去了。

听到这个消息，岳慧丽一下子蒙了，她就想，难道快乐的时光真是短暂的？

然后，她和几个同学一起来到孙玉璋的宿舍门口，果然发现他正在整理东西。

他们觉着孙老师真的要走了，竟情不自禁地哭泣起来。

孙玉璋一见，忙问是怎么回事。

得知他们是听说自己要调走，难过而哭，孙玉璋赶忙安慰起来："你们放心，我不会走的，即使走，也会把你们带到毕业。"

吃了定心丸，这些同学才平静下来。

也正从这时起，岳慧丽默默地下定决心，将来如果有可能，也要做一名像孙老师这样的好老师，对学生负责，爱学生，让学生喜欢。

幸运的是,岳慧丽中学毕业后顺利考入沭阳师范学校,真的在向"教师梦""优师梦"迈进了。

1991 年 8 月底，岳慧丽踏入沭阳师范的大门，开始了新的求学生涯。

在师范学校的三年，岳慧丽刻苦努力，获得淮阴市中师生品德优课一等奖；在学校举行的演讲、朗诵比赛中，多次获得第一名；在学校举行的绘画、唱歌、书法比赛中，也是多次获奖；她还是校广播室播音员、校推普员，并为学校的民师班学生上过推普课。

岳慧丽觉得，自己离成为一名合格的老师又近了一步。

1994 年 8 月，岳慧丽被分配到母校十字中心小学工作。

第一天到校上班时，她见到了好几个熟悉的身影，那是小学时教过她的孙以州、赵玲、周学平等老师。

可是，怎么也没有寻见孙玉璋老师。

岳慧丽这才意识到，这几年她只顾学习，竟然忘了跟孙老师联系，都不知道他还在不在这里教书了。

果然，她很快从赵玲老师那里了解到，孙玉璋早在 1988 年暑假就调到县城了。

这时岳慧丽也才明白，孙老师当年果真是把他们这一届带毕业就调走了，完成了他对他们的承诺。

在母校，岳慧丽担任一年级一个班的班主任兼语文老师，没有工作经验的她虚心向别的老师请教，不知不觉中，所带班级在各项比赛中都得了第一名。

工作一段时间后，学校安排岳慧丽参加县教育局举行的电教优课评选，全县仅有 6 名教师获奖，她成为其中一员。

从此，岳慧丽更加努力了，多次在县教育局举行的比赛中获奖。

1998 年 8 月，岳慧丽参加教师进城选拔考试，恰巧分进了孙玉璋所在的沭阳县实验小学。

这样一来，他们师生俩便再次相遇，且同在一所学校教书了。

这令岳慧丽感到很惊喜，也很开心。

到实验小学上班的第一天，她便登门拜访了孙玉璋，当时他就住在学校的家属区楼上。

孙玉璋开心地说："没想到，我们师生二人今天成为同事了。"

岳慧丽则说："我永远是您的学生。"

从此，他们是师生加同事关系，更加和睦地相处相帮着，共同为教育事业奋斗。

岳慧丽回忆说，在实验小学工作的头两年，孙老师家的饭她可是没少吃呀，在孙老师和师母的眼中，她就是他们家的一员。

岳慧丽说，有师如此，真是一件幸福的事。

更巧的事还在后头呢，2008 年 9 月，岳慧丽和孙玉璋竟然成了搭档！

当时，他们教的是六（2）班，岳慧丽教语文并担任班主任，孙玉璋教数学。这种特殊"教师档"，在学校里一度传为传话，也感染着每一位老师和同学。师生配合，取长补短，教学效率及质量可想而知。

那一年，他们班多次受到校领导的表扬。

孙玉璋对学生无处不在的爱、无处不有的责任，熏陶了岳慧丽，感染了岳慧丽，更使岳慧丽深深懂得，为学生付出的过程是艰辛的，为学生付出的结果却是甜蜜的。

在做好自己教学工作的同时，岳慧丽自身也在孙玉璋的鼓励下逐渐成长，多次被评为县优秀教育工作者、师德先进个人、教科研先进个人。

2007 年，她拿到了江苏省普通话测试员证书；2011 年，被评为市语文学科带头人、中学高级教师……

从班主任，到学科组长，再到年级主任，岳慧丽一路走来一路成长，她觉得冰心的那段经典诗句"爱在左，情在右，走在生命两旁，随时撒种，随时开花"就是自己的写照。

如今，岳慧丽已是校教科室主任，孙玉璋则退休了。

但他们依然保持着密切的联系。

岳慧丽说，自己的成长离不开孙老师的鼓励和帮助，在她心中，他永远是她的恩师。

岳慧丽还说，她到沭阳县实验小学所教过的第一批学生，有的也已成为教师，并且回到了母校工作，她觉得这也是一种传承。

孙玉璋则说，看着自己教过的学生成长起来了，他感到很高兴，同时也为能培养出这么优秀的学生、教师而感到欣慰。

5. 教师子女的跌宕人生

在很多人看来，相对于其他行业，教师更容易培养出优秀子女。

他们的理解是，教师能把别人家的孩子培养成才，对自己的子女不是更上心吗？

事实未必如此！

打个不恰当的比方，有这么一句俗话"铁匠家没锅铲，木匠家没小板"（"小板"指"板凳"），似乎能说明一定问题。

什么意思呢？就是说铁匠手艺再好，自家却没有锅铲做饭；木匠名气再大，自家却没有板凳可坐。

个中原因，就是他们只顾服务别人，却无暇顾及自家。太忙！

早年间曾看过一部电影《少年犯》，片中那位女记者不辞辛劳地到处采访，竭力探寻青少年犯罪的深层原因，连家都顾不上了。当她终于完成采访任务，并且为采访过程中帮助了多名失足少年而感到欣慰的时候，却目睹自己的孩子因犯罪被抓走，她才意识到自己只顾工作，忽视了对孩子的监管、教育。

教育问题，就是这么奇怪！

有时候，教师在外所用的那一套，在家未必适合自己的子女。

反过来，作为教师子女，未必会像其他学生那样，对身为教师的父亲或母亲言听计从。

但不管怎么说，作为教师子女，肯定是父亲或母亲的"桃李"之一。

对此，孙彤有着刻骨铭心的感受。

孙彤，1987年3月出生，孙圩庄孙氏九世孙。

他的父亲孙玉璋，教了一辈子的书；爷爷孙如春，早年也曾教过书。

孙彤从小便是在书香环境中成长的。

作为教师的子女，在别人眼中学习成绩好是理所应当的事情。

孙彤表示，在这一点上，自己的感受是五味杂陈的。

小时候，他经常被父亲"暴打"，但成年后和姐姐交流当初挨打的"心得"时，竟然惊讶地发现，他们俩基本上没有因为学习成绩不好而被打过。

甚至，父亲还曾带着他和姐姐去过游戏厅，花了大概一斤猪肉的钱让他们体验"坏学生"的极乐世界。

他曾非常不理解，在那个谈"游戏厅"色变的年代，父亲做出这样一件"冒天下之大不韪"的壮举，究竟是为了什么？是想用这种方式刺激他们姐弟俩要好好学习吗？

那个时候他对父亲是不满的，父亲有时都不管学习成绩好坏，只因其他一点点小事就打、就骂，哪还有人民教师的样子？

不过，不满归不满，他还是一如既往地听父亲话，认真学习，因为他心里还装着另一个长辈——爷爷。

孙彤知道，爷爷当年是本地极少的高中生，后来教过书，也做过大队书记。

爷爷最自豪的事情，就是六个子女全部成了人民教师，在过去那个年代，这的确是农村家庭做梦都不敢想的。

在很多人一辈子都没去过几次县城的情况下，孙彤的父亲和二姑却都在县城教书。

孙彤的印象中，爷爷始终是面带微笑的。

不知从什么时候开始，银杏树作为一种经济树种被各地广泛种植。

孙彤记得，他老家的门口就有两棵银杏树，一棵高的，一棵矮的。

童年的孙彤，最期待的事就是放暑假回老家，在夏天的傍晚，爷爷带着他到村东边的大沙河里洗澡，洗完澡迎着晚霞回去，然后睡在矮一点的那棵银杏树下的凉床上，爷爷摇着蒲扇，不时拍打侵扰他的蚊虫。

透过树梢，皓月当空，繁星闪耀。

俯首可见，月光照射的地面树影婆娑，风影摇曳。

孙彤觉得，那时候的夜好亮，好美。

蝉鸣蛙叫声中，大人们谈论银杏树的行情，颇有"稻花香里说丰年"的意境。

孙彤问爷爷："它们很值钱吗？"

爷爷说："是的。你好好读书，将来把树卖了给你念大学！"

从那时起，孙彤懵懂地了解到读书立世的道理。

1996 年，父亲的学校分房，他们一家搬上了楼房。

孙彤记得，楼房装修的时候，爷爷从老家带来了几个据说是村上手艺最好的工人。

根据爷爷的安排，这些工人为他们家铺了地板砖、装了木质阳台窗。

也是从那以后，孙彤便习惯了下雨天和姐姐脚踩异响的地板，匆忙用毛巾去堵漏水的阳台……

孙彤现在回想，那时的父亲应该是知道这些农村手艺的"精湛技艺"的，但他更在乎的可能是让爷爷没有拘束地去享受那份"骄傲"，在村里人面前炫耀教师儿子在城里住上了楼房。

孙彤当时又何尝不是这样的心情呢？他也为住上楼房而高兴，更为创造此机会的父亲感到自豪！

装修后的房子里，父亲多了一张属于他自己的书橱。

而自从在父亲的书橱意外收获一张夹在书中的 10 元大钞，孙彤便将那儿作为"探索"的秘境，每本书他都翻过好几遍，以至于到现在还对书名记得个大概。

当时他没有意识到，可能无意间一举捣毁了父亲的"小金库"。

在孙彤心目中，父亲是敬业的，从摆在书橱里的书籍便可窥一斑——大多是《奥数》《教育心理学》之类的教学用书，只有一本《吕梁英雄传》算得上消遣的"闲书"。

他记得，当年他经常在半夜醒来还看到半卧在床上的父亲，在灯光下看书备课。

有一天早上，不知是劳累上火，还是其他什么原因，他和父亲一起挤在小得可怜的卫生间刷牙的时候，发现父亲吐了一口血。

他当时真就觉得，和父亲比起来，头悬梁、锥刺股也不过如此。

1997 年，香港回归，举国欢腾，然而对孙彤来说，是伤感的一年——当年的农历四月廿六，爷爷病逝了。

这一年，他才 10 岁。爷爷去世的当天，恰好是儿童节。

后来的孙彤，如爷爷所愿，考上了大学。

老家门口的那两棵银杏树依然还在，而且粗壮了许多。

只是，不值钱了。

否则，肯定会被父母卖掉，供他上大学。

孙彤感叹，如果爷爷还在世，得知如今两棵偌大的银杏树卖不出他半个学期的学费，肯定会唏嘘不已。

某个深秋，他和父母一起回老家，父母将落地的橘红色银杏果子收集起来，用传统的方法泡在水缸里，说等外面的果皮泡软，经过捶打晒干后，就是极具营养的白果。

孙彤闻着水缸飘出的臭味时很嫌弃地问父亲："这东西现在也不值钱了，弄它干啥，实在想吃就去买一点。"

父亲说："不是什么东西都能用钱来算账的，春种秋收是一种规律，更是一种传统。"

他突然觉得，父亲从事的教师职业像极了这银杏树，或许在今天这个时代的人们心中，它早已褪去昔日芳华，甚至因为不起眼的收入而遭受别人的冷嘲热讽，却又如同在恶臭中升华的白果，耐得住寂寞、守得住清贫，默默奉献一份卑微且独特的价值。

孙彤说，中年之后的父亲，以往的学生已陆续走上工作岗位，当他在街上偶遇某个以往的学生或其家长，回家后会如数家珍般谈论某某是他的学生，小时候的他或她是怎样的乖巧或淘气……

他和姐姐经常调侃，在父亲的言语中，从来就没有哪个学生是坏的、蠢的，就算有不足，也最多被他划入"暂未开窍"那一类。

孙彤印象很深，父亲从来都是非常严肃地坚持他对学生的评价，但在这个时候，他的眼神是带光的。

"有教无类"这个词，他表示从父亲身上找到了内涵之所在，自己作为父亲的特殊"学生"，应该也享受到了这份关怀。

2009 年大学毕业之后，孙彤从大学生村主任干起，一步步成为乡镇的团委书记、电信公司的基层局长，还创业开过公司。

每个职业阶段，他恰巧都干了三年，而且每个阶段都还取得了一些成绩，也获得了一些荣誉。

但他一直没有选择就这样安逸地生活下去，而是不断追求自己理解中的"更好"。

2020 年，他通过国家公务员招考，成为一名令人羡慕的税务公务员。

孙彤很感激，这一路走来，始终有父亲的陪伴和帮助。

他说，他永远忘不了父亲的养育之恩和教诲之情。

他和姐姐一直没有问过父亲关于当年到游戏厅"观摩"的事，他们都坚信，身为教师的父亲那么做一定有他的道理。

而那件事，也一直启示着孙彤独立思考、勇于尝试，用批判的态度去面对世俗，去突破禁锢，追寻自己内心真正的归宿。

愈是如此，孙彤越发对父亲、对教师群体充满敬意。

第九章

效应

1. 不经意间上了报纸

1997 年 11 月上旬的一天，一辆吉普车"嘎"的一声，停在了新河孙圩庄头的"教育世庄"碑前。

从车上下来两位年轻人，一位胸前挎着照相机，一位手里拿着笔记本。

胸挎照相机的这位叫章其祥，沭阳县邮电局工作人员，业余爱好摄影。

手拿笔记本的这位叫魏从浩，沭阳县商业局工作人员，业余爱好写作。

他们俩是好朋友，也是当地的知名文友。

他们在各自单位里都负责新闻宣传，业余则兼搞创作，其中魏从浩侧重文学，章其祥侧重摄影。

魏从浩尤其擅长纪实文学创作，曾采写并发表过数十篇纪实文学作品，诸如《特等功臣隐功埋名 35 载》《与眼镜蛇做伴的农家少女》《苏北小伙在新加坡》《一位年轻父亲的寻子遭遇》等。几年后的 2000 年，他还将自己发表过的纪实文学作品梳理编辑成册，出版了《往事亲情》一书，受到各方好评。

魏从浩对身边线索有着天然的敏感性，只要遇到或听说哪里有比较特别的人或事，便会前往挖掘，一旦觉得有价值，就会深入采访，不遗余力地创作，直至写成像样的作品，在各级报刊发表。

他就像一位能工巧匠，总会出其不意地创作出令人耳目一新的作品。

在别人看来很普通的素材，到了他笔下，经过一番巧妙构思和精雕细琢，就创作出不一样的作品了，而且经常发表于《北京青年报》《深圳商报》《服务导报》《江苏工人报》《中国青年》《当代老年》等级别很高的报刊。

我和魏从浩也是多年的好朋友，曾无意间跟他提起过本单位一位老司机资助一位贫困中专生，后又认该中专生为干女儿的事情。

没想到魏从浩记在了心上，有一次便专门让我带着他到这位老司机家中采访，了解到了更多的细节，很快便写出了 5000 余字的《老司机与"特困中专生"》一文，先后发表于《中国交通报》《驾驶园》《当代老年》等报刊。

当然，这是后来发生的事情。

而眼前这次魏从浩之所以和章其祥结伴到孙圩庄采访，是缘于一次路过，对这个有"教育世庄"之称的小村庄留下了深刻印象和几分好奇。

有一次，魏从浩陪客人到周圈古栗林参观，回来的路上经过孙圩庄，他一眼发现了村头立着的两块碑，一块写着"孙圩庄"，一块写着"教育世庄"。

魏从浩敏锐地意识到，这肯定是一个与众不同的村庄，也肯定是一个"有故事"的村庄。

怎奈当时是陪客人，没办法停车细看，他只能先记在心上。

回到县城以后，魏从浩试着向身边人打探，结果并没有人知道"孙圩庄""教育世庄"是怎么回事。

他差点就放弃了。

到了 11 月上旬，魏从浩忽然又想起了此事，还是觉得一个村庄不可能无缘无故地在村头立块"教育世庄"碑，肯定"有文章可做"。

正好有空闲时间，他便约上好友章其祥，来到孙圩庄实地走访，想亲眼看一看这究竟是个什么样的村庄。

说来也巧，在赴孙圩庄的路上，他们遇到了一位搭车的年轻人小林，正好其外婆家是孙圩庄的，他们便邀请小林当向导。

路上听了小林的简单介绍，魏从浩更加觉得不虚此行。

到了孙圩庄，魏从浩首先来到两块石碑前，仔细端详着碑面上分别写着的"孙圩庄""教育世庄"红色大字，若有所思。

章其祥则不停地从不同角度拍摄照片。

然后，他们又慢步绕到石碑的后面，仔细阅读起碑文。

读完，魏从浩还拿出笔，在笔记本上将两块碑的碑文完整抄写了下来。

从碑文中，他已隐约了解这是一个什么样的村庄了，同时意识到，这是个不同于以往的素材，自然得付出不同于以往的努力方能创作好。

以往，创作素材多数是单一的某件事，采访对象也往往是一个人或几个人。

而眼前是一个村庄几代人热心从教的故事，不仅涉及人员面广量大，而且事迹也不一而足，非逐个采访、挖掘不可，否则很可能造成遗漏，留下美中不足。

在小林的指引下，他们穿庄而行，去往第一个采访对象家。

一路上不时看到的民宅门脸上方书写着的"桃李源""耕耘夫屋"等字样，使魏从浩感受到了"教育世庄"特有的儒雅气息，也让他确信，这是中国农村至少在苏北农家小院很少见的景致。

不觉中，他们来到了一家写有"耕耘夫屋"的小院，小林示意魏从浩先从这家开始采访。

女主人张霞是位年逾耳顺之年的老人，慈眉善目，十分和蔼。明白魏从浩的来意后，她便热情地介绍起自家的情况。

听着老人的介绍，魏从浩有些意外的激动，因为这是教育世庄最为典型的"教育之家"。

男主人孙如春，从事教育工作30余年，不幸于当年4月病逝。夫妻俩共生有2男4女6个孩子，全都是教师。更为特殊的是，有3个子女的配偶也是教师，属于"夫妻档"教师：

长女孙玉芳，在本县颜集乡中心小学任教，丈夫吴从民在颜集乡于北小学任校长；

长子孙玉璋，在县实验小学任教；

次女孙兰，在县代代红幼儿园任教；

三女孙玉慧，在新河乡龙堰小学任教；

次子孙东，在新河初级中学任教，妻子骆静在新河乡中心小学任教；

四女孙多及其丈夫张权，均在新河乡沙河小学任教。

魏从浩心里琢磨，单单一个家庭就有这么多教师，而且一半是"夫妻教师"，足以证明"教育世庄"不是徒有虚名了。

尽管如此，他还是迫不及待地让小林带着去下一家采访。

这一家的男主人叫孙如玖，执鞭教坛45载，刚从庙头初级中学退休。

孙如玖表示，自己也说不清楚为什么，这个仅百十来户人家的小村庄，几乎家家出教师，据不完全统计，至少有40名教师了，其中夫妻俩都教书的便达10多对。

他分析，孙圩庄代代出教师或许缘于一种约定俗成的理念，这种理念在村里人尤其是孙姓人的心中生了根。

他还笑着说，孙圩庄的教师汇拢一下，办个全日制中小学绰绰有余。

至此，魏从浩已基本确定创作方向了。

接下来，便是进一步采访有代表性的人物，挖掘更多、更丰富的素材。

为了理清"教育世庄"的来龙去脉，在孙如玖的建议下，魏从浩决定先回县城，采访孙如玖的四弟、时任沭阳县技工学校校长的孙如道。

对于魏从浩的到访，孙如道感到非常的高兴，他很乐意将孙圩庄尊师重教的传统及做法宣介出去，影响更多的人崇尚教育，爱上教师行业。

因此，孙如道更为详细地回顾了孙圩庄的从教历史，并从更深层次分析了孙圩庄人热爱教育的原因，使魏从浩对"教育世庄"的品牌效应有了更为直观的感受，同时也掌握了更多的鲜为人知的素材。

孙如道说，追溯"教育世庄"的历史渊源，就不得不提到"举人圩文化"。正是举人圩胡琏家族"一门三进士"等文化现象的影响，使一河之隔的孙圩庄的孙文生、孙文元等先贤，牢固树立了读书才有出息的理念，继而开启了孙圩庄读书求学、教书育人的历史先河。

谈到孙圩庄人爱学习的风气，孙如道讲了这么一段故事：20世纪50年代初，中国农村的女孩子很少有机会读书，他的二嫂寇玉兰却冲破传统观念的桎梏，结婚之后坚持上学，而且读完小学又接着到沭阳县中学读了初中，轰动一时。

诸如此类的细节，成为魏从浩后来创作完成的关于孙圩庄尊师重教现象的纪实作品的内核及亮点；魏从浩也愈加惊讶，一块"教育世庄"碑的背后，竟有这么多的感人故事和这么深的文化底蕴。

半个月之后，一篇长达6000字的纪实报道在魏从浩笔下诞生了。

没多久，这篇作品便先后在省内外3家报刊与读者见面，分别为：

1997年12月2日《服务导报》头版"百姓故事"专栏，题目为《沭阳的孙氏"教育世庄"》；

1997年12月9日《深圳商报》第十六版"社会写真"专栏，题目为《"教育世庄"》；

1997年12月30日《淮海晚报》第四版"人生聚焦"专栏，题目为《教育世庄》。

需要强调的是，这3家报刊，均在文中配发了章其祥拍摄的"教育世庄"碑图片，起到了画龙点睛作用。

这篇纪实作品的问世，等于为孙圩庄做了一次系统、全面的宣传。

这也是"教育世庄"的形象第一次出现在新闻媒体上，继而，引起了除当地以外更多人、更广泛的关注。

为了表示对教育世庄的支持，魏从浩将收到的这几份样报转赠给了孙如道，让其作为资料保存。

多年来，孙如道一直珍藏着这几份样报，每当有人问起教育世庄的事，他便会拿出来让人家阅读。

他始终把宣传教育世庄当成己任，也正因此，他非常感激魏从浩的率先之举，正是他的关注、挖掘与创作，使得"教育世庄"的形象上了一个台阶，也更加立体起来。

2. 一篇报道引发的蝴蝶效应

梧高凤必至，花香蝶自来。

魏从浩的这篇作品问世后，犹如为孙圩庄揭开一层神秘面纱，使其一下子名声大噪，在社会各界产生了广泛影响，也引起了更多媒体的关注。

首先受到启发并采取行动的，是江苏电视台。

江苏电视台当时有个《走进乡村》栏目，以关注乡村新貌、聚焦民间风情为特色，深受观众尤其是农村观众的喜爱。

1998 年 2 月 17 日，农历正月廿一，年味已渐渐散去，江苏电视台《走进乡村》栏目忽然播出了专题片《教育世庄》，使孙圩庄一下子沸腾起来，仿佛又回到了年味最浓时。

节目一开始，是白雪覆盖下的孙圩庄村景，显得静谧而美丽；穿村而过的马路上，拉着板车、骑着自行车的几个路人，在泥泞中匆忙赶路。

这时，画外音响起：

"这是一座普普通通的小村庄，与苏北平原上所有的村庄一样，平凡而又平凡。然而，它又是那样的非比寻常，不同凡响。这村里的一户户农家小屋里，竟走出了教师一辈又一辈。'孙圩庄''教育世庄'，村头的石碑，向世人展现出神奇的光彩。"

画外音结束，镜头变为村头的两块石碑，一块写着"孙圩庄"，一块写着"教育世庄"。石碑前方，一位字幕显示为"孙立功"的记者手持话筒，在作现场报道：

"观众朋友，我身后的这两块石碑位于江苏沭阳县的新河乡，这个孙圩庄里的孙氏家族，他们世代热心于教育事业，目前，庄里有 50 余户的孙氏农家，竟出现了 47 位人民教师，而他们这些农户中，夫妻双方都任教的有 13 对之多。我们《走进乡村》节目组现在来到这里，就是对这一教育事业中出现的奇特现象做一次专门的探访……"

这期节目播出后，孙圩庄人都感到无比的自豪，没想到本村以及村中的许多熟悉面孔能出现在电视屏幕上，这可是孙圩庄有史以来最为轰动的一次啊。

同时，很多人的思绪也回到了春节前记者在村中采访时的情景之中。

1998年春节前夕，苏北下了一场大雪，为即将到来的新年增添了几多色彩、几多不便。

孙圩庄同样被大雪覆盖，到处白茫茫一片。

这天，几个孩子正兴奋地聚在村头打雪仗，忽见几个陌生人从他们身边经过，径直走向"教育世庄"石碑。

到了那儿，只见这几个人围着"教育世庄"碑看来看去，不时发出夹杂外地口音的议论声。

其中还有一个人，扛着摄像机不停地录像。

恬静的村庄，泥泞的道路，拉着平板车、骑着自行车上街购年货的人们……均被拍摄了下来。

这几个人，正是江苏电视台《走进乡村》栏目组的采编人员，以及新河乡政府陪同采访的工作人员。

担任采访任务的是记者孙立功。虽说跟孙圩庄没有直接关系，但同为孙姓，已经让他对这个号称"教育世庄"的小村庄以及村庄上的孙姓村民，充满了敬意和亲切感。

孙立功自从在《服务导报》等报刊上看到关于教育世庄的纪实作品后，深深被孙圩庄尊师重教的故事打动，也自然而然产生了对孙圩庄进行采访报道的想法。

正好，为制作春节期间的《走进乡村》特别节目，节目组要在节前到苏北徐州等地采访，孙立功便提议，顺道过来采访一下"教育世庄"。

而且他们从一开始就打算，尽可能多地挖掘一些素材，争取做期专题。毕竟，像这样的题材在农村还是不多见的。

那几个打雪仗的孩子正玩得嗨，孙立功走过来问他们："小朋友，你们认识孙如道同志吗？在沭阳县技工学校当校长的。"

有一个孩子停住脚步，气喘吁吁地说："我认识，早上还看到他呢。"

"那你能帮我们去喊一下他吗？就说电视台记者到了，在教育世庄碑前等他。"

"好的。"说完，这个孩子飞奔似的朝村里跑去了。

不一会儿，孙如道在其三哥孙如达的陪同下，来到了村头。见到孙立功等人，孙如道赶忙上前打招呼。

原来，孙立功事先与孙如道电话联系过了，约好今天在孙圩庄见面，共同落实采访事宜的。

为此，孙如道早上早早便从县城赶回老家，又把三哥孙如达找到家中，请他届时一同作陪。

孙立功等人和孙如道寒暄几句之后，便一同踏着皑皑的积雪，向村里走去了。

有了孙如道的陪同及介绍，孙立功一行在孙圩庄的采访很顺利，也很高效。

不到一天时间，他们便完成了对退休老教师孙如玖、教师代表孙银、代课教师代表秦怀红、贫困户孙玉德、教师遗孀张霞及其子女们的采访，拍摄了许多宝贵镜头。

这些被采访对象，分别从不同角度介绍了孙圩庄以及各自家庭尊师重教的情况。

因为前期接受过魏从浩的采访，所以这些被采访对象虽然身处基层，面对镜头却一点也不紧张，虽然有的人一开始略显拘谨，但很快便调整状态，融入其中，非常轻松、有说有笑地完成了任务。

这也让孙立功等人，从一个侧面感受到了孙圩庄人那种与生俱来的热情大方和良好的心理素质，还有教师特有的超强表达能力和随机应变能力。

其间，孙如道本人也正式接受了采访，把曾经向魏从浩介绍过的有关情况又详细介绍了一遍，还在原来的基础上又有了一定的深化。

结束了在孙圩庄的采访，孙立功一行又分别到新河中心小学、新河初级中学、县实验小学等处取景，记录了孙玉璋、骆静、孙玉之等人在课堂上给学生讲课的情景，完美地展现了孙圩庄教师风采。

江苏电视台《走进乡村》栏目的这期专题报道，对孙圩庄来说具有里程碑意义，不仅让更多的人知晓了孙圩庄的尊师重教故事，也为孙圩庄留下了史诗般珍贵影像资料。

那个时候网络还不怎么发达，不像现在什么内容都可以上网搜到，所以当时电视节目播出后，除了重播，就再也看不到了。

若干年后，孙如道托一位同志，问问他分配到江苏电视台工作的儿子，看能否把当年的这期节目找到，找到的话最好能将样片给拷贝下来。

没想到，这位同志的儿子没花多长时间，还真将当年的这期节目给找了出来，并且完整地将节目内容给拷贝了下来，很快便转交到了孙如道手中。

现如今，这期节目的视频被孙如道完好收藏着，遇到特殊活动需要查看资料的时候，孙如道便会打开电脑播放这段视频。

及至当下，有关方面为孙圩庄制作新的宣传节目时，孙如道也会将视频提供给他们参考，有些珍贵镜头，便会被作为背景素材选编进新节目中。

2020年孙圩庄人编印《百年教育世庄》一书时，还参照该视频资料，将节目解说词记录整理下来收入书中。

也就是说，这期节目的视频资料，已然成为孙圩庄的"活历史"。

孙圩庄尊师重教故事的影响力持续上升，纵然几年过后，进入了新世纪，还是热度不减。

2002年9月，又一个新学期、新学年开始了，校园里又变回以前那样的喧闹，孙圩庄人也站在了一个新起点，信心满怀，整装待发。

教师节过后的一天，《宿迁日报》记者马跃、陈马，在新河镇通讯员王辉的陪同下，来到孙圩庄采访。

他们也是多次听说孙圩庄是个远近闻名的教育世庄，慕名而来的。

这是纸质媒体记者首次采访报道孙圩庄尊师重教的故事，也是本土媒体首次以新闻通讯的形式，关注"教育世庄"现象。

马跃等人通过现场采访，深感孙圩庄被称"教育世庄"并非徒有虚名，而是恰如其分。

很快，他们便合作完成了2500余字的稿件《探访"教育世庄"》。

国庆前夕的9月29日，《宿迁日报》全文刊发了这篇通讯，再度让孙圩庄引起了外界关注与热议。

当然，这篇通讯本身，也较以往魏从浩的作品以及江苏电视台的报道，给人们带来了更多、更新鲜的信息。

毕竟，已经近5年时间过去了，很多事情发生了变化。

比如，先前提到的孙东，原本在新河中心小学任教，1997年调到新河中学任团委书记,两年后又调到庙头中学工作,2000 年 9 月,则调到了县城的怀文中学,并很快成为该校的业务骨干。

而他的妻子骆静,原先也在新河中心小学任教,后因努力钻研业务,教学成绩突出,被调到了沭阳县实验小学工作,并逐渐走上领导岗位。

再比如,很多家长及孩子对教师职业情有独钟,高考时往往会一致想到填报师范志愿。

马跃一行在孙圩庄采访的时候,正好遇到已经被淮阴师范学院录取的孙亚峰在为上大学做准备,继而也了解到一件有意思的事:

在填报志愿前的一天晚上,同族长辈孙如华来到孙亚峰家,尚未开口,孙亚峰的父亲孙如银就笑着说:"是为孩子填志愿来的吧?请放心,亚峰报了师范。"

那时候,是先填志愿后出高考成绩的。

孙亚峰平时在班级的成绩处于中等偏上,不算特别的突出,所以填报志愿时并没抱太大的希望。

但他的首批志愿,也就是"一本"部分,还是选择了南京师范大学等师范名校。

而"二本"批次,则象征性地填报了南京工程学院、南京气象学院,最后为稳妥起见,又填了个淮阴师范学院。

就连淮阴师范学院的专业,孙亚峰都没有细考虑,基本是随便填的,因为当时他想,不至于才上这个学校吧?

孙亚峰填好志愿后准备交给老师时,坐在身后的一位大高个女同学看了眼他的志愿,看到淮阴师范学院的前两个专业分别选的是新闻学和法学,就说道:"律师比记者赚钱的,不如把法学填在前面。"

孙亚峰心想,反正是随便填的,就照女同学的建议,把专业顺序给改了。

殊不知,这一秒钟的决定,竟注定着他未来一生的职业。

高考成绩出来后,孙亚峰考得果然不是很理想,不够一本线,比二本线也仅高出 3 分。

知道成绩后,孙亚峰当即就决定了回原校复读,准备下一年再考。

当时还是 8 月初,学校高三年级已经开课,孙亚峰便在校外租了一间平房住下来,开始上课学习。

孙亚峰说,真正回到课堂才感受到,那种把三年的学业从开头再学一遍,太煎熬啦，压力之大，已到了看到书都想吐的程度。

此时，孙亚峰偏偏收到了淮阴师范学院的录取通知书，而专业，正是法学。

看着通知书，孙亚峰的心情非常复杂，也开始动摇了。

他的外甥女徐小艳，今年是第二次高考，也考上了淮阴师范学院，就劝他一起去淮安上学，说淮阴师范学院是个多么好的学校。

孙亚峰还真不了解淮阴师范学院以及淮安市到底好不好，因为他从没去过沭阳以外的城市。

最终，孙亚峰还是选择了结束两周短暂的复读体验，准备迎接自己的大学生活。

后来，孙亚峰曾庆幸没有复读，因为第二年即 2003 年的高考数学平均分才60 分左右（满分 150 分），而他的数学本来就很差，仅此一门，就会导致他复读后的高考成绩好不到哪里去。

另一名同学，成绩比孙亚峰好，坚持复读，结果考得比第一年还差，又复读一年，却依然未能成功，没办法，最终读了个普通的大专。

也许，这就是"冥冥中都早注定"吧。

而孙亚峰更为欣慰的是，淮阴师范学院终究是师范类院校，也算是和"教育世庄"有些联系了，他从小到大，不都是受到"教育世庄"前辈们的影响，并曾幻想像庄上前辈们一样，做个光荣的人民教师吗？

有了诸如此类的生动事例，马跃等人采写的新闻通讯一下子鲜活起来。

尤其是最后一段话，不仅起到画龙点睛作用，更让人读懂了孙圩庄人崇尚教育、追求知识的精神实质，以及他们对村庄发展所做出的重大贡献：

"离开孙圩庄，再次走到'教育世庄'的碑前，记者不由得对身后这样宁静的、尚不显得十分富有的村落，对从这里走出的 52 位孙姓教师产生了由衷的崇敬之情。放眼望去，到处是花木繁茂，一座座式样各异的农家小楼点缀其间，看着这里的变化，看着这里的繁荣，记者不由再次心想，这一切难道与身后的村落不无关系吗？"

是的，一个村庄的发展，离不开知识、文化、精神等方面的引领，说到底，就是要有好的家风、庄风和民风。

孙圩庄，教育世庄，无疑具备了这些。

这，正是马跃等人的这篇通讯所要告诉人们的。

3. 文艺家们的关注

孙圩庄代代出教师的现象，也引起了文学艺术工作者的关注，他们纷纷拿起手中的笔，以不同形式进行创作，讴歌、宣传孙圩庄的故事，进一步扩大了"教育世庄"的影响。

沭阳县中学特级教师张勇卫东，长期从事语言研究工作，2011 年编纂出版了 66 万字的《沭阳方言方音语典》一书，被誉为是沭阳语言研究方面的权威。

早在 1989 年，张勇卫东应邀为孙圩庄"教育世庄"碑撰写了精美的碑文，虽然只有短短四十来句二百来字，却融入了其深厚感情，而且对仗工整，平仄协调，颇见文学功底。

此碑文，成为教育世庄文化现象的灵魂，一直为人称道。

后来，"教育世庄"碑因故经历了一次重立和一次迁移，张勇卫东皆欣然前往，不厌其烦地对碑文内容进行修改、调整，以符合当下情况。

如果说张勇卫东是应邀为"教育世庄"撰写碑文，然后才了解到孙圩庄的尊师重教故事；那么杨鹤高，则完全是在了解了孙圩庄是个什么样的村庄之后，自觉自愿为孙圩庄创作"史料式"文学作品的。

2006 年 1 月，一篇关于孙圩庄的散文《一个璀璨的星座》问世，并被广泛传播，作者正是杨鹤高。

杨鹤高，国家二级编剧，中国戏剧家协会会员，中国戏剧文学学会会员，中国民间文艺家协会会员，中国作家协会会员，江苏省第九届人大代表，宿迁市作家协会副主席，宿迁市戏剧家协会名誉主席，"宿迁市突出贡献科学家"，"宿迁市淮海戏奠基人"，"宿迁市淮海戏编剧第一人"，沭阳县广文局原创作室主任。

因工作的关系，杨鹤高早在 1979 年，便与在县文教局工作的孙如道成为熟人、好朋友。

继而，杨鹤高通过孙如道了解到，其老家孙圩庄是一个有着近百年尊师重教传统的小村庄，不仅代代出教师，而且教师数量逐年递增。

身为本土专业创作人员的杨鹤高，曾在全县各乡镇走村入户，搜集了大量素材，创作过多部农村题材、现实题材作品，如淮海戏剧本《月牙楼》、长篇小说《下放户的女儿》、方言工具书《沭阳方言》（和刘建枢合编）等。

对于教育世庄这样一个鲜活题材，他怎能无动于衷？先是被感动，后是产生创作冲动，继而就是付诸行动。

由于先前已经有了纪实文学、专题片、新闻通讯等不同形式的作品，且篇幅均比较长，所以杨鹤高采取了短而精的散文形式，重在表达一种情感，以小见大，以情动人。

于是，在文章开篇，我们就读到了这样的语句：

"一条弯弯而秀丽的沙河，虽历经沧桑，然而显得勃勃生机、日夜欢腾，沙河里的水如甘泉，孕育着河畔孙圩庄的一草一木，也滋润着这块土地上世世代代的人民。"

多么富有诗意的描述，不禁让人对孙圩庄的优美环境充满好奇。

在谈到求学、读书、写字、教书成为孙圩庄一些有识之士的向往和追求时，他又写了这样一段话：

"孙圩庄的学子，热爱祖国，热爱教育，他们仰不愧天，俯不愧地，教书育人，自强不息，世世代代的师长组成一个璀璨的星座，让花乡的上空闪烁着睿智的光明。用人格的伟力，干起拼搏办学的大业，一支洁白的粉笔，一尊明亮的红烛，恩师垂范，群星迭起！"

这是对孙圩庄人读书学习、教书育人传统的写照，也是对教师们无私奉献精神的礼赞。

而对于孙圩庄人立碑明志的举动，他则如是概括：

"智慧，尊严，光荣均出学校之门。门风相传，代代不息。终于，'教育世庄'的英名刻入庄头的青石上，刻在世人的心中。她成了花丛中一道亮丽的风景线，她成了芬芳园里一朵引蜂招蝶的新蕊，培花、育苗、栽树、育人，见证人就是它——'教育世庄'之碑。"

这篇 2000 余字的散文，在 2020 年孙圩庄人编印《百年教育世庄》一书时，被作为第一个章节"孙圩史话"的第一篇文章收入书中，也算是全书的开篇了。

说到编印《百年教育世庄》这本书，不能不提及池墨。

池墨，中国作家协会会员，江苏省杂文学会理事，宿迁市散文学会副秘书长，忽然花开文学网总编，《忽然花开文选》主编，《少年诗刊》特约编辑。在《人民日报》《中国青年报》《诗歌月刊》《诗潮》《散文百家》《风流一代》等媒体发表散文、诗歌、杂文、时评 5000 余篇次，在《中国企业报》《法制周报》《宿迁日报》《宿迁晚报》曾辟有个人专栏。著有散文集《相见不如怀念》《故乡深处的草垛》《野有蔓草，千年不老——生长在〈诗经〉里的植物》《鱼跃于渊，有鸟高飞—生活在〈诗经〉里的动物》等书。其中《故乡深处的草垛》获沭阳县政府第二届紫藤文艺奖，《野有蔓草，千年不老——生长在〈诗经〉里的植物》《鱼跃于渊，有鸟高飞——生活在〈诗经〉里的动物》被编入国内大学教辅用书。

2018 年，我受托担任《百年教育世庄》一书的主编工作。

当时出于宏观考虑，我觉得书中应该增加有关教育世庄的文学作品数量，而且最好是长篇的。

于是，我拿着教育世庄的素材资料，找到相处多年的好友池墨，恳请他能为教育世庄专门创作一篇长散文。

池墨接过材料看了看，想都没想，便欣然应允。

而且没过多久，他便将题为《百年教育世庄》的初稿交到了我手中，足有十几页纸，将近 8000 字。

池墨说，教育世庄的故事很有教育意义，他这篇长散文几乎是有感而发，一蹴而就的。

后来，该文发表于 2018 年第 3 期《石榴》杂志。

池墨的这篇散文，一个显著特色是直言不讳地指出了当下孙圩庄教师数量减少的问题。

文中写道："有时候我也会在想，也许，是那个年代人们就业渠道狭窄，人们没有其他的选择，让孙圩庄的人们更多地选择了教师这个职业。而现在，人们的就业渠道增多，就业途径广泛，孙圩庄的人们有了更多的就业选择，对于教师这个职业，或许不会再像过去那样痴迷。"

以前，无论是孙圩庄人，还是社会各界，强调的都是孙圩庄庞大的教师队伍以及代代有新人加入此队伍的现象。

池墨在对此表示肯定的同时，也从另一面思考：孙圩庄人纷纷当教师，过去很大程度上是出于择业或者说挣钱养家考虑，那么在就业渠道增多、挣钱形式灵活的当下，他们还愿不愿意当教师，尤其是年轻人还愿不愿意像前辈们那样痴迷于教师行业，是一个不容忽视的现实问题。

池墨的顾虑不无道理，现实的冲击肯定是存在的，尤其是作为孙圩庄孙氏第六代后人，数量也不少了，可从教的，竟然只有一人。

也难怪池墨在文中发出了"也许，从此以后，孙圩庄选择教师这个职业的人会减少，不知道孙圩庄的人会不会因此而感到遗憾"这样的担忧。

当然，池墨在文章结尾，还是对教育世庄发出了内心感慨，并给予了至高评价：

"但我想，即便如此（指教师人数增幅下滑），也无法抹去'教育世庄'以往的荣耀与辉煌，无法抹去'教育世庄'在历史上发挥的作用，无法抹去人们对'教育世庄'的钦佩与崇敬之情。"

再来介绍一位美女作家，她也曾写过一篇有关教育世庄的散文，而且该文因视角独特、文笔细腻、语言优美、情感丰富而备受好评。

她叫蒋玉华，宿迁市作家协会会员、沭阳县作家协会副秘书长，沭阳县怀文中学教师。

在学校，蒋玉华教语文，课余担任校《青春树》文学报主编，经常辅导学生写作，并多次在有关征文活动中获奖，其中 2011 年辅导学生马梦圆获得了江苏省"中学生与社会"作文大赛二等奖。

蒋玉华是一位低调、内敛、不矜不伐的女性，用她自己的话说，"对生活不求激烈紧张，只求小恋、小暖、小文足矣"。

闲暇之余，她喜欢读书、写作，尤喜欢记录教育的故事，时有散文发表于《读者》《意林》《特别文摘》《初中生之友》《成才导报》《家教咨询》《人事天地》《智富时代》《善者》《参花》《新民晚报》《新京报》《江淮文学报》《邯郸晚报》《南国早报》《赣州晚报》《阜新日报》《潮州日报》《景德镇日报》《宿迁日报》《宿迁晚报》等媒体。

近些年来，蒋玉华热衷于沭阳本土老故事的搜集与加工，经常利用下班休息时间去采风，了解各地的乡土风情、人文特色，跑了不少乡镇，采访过很多老人，一个个故事一篇篇文章就落地了，诸如《沭阳水坡》《桑墟臭狗阵》《桑墟天齐庙》《青伊十七无名烈士墓》《烽火岁月，英雄母女》《孟墩古井》《扎下晏塘洼的传说》等，其中有多篇老故事在沭阳电视台反复播出，反响很大。

她的目标是，至少写上100篇这样的老故事，然后结集出版成书。

为此，她一直想为花乡新河也写上一两篇。

正好，2015年的时候，她从同事口中听到了关于教育世庄的故事，觉得值得一写，便决定抽时间前去看一看。

她是想，作为商潮涌动的花乡，并未掩盖阵阵书香，还出现了教育世庄这样一个尊师重教的典型，其背后，无疑是对文化的自信与坚守。

所以，最终写出来的文章，连题目都融入了花的元素——《战火中的一朵向阳花》，让人一看便会联想到花乡。

起《战火中的一朵向阳花》这样一个题目，也意味着文章内容定位在了战争年代的某件事上。

这也是蒋玉华的匠心独运，明知教育世庄可写的地方很多，她却独辟蹊径，单单选择了庄上人早期办学的事。

具体地说，也就是"华严寺办学"这件事。

1939年春，孙圩庄先贤孙文元任首任校长的新河初级小学校，被日本鬼子一把火化为灰烬，孩子们处于无学可上的境地。

直到1940年下半年，共产党人在新河建立了抗日民主政权，利用华严寺重新办了所学校，聘请孙圩庄人孙禹昌担任校长，新河的小学教育才恢复正常。

为了写好这段故事，蒋玉华专门采访了时年82岁的单兰坡老人。

单兰坡，当年曾在这所小学校上过学。

蒋玉华笔下的"老学生"单兰坡，是一个满腹经纶，记忆超强，而又非常健谈的老人，回忆起往事，他显现出孩子般的兴奋表情，如数家珍地讲述，还时而喝口清茶，抬眼望望窗外，眼神里溢满历史的烟尘。

根据老人家回忆，孙禹昌在办学上用了不少心思，使得教学质量提高很快，所以老师、学生普遍喜欢他，尊敬他。

谈到孙禹昌之后的一位校长在安峰山事件中被捕并英勇就义，单兰坡心情沉重地说："那一段历史成了我们生命的刺青，一针一针地刺出血珠来，成了我们记忆中的永恒。"

顿了顿，他又啜了一口清茶接着说："心向阳，光自生，华严寺的师生都有一颗向阳心，无论岁月多么荒芜多么黑暗，我们都坚信光明会到来。"

辞别单兰坡，蒋玉华又前去踏寻新河中心小学的前身华严寺，岁月的风雨早抹掉一切历史痕迹，华严寺遗址上已是高楼林立，阳光瀑布般倾泻而下。

"突然，几株向阳花映入眼帘，寂静而勇敢的向阳花怒放着，笃定，自持，摇曳出斑斓姿彩，兀自温暖，兀自清香……"

蒋玉华的这篇优美文章，还获得了"沭阳县中华人民共和国成立70周年征文比赛"一等奖，并被录入由沈士举任主编的《筑梦新挑河》一书，成为"新河印记 守候乡愁"系列的代表性作品。

2014年9月6日，天高气爽，果实飘香。

孙如道、沈士举二位乡贤，盛情邀约沭阳县文联、诗协及社会文化名人共40余人，驱车游览新河各处，感受花乡巨变及"龙文化"之魅力。

花的世界，树的海洋，天蓝水碧，风光旖旎，景色妖娆，清风拂面，芳香扑鼻，大家无不为沿途所见所闻赞叹不已，并纷纷吟诗作赋。

其中，有不少同志以"教育世庄"为题材，写下了动人诗句，它们分别是：

杨鹤高："校园钟声叮当当，犹如汽笛在远航。领着学子出征程，敬爱老师是船长。遨游海洋觅知识，探寻富饶大矿藏。代代执教接力棒，擎在新河孙圩庄。"

姜亚谦："千年大计德为本，六代名师育后昆。教育世庄声誉远，竖碑勒石溢芳馨。"

王振文："教育世庄誉有年，孙门代代出能贤。书香承继兴文教，德业操持效祖先。六世从师逾百位，一家执铎计多员。祖孙瓜瓞传薪火，风范精神兴永延。"

华玉和："神龙文化毓英才，礼赞孙庄众口开。古韵沙河滋沃土，新声花木铸良材。深吟苦读书香远，养性修身誉满怀。六代从师桃李茂，传承薪火上高台。"

季乃积："教育世家孙姓优，相传薪火别无求。婆心苦口培梁栋，输送人才兴九州。"

曹军："青年强则国家强，教育世庄遐迩扬。浩劫摧残时更迫，孙门佳话史流芳。"

吴贻春："弯弯河水绕村旁，教育世庄名气扬。孙武后人心远大，杏坛授业智儿郎。承前启后传薪火，沥胆披肝培栋梁。铭志立碑声誉响，为民为国史流芳。"

曹衡武："薪火相传教育世庄昭百代，读书永继文化故里耀千秋！蒙祖德孙子兵法光辉长在，做红烛教育世庄箕裘永传！尊师重教承袭文化传统，教书育人发扬时代新风！"

行文至此，得提一下几位书画家为"教育世庄"题字的事。

姜华，1950 年生，淮阴师院美术系教授，中国书法家协会会员，其书法作品多次参加国内外展出，为省内外数十家博物馆所收藏。曾先后在国内外书法大赛中获五次金奖。1987 年、1993 年曾先后两次在南京举办个展，江苏电视台先后以《墨海弄潮人》和《墨海新探》为题拍摄并播出专题片，反映强烈。出版有《书法入门与创作》《墨海新探》《书法实用章法》《姜华书法艺术》等多部著作。

解寅生，1932 年生，南京六合人，中国著名书画艺术家，中国书画家协会理事，世界艺术家协会会员，世界教科文卫组织专家成员，中国人才研究会艺术家学部委员会一级艺术委员，刘海粟艺术研究中心书画研究所副所长，南京旅游书画协会会长，新加坡新神州艺术院特聘名誉院士、荣誉顾问、高级书画师，南京国际梅花书画院高级书画师。在书坛耕耘多年，获得许多荣誉，入编许多经典辞书，蜚声海内外。作品《水调歌头，重上井冈山》被世界教科文卫组织收藏。

刘启新，字福鹏、河北固安人，国际名人画院院士、北京地杰华英书画院副院长，先后担任军事训练基地主任、副局长等职。其篆书既有外观上的形体美，又有神韵里的内涵美，楷、隶、行、草均有较深功力。

自从孙圩庄被誉为"教育世庄"以来，前面这几位著名书画家先后与"教育世庄"结缘，欣然为"教育世庄"题字，为"教育世庄"增添了光彩和文化内涵，其中姜华还两次题字，体现出对"教育世庄"的厚爱与浓浓感情。

4. 一封异地同行的来信

就"教育世庄"经媒体报道后产生的轰动效应而言，孙如道感同身受，也可以说最有发言权。

1998 年 4 月下旬的一天，孙如道正在沭阳技校上班，忽然收到泗阳县教育局一位叫孙大杰的同仁寄来的信件。

本以为是公函，谁知拆开一看，却是封私信，谈的全是关于"教育世庄"以及孙氏家族的事。

信的内容如下：

如道公：

你好！

我看到《淮海晚报》1997 年 12 月 30 日第四版登载的《教育世庄》一文后，连读了三遍，当我了解到沭阳新河孙圩庄孙氏一门祖孙几代含辛茹苦、献身教育时，我为之感动，也为我们孙氏家族获"教育世庄"的美称和殊荣感到无比骄傲和自豪。真可谓，"一门祖孙六十为师堪称典范，百家后代万千为徒桃李天下。"

我也是孙氏后裔（乐安堂），我家几代教书，也算得上是教育世家。我祖父教私塾，我师范毕业后也已教了 39 年书。我小儿子孙环是职中教师，小女儿孙璇是小学教师，女婿李志永也是小学教师，如果我小儿子再找一个对象也是教师，那么，我一家五口人是教师了。因此，我深知从教的酸甜苦辣。

在三年困难时期，起初工资 29.5 元，到市场上买不到一担胡萝卜，被称为"一担胡萝卜干部"，那些手中掌握特权的单位，如供销社、粮站、食品站等的职工，哪怕是临时工，也瞧不起我们教师，常被白眼相待。"文化大革命"时期又成了"臭老九"，直到政策开放，教师才抬头。在六一、六二年，我们每月只供应 29 斤粮食（上级叫节约 2 斤），买粮食时还配给 30% 山芋干或豆饼，粮食不够吃，有时还要从家中带炒面充饥（这是家中硬省下来的粮食）。一次吃炒面被一个粮站领导看见了，就说："要是我，才不去带干粮干革命呢。"可是我不以为然，仍然踏踏实实地工作，连续几年被评为县先进工作者。六三、六四年，区组织科长找我谈话，叫我做区团委书记，或小乡乡长，我都婉言谢绝了。我不改初衷，继续努力工作。

我爱教育，干教育，因此鼓励子女从教，我想，争取后代每代至少要有一个教师。

孙圩庄还有少数孙姓（人）家没有教师，你是孙圩庄拔萃之士，能否尽力劝说，支持那些还没有教师的孙姓家，也能有一个做教师，力争家家均有教师，人人学高身正，为孙圩庄再添光彩。这是我对你们的最大希望。

祝

全家好！

泗阳县教育督导室孙大杰 拜上

1998.4.13

看完信，孙如道心情久久不能平静。

多年来，他经常收到外地亲友的来信，关心、询问老家孙姓读书教育的事，而收到陌生人来信，这还是第一次。

看来，报纸的影响力还是很大的，孙圩庄尊师重教的故事一经发表，便在社会上传播开了。

从信中可以看出，孙大杰是一个热衷于教育事业的人，其家庭也有多位教师，且几代从教，堪称"教育世家"。

这一点，在孙如道看来也是值得学习和思考的。

他没想到，会以这样的方式结识一位外地的本姓宗亲，而且是教育同行。

对方在信中期盼孙圩庄能家家均有教师，人人学高身正，这让孙如道更加感受到身上的责任重大，同时也有了更大的动力。

孙如道后来得知，孙大杰当时任泗阳县教育局教育督导室副主任。

因此，他们有了共同话题，经常书信来往，谈家庭，谈教育。

孙如道也一直珍藏着孙大杰的这封来信，时常以其勉励自己要从家族做起，搞好教育。

2020年孙圩庄人编印《百年教育世庄》一书时，孙如道还以这封信为由头，写了篇文章《一封来自泗阳教育局的私信》，收录在书中，从而鼓舞了更多的人。

5. "教育世庄"成全了一个扶持项目

1997年12月2日，南京，天气似乎比前一天冷了很多。

上午10时许，一辆出租车停在了江苏省总工会职工教育中心门前，从车上下来一位挎着单肩包的中年男子。

他下车稍稍整理了一下衣服，又下意识地搓了搓手，然后径直朝职教中心门里走去。

这个人叫周东翔，是沭阳县文化宫主任。

他这次到江苏省总工会职工教育中心来，是带有一项特殊任务的，那就是争取一笔扶持资金，或一个扶持项目。

当时，沭阳县已划归刚成立不久的宿迁市。宿迁市委、市政府要求，各县区要利用好省里给予的扶持政策，多争取一些扶持资金或项目。

沭阳县首先积极行动了起来，还以任务形式，动员各乡镇、各单位多到省相关部门沟通协调，争取早一点见到成效。

作为沭阳县总工会下属单位的文化宫，自然也不例外。

经有关领导介绍，沭阳县文化宫与江苏省总工会职工教育中心取得了联系。

于是，沭阳县文化宫将完成对上争取任务的希望，寄托在了江苏省总工会职工教育中心身上。

为此，身为沭阳县文化宫主任的周东翔，亲自出面，跑上跑下。

他这次到南京，就是要与江苏省总工会职工教育中心有关领导面谈，希望能得到对方理解和支持，将资金或项目扶持的事给敲定下来。

只要江苏省总工会职工教育中心领导这次能松口，沭阳县文化宫就有望完成年底的目标考核了。

想到这些，走在寒风中的周东翔顿时浑身充满了劲，也不觉得冷了。

然后，他便信心百倍地走进约好要见的江苏省总工会职工教育中心某领导的办公室。

领导很热情，忙招呼周东翔在一张沙发上坐下，还给他倒了一杯热水。

这让周东翔更加感到成功近在咫尺。

然而，当领导进入主题，讲了一番话之后，周东翔一下子忐忑了起来，感觉事情充满着很大的变数。

领导讲话的大意是，江苏省总工会职工教育中心确实有义务为基层提供扶持，但面对的是全省各地，而且自身力量有限，僧多粥少，给谁不给谁，他们也很为难，只能实事求是，按最需要、最合理的来。

周东翔非常清楚，领导说得一点没错，扶持也不是无条件、无原则的，更不是想给谁就给谁的，终究要靠事实说话，保证对上对下都能交代得过去。

但是，周东翔也懂得事在人为的道理，否则他又亲自到南京来干什么呢？

他非常诚恳地讲了一大堆客观理由和实际困难，希望领导能区别对待，无论如何给予照顾。

就这样，双方交流了好一阵子，也交换了不同意见，事情逐渐往成功的一面转变了。

最后，领导表态："作为省总工会职工教育中心，提供扶持肯定要立足文化教育方向，你就说说看，沭阳县在文化教育方面都有哪些特色做法值得关注，值得我们去扶持？如果说出来，我们就同意你们的请求。"

领导这一说，既让周东翔看到了希望，也让他感到了为难。

沭阳人杰地灵，特色很多，但要说文化教育方面，他一下子还真想不起来都有哪些，更不知说哪一点比较好。

他知道，这等于是这位领导临时附加的一道必答题，答对了，他满意了，事情也就成了；如果说得不准或不好，打动不了他，那么，不但于事无补，还有可能弄巧成拙，适得其反。

不知是因为交谈的时间比较长，让周东翔对这位领导有了亲近感；还是因为文化宫与省总工会职工教育中心原本就是"一家人"。总之，周东翔一边端起水杯喝水，一边笑着对领导说："你容我想想，肯定有。"

领导倒也爽快，还真善解人意地起身离开，任周东翔自由"想"去了。

　　就在周东翔搜肠刮肚、翻江倒海之际，他忽然瞥见茶几上放着一张刚到的《服务导报》，头版一个标题"沭阳的孙氏'教育世庄'"赫然在目。

　　原来，魏从浩采写的有关新河孙圩庄尊师重教现象的那篇纪实文章，在当天（即1997年12月2日）的《服务导报》头版摘要发表了。

　　周东翔恍惚间看到救星似的，赶忙快速浏览起来，边看边暗自激动。

　　片刻，当领导重新过来坐下的时候，周东翔按捺不住喜悦，左手拿着报纸，右手食指不停地点着报纸，兴奋地说道："你看，这不就是例子吗？今天报纸都登出来了。"

　　说着，他迫不及待地将报纸递给领导，示意领导看上面的《沭阳的孙氏"教育世庄"》这篇文章。

　　领导将信将疑地接过报纸看了一会儿，大概是看明白了文章的核心内容，陡然间就露出满脸笑容，连声说道："不错，不错，这样我们就有理由优先扶持你们了。"

　　听到这话，周东翔如释重负，心想总算大功告成，可以安心回家了。

　　没多久，省总工会职工教育中心真的派人到沭阳考察，很快就与沭阳县文化宫签订了一个赠送总价值10万元电脑的扶持项目。

　　这在当时，可是笔不小的数目啊。

　　沭阳县文化宫因顺利完成了对上争取任务，在年底目标考核中受到了表扬。

　　可很多人不知道的是，这次对上争取成功的关键，竟然是孙圩庄这个被誉为"教育世庄"的小村庄的故事帮了忙。

　　周东翔也感慨，没想到在本县还有这样一个尊师重教的小村庄。

　　也正因此，他牢牢记住了孙圩庄这个地方，更记住了这个地方的尊师重教传统和代代出教师的现象。

　　若干年后，周东翔的女儿周媛梓在南京大学进修。

　　其间，周媛梓结识了同样到南京大学进修的沭阳人孙天霖。

　　两人一见钟情，很快便确立了恋爱关系。

　　周东翔原本不同意女儿过早谈对象，但一听说孙天霖老家是新河孙圩庄，正是给他带来过好运的"教育世庄"，便欣然应允了。

　　而更令周东翔没想到的是，孙天霖的父亲竟然是他当年在沭中念书时的老师孙如道，且孙如道担任沭阳县技工学校校长后，作为沭阳文化宫主任的周东翔与其多有交集，两人早已是莫逆之交。

再后来，周媛梓大学毕业，也成了一名老师。

2008 年 4 月，周媛梓与孙天霖结婚，正式成为"教育世庄"的一员。

周东翔自从和孙如道成了亲家，见面时总会聊起"教育世庄"的事，而每次回忆起当年因看到关于"教育世庄"的报道才促成对上争取任务的完成，便忍不住对"教育世庄"充满感激和敬意。

周东翔曾任沭阳县人民代表大会十一、十二、十三届代表，沭阳县文化宫主任，沭阳县淮海剧团、宿迁市歌舞二团团长，沭阳县广播电视台工会负责人。同时，他还是《中国摄影家全集》入集摄影家，摄影作品多次入选省、市专业影展和被报刊发表，曾两次成功举办个人摄影展。

这些年，周东翔一直充当"教育世庄"的义务宣传员，还经常带领当地摄影爱好者前去采风，拍摄了不少关于"教育世庄"的精美照片。

他说，待时机成熟，要在"教育世庄"举办一次以尊师重教为主题的摄影展，以进一步扩大"教育世庄"的影响。

第十章

守望

1. 是旗帜，就要永远飘扬

2023 年 3 月 14 日上午，一场别开生面的"新河老教干回乡观摩交流座谈会"在新河镇政府会议室隆重举行，孙如道等 10 多位已退休的新河籍老教干欢聚一堂，畅所欲言，共同为开发新河镇特色文化资源献计献策。

座谈会上，新河镇党委书记乔德素披露了一件令人感慨的事情：镇党委想在某花木大村选拔一个高学历年轻村干部，结果连一个本科生都找不到，勉强找到几个手持大专学历的，还一心扑在花木经销上，并不愿意当村干部。

乔书记表示，现在很多农村人过于看重物质回报，忽视了教育、学历等问题，这是非常遗憾和危险的。

他说，知识能换到钱，钱能买来知识吗？

联想到会前在"教育世庄"的观摩，乔书记殷切希望："'教育世庄'一定要把尊师重教的传统传承和发扬下去，为全镇树立一个标杆，唤起人们对知识的尊重和渴求。"

这使孙如道感到，身上的重任光荣而艰巨。

在孙圩庄，孙如道算得上是教师群体中的核心人物，一直把打造"教育世庄"的形象及未来当作己任，并为之付出了持续多年的努力。

他曾不止一次表示，既然孙圩庄被赋予"教育世庄"名号，成了尊师重教的一面旗帜，那就要让这面旗帜永远地飘扬下去，村上的每一个人都有做"旗手"的义务，都要为之出力。

"教育世庄"一步步走到今天，从教者总数已近百人，高学历人才也不少，可以说效果显著，成绩辉煌。

然而，前进的道路并非一帆风顺，此过程中也遇到了很多困难、困扰和困惑，诸如竖立"教育世庄"碑时也有反对的声音；每次活动都有人不愿意参加；"教育世庄"碑曾经遭到破坏，甚至差点无处安放，等等。

影响最大的，当数人们的从教热情不如从前了。

在市场经济浪潮的冲击中，一切都在悄然变化。年轻人纷纷成为网络时代风口中的参与者和受益者，很多人都在淘宝等电商平台上捞得人生第一桶金，金钱已然成了他们衡量成功的标尺。

在"教育世庄"的很多人尤其是年轻人中间，这样的现象同样存在，面对财富的诱惑，他们无力反抗，以至于"读书无用论"的观点甚嚣尘上。

曾经受人尊敬的教师职业，也开始沦落成某些人眼中单纯的"谋生职业"了。

凡此种种，孙如道无不用行之有效的方式进行引导，以对广大村民产生潜移默化的影响，努力改变不太理想的状况，逐步往好的方向发展。

可以说，如果不是孙如道的坚守和推动，或许孙圩庄就没有今天的教育成果，更没有"教育世庄"这一美名了。

孙如道的贡献至少体现在以下几方面：

一是助推了一种风气。

通过孙如道多年的推波助澜，孙圩庄确已自然而然地形成了一种崇尚知识、重视教育、尊重人才、热衷从教的好风气。

正是这种风气的引领，孙圩庄的高学历人才才会有很多，教师队伍才会不断壮大。

二是竖立了一座丰碑。

当初正是孙如道突发奇想、力排众议，竖立了一块"教育世庄"石碑，使得孙圩庄尊师重教的传统为外界所知晓和公认，才有了"教育世庄"的名号，也才有了"教育世庄"今天的影响。

现在看来，当初竖的只是一块用以明志的普通石碑，今天却已成为一座鼓舞士气、彪炳史册的教育丰碑。

三是推动了一些宣传。

"教育世庄"真正为外界熟知，还是从魏从浩那篇纪实作品开始的，接着才有了江苏电视台、《宿迁日报》等媒体的跟踪采访，以及各路文艺家的采风创作。

这些，都是对"教育世庄"极好的宣传。

而这背后，也与孙如道的重视和推介有关。

　　魏从浩便曾说过，当初若不是孙如道校长的热情接待、耐心介绍，他也掌握不了那么多素材，没准就写不出那篇被多家媒体转载的纪实作品了。

　　江苏电视台的记者，更是孙如道抓住一个偶然机会，直接邀请过来的。

　　在孙如道看来，通过媒体记者或文艺家的宣传，可以更有效地扩大"教育世庄"的知名度和影响力。

　　所以直到今天，只要有宣传需要，孙如道还会乐此不疲地从县城赶回老家，专门进行接待和介绍。

　　四是组织了一批活动。

　　集体活动是凝聚人心、宣传教育的一种很好方式，多年来，孙如道组织或牵头组织过多次集体活动，如早期的"村民春节团聚会""'两碑'落成典礼"，后来的"庆祝第八个教师节""孙圩庄教师与沭阳县孙氏文化研究会见面会""新碑揭幕仪式"等等，每每都收到良好效果。

　　曾经，他还自己花钱，邀请庄上不同姓氏的村民代表到他家中举行联欢活动，共叙友情，共谋发展。

　　大家印象最深的，当是 1992 年 9 月 10 日那次"小树林聚会"了。

　　当天是全国第八个教师节，上午，沭阳县教育局各股室 10 多名代表，在时任局长叶树源的带领下，驱车来到孙圩庄，会同新河、颜集两乡的政府领导和所在地学校领导，与"教育世庄"的教师们共度教师节，为他们送去节日的祝福和欢乐。

　　县教育局参加人员有：局长叶树源，局办公室苏振远、周国举，人事股孙如道，中教股汪彦兵，小教股陶炳高，督导室曹宗喜；

　　新河乡参加人员有：乡长周吉金，中学校长万秀平，小学校长周鹏；

　　颜集乡参加人员有：党委副书记孙庆松，中学校长胡道华，小学校长蒋怀仁。

　　活动现场，就在"教育世庄"碑边上的小树林里。

　　条件很简单，中间一张八仙桌，供主持人用，算是主席台了；四周几张长板凳，供领导、嘉宾就座；本庄教师及村民代表，则在边上站着。

　　活动议程主要有 4 项：新河小学腰鼓队小朋友们的欢庆表演，孙圩庄教师代表孙东发言，新河乡领导讲话，县教育局领导讲话。

　　这次活动虽然短暂，内容也不多，气氛却很活跃，受到全庄上下的一致好评。

而这次活动，也是孙如道多方努力、协调的结果。

五是留下了一套资料。

从教多年，孙如道养成了一个收集资料、保存资料的习惯，一方面给自己教学使用，另一方面供别人参考。

对于"教育世庄"，孙如道同样收集、保存了大量资料，诸如历次活动的记录、照片、视频，媒体宣传报道的样报、采访图片等，能收集到的他都统统保存，并汇编成册。

对于江苏电视台专题报道等重要视频，他还通过技术手段将其刻录下来，保存在电脑里以备使用。

现在无论是谁，只要有需求，随便什么资料，他都能很快找出来。

曾经，他还策划了"孙圩庄教师与沭阳县孙氏文化研究会见面会"，借机拍下"孙圩庄教师暨沭阳县孙氏文化研究会成员合影"这一集体照，以弥补孙圩庄没有教师"全家福"之遗憾。

2. 年轻一代在崛起

在孙如道等老一辈人的影响下，孙圩庄在尊师重教方面出现了一个令人欣喜的现象，那就是年轻一代在崛起了，前途一片光明。

我把"年轻一代的崛起"分成两个层面来解读。

首先是热衷于集体事务、公益事业的人员显著增多，且年龄都不大。

正如孙如道所言，庄上每个人都是"旗手"，都有维护好"教育世庄"这面旗帜的义务。

这方面，孙玉忠、孙玉雪等人做出了表率。

他们，有的是教师，有的不是教师，但都能以"教育世庄"荣誉为重，积极参与到庄上的集体事务和公益活动中来，努力通过一己之付出，把"教育世庄"的形象打造得更好，把尊师重教的传统更好地发扬。

"教育世庄"要想长足发展，培养出更多的教师和人才，恰恰需要这种新生力量的推波助澜。

比如孙玉雪，平时做花木生意，业务很忙，事情很多，但总会抽出时间参与集体事务，包括宗亲之间在县城召开相关会议，他也会克服困难前往参加，并承担一定的事务。

在 2018 年重新竖立"教育世庄"碑期间，他和孙玉忠等人一道，做了大量的配合工作。

而孙玉忠，作为一名年轻教师，能够把庄上的集体事务当成了自己分内事来做，且不分白天黑夜。

比如，庄上需要编写一本《百年教育世庄》内部资料，他马上参与到筹备工作中，并担任副主编，还撰写了相关文章、材料。

再比如，重竖"教育世庄"碑期间，他承担了大量的筹备事务，包括起草文件、下发通知、筹集经费、布置会场等。

他还经常在节假日组织教师、村民等打扫卫生、清洁环境、看望慰问困难户、调解村民之间的矛盾等，使本村成为民风纯正、文明和谐的一方乐土。

"年轻一代的崛起"的第二层意思，是教师队伍本身的扩大和年轻化。

近些年来，孙圩庄的教师人数增幅不是很大，但终究还是在增加的，尤其是年轻教师的比例，还是很高的。

而第六代教师、90后教师，也已经开始出现，并表现不俗。

这里，要着重说说孙迪。

孙迪，1995年10月出生，孙圩庄孙氏十世女孙，村中第六代教师代表。

小时候，孙迪去幼儿园上学，教她的正是本村老师孙多，也就是她的四姑奶。

一开始，孙迪不喜欢上学，每次爷爷带她去幼儿园，她都非常的不乐意，总是嚷嚷着"不想去、不想去"。

这时候，孙多便安慰她，哄着她，非常的细心。

慢慢地，孙迪便适应了，也就不排斥上学了。

按孙迪现在的话说，孙多是她的启蒙老师，正是她那些细小的举动，在潜移默化地影响着她。

后来上小学的时候，语文老师曾布置"长大了你想做什么"这样的作文，孙迪联想起孙多的细致入微，就在作文本上写道："我长大了，想做一名老师……"

没想到多年以后，孙迪真的完成了这个目标，而且是和孙多一样的幼儿教师。

孙迪虽是女孩，小时候却有点调皮，经常和小伙伴们到村头的"教育世庄"碑前捉迷藏、追逐打闹。

正因为藏不住一颗爱玩的心，她的学习成绩不是很好。

但是，由于学校里有本村的老师，而且都是长辈，所以她心里又有些敬畏和惧怕，担心学不好的话他们会向她家人"告状"。

孙迪印象最深的是，小学六年级的时候，数学老师正好是本村的一个长辈，就住在离她家不远的地方。

她生怕学不好，这个长辈会随时"家访"，所以就格外用功，学得很扎实。

那段时间，她的数学成绩出奇地好，甚至显得有些偏科。

到了初中，没再遇到本村老师授课，孙迪感到轻松很多。

只是，学习成绩又变得平平了。

初中毕业时，孙迪和很多同学一样，没能考入高中。

这部分同学，有选择外出打工的，也有些想继续求学的。

孙迪当时正处叛逆期，加之家人带来的压力很大，以致她一度想去打工。

孙迪回忆说，当时也不是真的要去打工，就是忍不住想和家长对着干，当父母表示希望她继续上学或者学个一技之长时，她就故意表现出厌烦的态度。

其实，庄上尊师重教的传统一直在影响着她、牵引着她，她也幻想自己将来能有一份像样的工作。

不上学，不好好学习，怎么能找到好工作呢？

所以私底下，孙迪决定还是要寻找机会继续求学。

正好有一天，她和朋友去县城的学校参观"医护"专业和"幼教"专业，深受启发。

当即，她便有了主张——做一名医护人员或一名教师也不错！

带着对未来的憧憬，孙迪高高兴兴地回到家中，将自己想做一名医护人员或一名幼儿教师的心思如实跟家人说了。

没想到父亲得知孙迪擅自进城考察学校，劈头盖脸就把她数落一番："你小小年纪，不经大人同意就敢进城啊？万一遇到坏人，被骗、被拐卖怎么办？"

然而气归气，对于孙迪物色的"医护""幼教"两个专业，父亲还是咨询了村里几个教师长辈的意见，然后反馈给了孙迪。

综合各方面意见及利弊，父亲觉得"幼教"更适合孙迪，所以便陪她到江苏省沭阳中等专业学校报了名。

报完名，父亲心平气和地跟孙迪说："这条路是你自己选的，不管遇到什么困难与挫折，你都要给我好好干！"

孙迪陡然间变得懂事多了，一脸虔诚地点头答应。

就这样，孙迪如愿成为沭阳中专幼教专业的一名学生。

入学以后，孙迪认识了一批新同学、新朋友，和他们一道，学到了很多专业知识，也掌握了绘画、舞蹈、钢琴等方面的技巧。

在这过程中，她体会到了绘画的艰难，学习舞蹈的辛苦，以及练琴练到手僵硬的感觉……

然而，一切的不易，换来老师的认可和作业纸上的"A+"，以及一张张奖状以后，孙迪又觉得都是值得的。

时光飞逝，转眼间，孙迪从沭阳中专幼教专业毕业了。

这意味着，她将步入另外一所学校，在那里，她将不再是学生的身份，而是老师。

不久，孙迪被安排到沭阳县实验幼儿园（原代代红幼儿园）实习，这是本县历史上最早的幼儿教育机构。

正好，孙迪的二姑奶孙兰也在这个幼儿园工作，对她的工作、学习和成长提供了很大帮助。

后来，赶上该幼儿园招聘老师，孙兰便鼓励孙迪参加应聘，并亲自为她辅导。

通过基本功考试和面试合格后，孙迪顺利地被录取了。

2013 年 8 月，孙迪正式成为沭阳县实验幼儿园的一名老师，被分配到该园的分园——沭城镇祥和幼儿园工作。

在这里，一切都是新的开始。

刚到的时候，身边处处都是那么陌生，还要和不熟悉的老师搭档磨合。

第一次带班，孙迪感到很紧张，晚上做梦都会梦见和孩子们互动交流，甚至说梦话也是这方面的内容。

孙迪觉得，每一次与孩子、家长交流都是学习，也是成长，为自己积累了经验。

家长的信任和肯定，孩子的接受和喜欢，都是作为一名幼儿教师值得骄傲的。

然而孙迪清楚，要想实现这一点，还有很长的路要走。

同时，她也深刻体会到，先前学的知识只有少部分用得上，更多的是要在工作中边干边学、不断积累，在社会实践中慢慢成长。

孙迪除了认真努力地向老师们学习，还不忘提升自身素质，先后取得了成人高考大专、成人高考本科、教师资格证、普通话二甲等学历、证书。

正因为这些，她在从教的第三年，被学校安排做了班主任。这一年，她带的是小班。

因为孩子年龄比较小，所以需要注意的地方更多。

为了让家长们信任、放心，孙迪更加认真细心地对待每一名宝贝，把他们当成自己的孩子一样照顾。

一年一年，凭借着自己对幼教工作的喜爱和持续不断的努力，孙迪积累了一些非常好的教学经验、教学资源以及家长资源，工作上愈加得心应手，领导们也愈加感到满意。

学校每学期都会有测评，孙迪所带的班级多次被评为"先进班级"。

她本人，每年都被评为"先进个人"，多次被评为"优秀教师"。

她参加讲故事比赛、专业论文评比等活动，获得过"第一名"、二等奖等好成绩。

在带领小朋友参加各项比赛时，也受到过不同等级的奖励。

"作为'教育世庄'走出来的闺女，我的梦想实现了！"有一次面对媒体采访，孙迪如是感叹。

她说，她和庄上自己崇拜的教师前辈们一样，有了自己的学生，为此，她觉得光荣。

对于孙迪的出色表现，无论是教过她还是没教过她的孙多、孙兰等本庄教师，都感到很欣慰。

他们坚信，代表"教育世庄"未来和希望的孙迪，一定会继续努力奋斗，让自己的从教生涯更加精彩，也让"教育世庄"的教育成果更加辉煌。

3. 异姓教师逐渐增多

很长一段时间，"教育世庄"的教师主要来自庄上的孙氏家族，其他姓氏几乎没有从教的。

当然，这里说的"其他姓氏"，不包括孙氏家族男性所娶的媳妇，以及女性所嫁的丈夫。

但在整个村庄尊师重教氛围感染下，其他姓氏的学子们也刻苦求学，并逐渐把当教师作为就业的机会之一。

如今，全庄其他姓氏中间的教师已达 11 位。

数量虽然不多，但主要集中在近些年，且多是 80 后、90 后，意味着一种新生力量的出现，这无疑是值得欣慰的。

这里，我想着重介绍一名刚参加工作不久、起点却很高的年轻教师堵庆苏，来看看她一步步踏入教师队伍的心路历程。

堵庆苏，1993 年 3 月出生，现供职于江苏护理职业学院。

堵庆苏的父亲是堵迎厂，爷爷是堵建法，按孙圩庄各种姓氏在长期相处过程中约定俗成的辈分排序，堵庆苏与孙圩庄孙氏九世孙属于同一辈分，所以她应该划在孙圩庄第五代教师群体之中。

也就是说，堵庆苏是当前"教育世庄"第五代教师中的年轻代表。

堵庆苏说，小时候，她并没有学习的概念，也不知道什么是知识、为什么要上学，每天就是玩、玩、玩。

但凭着天生的那点聪明，小学成绩还不错，所以她一直沾沾自喜。

小学毕业时，父母开始考虑她的初中要怎么读，结果是希望她能到县城的中学去。

那天，堵庆苏的爷爷骑着电瓶车带她进的县城，先后报考了银河双语学校和广宇中学。

这两场考试，堵庆苏拿到试卷就发现好多题目不会，这是她没有料到的，一下子有点惊醒的感觉，方知"人外有人"，自己还差得远！

以致从考场出来，她都不敢正面看爷爷，觉得没考好，太丢人。

但最终，家里商量后，还是为堵庆苏交了几千元培养费，送她去银河双语学校读初中。

从这个时候开始，堵庆苏才意识到知识的重要性，发誓今后一定要好好学习。

一方面，她是觉得自己要对得起家长为她交的高额培养费；

另一方面，她自己的自尊心也不允许再出现见到试卷发蒙的这种情况。

进入初中后，堵庆苏学习一直挺认真，成绩也很好。

初三上学期，学校召集年级排名靠前的学生成立了一个中午和晚间的冲刺班，堵庆苏也在其中。

这两个时段，老师讲的内容变得深奥起来，堵庆苏感觉到学习变得吃力。

为了赶上进度，她每天中午在冲刺班教室等老师讲完课，坚持多学半个小时，然后趴在桌子上休息十来分钟，下午再返回班级上课。

由于冲刺班教室太冷，她经常在休息时被冻醒，后来冲刺班还没结束，她发现自己患了鼻炎，只好利用中午请假出去打点滴，结果打了半个月的点滴，鼻炎一直没好彻底。

中考的时候，堵庆苏没能考上沭中免费生，仅差了 6 分，如果去沭中念高中，大概要交六七千培养费，这在当时不是小数目。

当时银河双语学校已在筹办高中部，堵庆苏觉得，去沭中也进不了实验班，还要交培养费，而留在本校各类费用都免了。

于是，即便家人强烈反对，坚持要交钱让她去沭中读书，堵庆苏还是毅然选择留在了银河双语学校，成为该校高中部的第一届学生。

堵庆苏回忆说，高中期间，她经历了由斗志昂扬到逐渐迷茫，没有学姐学长，完全是在老师的带领下摸索前进的。

临近高考一个月，在外地工作的母亲从单位请假回来给堵庆苏陪读，每天给她准时送一日三餐，把她的换洗衣服带回去洗，这让她觉得很幸福，同时也感到压力有点大。

临考前一周，她鼻炎又犯了，只好去打点滴，打了三天点滴才好。

这次高考，不是很理想，没考上一本，但是比二本线高 15 分。

当时填志愿，父母首先推荐了师范专业，希望她将来也能像庄上人一样从事教师职业；然后推荐了卫生专业，说做个医生也不错。

然而当时的堵庆苏，对这两个职业都怀有敬畏之心，怕做教师误人子弟，更怕做医生草菅人命，所以最终去了扬州大学营业学专业。

大学的课程比较自由，堵庆苏便利用此机会参加英语四六级考试、计算机二级考试、普通话考试等等。

到了大三，开始考虑是考研还是参加工作了。

堵庆苏发现，除了公务员，企业之类的工作她都不是很喜欢。

于是，她决定考研。

当时学校有一个考研自习教室，学姐学长们考完研以后会清空一次，清空教室的那个晚上，堵庆苏和一个同学商议分别从教学楼的两个入口进去，以防占不到位置。

此后的一年，堵庆苏就在考研教室里备考，有时候冬天太冷，就先在考研教室学习一会儿，等到了图书馆的开放时间，再去图书馆蹭空调学习。

最终，堵庆苏顺利通过考研的笔试和面试，进入苏州大学，开启了三年的读研生活。

在苏州大学，她读的是公共卫生专业。

读研结束，开始找工作的时候，面临着是去医院还是去疾控中心的选择。

堵庆苏考虑到发展前途和工资待遇等问题，决定去医院。

但是，由于本科阶段不是医学类专业，且面试成绩不够理想，堵庆苏错过了进苏州大医院的机会，只好临时回到沭阳，在沭阳人民医院先干着。

在沭阳人民医院工作期间，堵庆苏一边备考公卫执业医师资格，一边备考公务员和事业单位，最后阴差阳错考进了江苏护理职业学院。

这样一来，她竟然也踏入教育领域，成了一名教师！

回想求学路，堵庆苏说是父母一直鼓励、支持、托举着她，也是庄上的尚学风气一直影响、鼓舞、指引着她。

她永远不会忘记，从小父母就教育她，生活的苦和读书的累总要选一样，"农村孩子，不读书很难有出路。"

如今，已正式成为一名教师的堵庆苏，更加深刻地感受到，教育世庄的意义在于传承、在于榜样、在于耳濡目染，它让身处其中的后辈感受到前辈的影响力，无形中警醒着后辈。

堵庆苏说，小时候她每次路过"教育世庄"碑，都会觉得有深深的敬畏感，变得安安静静，平时说话也轻声细语，生怕打扰了附近的老师备课或休息。

她曾经想过，或许这就是刻在骨子里的尊师意识吧。

她表示，随着时间的推移和自己一天天的成熟，这种意识一定会变得越发强烈。

我们也相信，在堵庆苏这样一些年轻人的影响下，"教育世庄"其他姓氏的教师一定会越来越多，越来越成气候。

4. 立足教育，担当社会职责

2022 年 2 月 23 日上午，宿迁市第六届人民代表大会第一次会议在骆马湖总部经济会议中心隆重开幕。

会场上，一位年轻、美丽的女代表正在聚精会神地听着报告，时而低头在本子上记些什么。

倏忽间，她也会为自己能来到风光旖旎的骆马湖畔，坐在这庄严的会场上而感到自豪。

同时，也再一次意识到身上责任之重大。

为了不辜负组织和人民的期望，她提醒自己必须把会议精神牢牢掌握，以便今后在实际工作中贯彻落实……

她，就是从孙圩庄走出来，现任沭阳县外国语学校副校长的孙敏。

作为新一代教育工作者，孙敏始终牢记使命，踔厉奋进，用自己先进的教育理念滋润一批又一批学生，让他们绽放出绚烂的生命之花。

一分耕耘，一分收获。正如孙敏自己所言，从教多年来，荣誉一直眷顾着她：

早在 1998 年，刚踏上工作岗位的第一年，便作为一名代表参加了中国共产主义青年团沭阳县第十二次代表大会；

2003 年，当选为沭阳县第十四届人大代表；

2019 年，作为一名代表出席了中国少年先锋队沭阳县第四次代表大会，并当选为主席团成员；

这一次，又非常荣幸地当选为宿迁市第六届人大代表。

孙敏内心清楚，这些荣誉与其说是光环，是对她的奖赏；不如说是责任，是对她的考验！

在校园里，在课堂上，无论是给学生上课，还是在学校搞管理，她都得心应手，胸有成竹。

而像人大代表这样的身份，更多的是要走出象牙塔，从社会角度行使职权，履行责任。

对此，孙敏感到无比的光荣，也有些许的忐忑。

孙敏说，自从当选为宿迁市人大代表以后，光荣感、责任感和使命感一直伴随着她，她的心头始终萦绕着怎样"履行好职责，不负人民重托"的思考。

她以对人民负责、受人民监督的态度，积极参与行使手中的权力，努力当好一名市人大代表。

为了提高自身素质，她首先从"充电"学习开始。

平时，她很注重对《代表法》《选举法》等法律法规的学习，不断增强代表意识和法制观念，同时还通过《宿迁人大》等刊物，学习、借鉴其他人大代表履职的先进经验。

身为一名教师，她不仅懂得学习的重要性，更懂得如何去学习，所以对于这些"隔行"的文件、知识等，她并不觉得深奥、枯燥。

通过全方位的学习，她提高了思想理论水平，对如何审议各项工作报告，如何提出代表议案、建议，如何参加闭会期间的活动等，都有了系统性的了解和深刻的体会，为履行好人大代表职责打下了良好的基础。

这次参加宿迁市第六届人民代表大会第一次会议，为了行使好权力，孙敏认真听取会议报告，积极在代表团及代表小组讨论中提出意见和建议。

会前，她还深入选区走访选民，认真开展调查研究，并结合回乡下老家时的所见所闻，提出了有关助力乡村振兴方面的建议。

该建议，被市六届人大一次会议列为"第226号建议"，市委组织部等相关单位分别做了回复。

比如宿迁市民政局表示，会积极推动各县（区）、各部门通过公益资助、项目支持等方式，培育扶持乡贤社会组织健康发展，促进乡贤们在全市乡村振兴上发挥更大作用。

闭会期间，孙敏正确处理好履行代表职责与干好本职工作的关系，积极参加所在的沭阳人大代表第7小组的各项活动，如：

2022年7月7日，参与讨论了《小组年度活动计划安排》，并随代表小组赴江苏腾盛纺工集团进行走访调研；

2022 年 8 月 19 日，随代表小组赴耿圩镇开展乡村振兴主题专题调研活动，围绕"乡村振兴——数字化助力农业生产"做了交流；

2022 年 11 月 17 日，听取了沭阳县人民检察院"侦查监督与协作配合"创新工作报告，并随代表小组赴沭阳县公安局执法管理中心进行走访调研……

作为教育系统的一名人大代表，孙敏清醒地意识到，自己的一言一行都代表着本系统的形象，也承担着为本系统发声的重任，所以，她紧紧围绕本系统的人和事、问题和困难等建言献策。

目前，她正在撰写有关教育方面的建议，准备在下一次市人大会议时提交。

孙敏说，当选市人大代表是她人生中的重要一页，是一段宝贵的经历，她将以此为契机和动力，在认真履行好人大代表职责的同时，反哺教育，更好地促进自己的本职工作。

无独有偶。孙圩庄还有一位更年轻的教师孙天霖，也是宿迁市人大代表。

孙天霖，1978 年 6 月出生，孙圩庄孙氏八世孙。

1999 年 7 月，孙天霖于淮阴师范学院毕业后，分配到庙头初级中学任教。

后来，被调到沭阳县教育实验学校任教，并负责计算机专业部工作。

又过了几年，沭阳如东中学创建时，点名要孙天霖过去。

通过考试，孙天霖进入该校任计算机老师。

第二年，她任教的高二学生的信息技术学科学业水平测试通过率达 100%。

再后来，被调到沭阳县教育局工作。

如今，任沭阳县教育局教师发展中心教科部副主任，从事教科研工作。

工作中，孙天霖对自己高标准、严要求，始终是任劳任怨，一丝不苟。

业务上，他能够挑大梁、担重任，并严格按照领导意图，认真落实好各项工作。

诸如组织初中学科教研员深入初中学校开展各项教研活动，组织初中阶段考试，送教下乡、对薄弱学校对口帮扶、学科评优、课改课题研究、教育科学课题管理等方面，孙天霖做得都很优秀，多次受到领导的肯定和赞许。

较强的业务能力以及组织协调能力，使得孙天霖在系统内获得了较高评价，并先后获得过"2019 年沭阳县教研工作先进个人""2021 年沭阳县教育工作先进个人"等荣誉。

2022 年 1 月，孙天霖当选为宿迁市第六届人大代表。

和孙敏一样，他也代表教育界同行和广大选民，紧紧围绕涉及教育领域的民情民意，认真参政议政，履行好一名市人大代表应尽的职责。

2022 年 2 月 16 日下午，宿迁市暨沭阳县检察工作通报会在沭阳召开，孙天霖作为新当选的市人大代表，应邀参加了会议。

会上，他结合工作经历以及自身体会，就未成年人保护问题进行发言，建议检察机关与教育部门在治理临界违法未成年人方面加强合作。

在参加了市人大六届一次会议以后，针对社会上青少年心理行为问题发生率逐渐上升，特别是由此导致辍学、校园欺凌、抑郁症甚至自杀等现象时有发生的问题，作为一名教育工作者，孙天霖深深意识到这些与青少年的心理健康状态受到影响有很大关系，而背后的主要原因，则是青少年的自我意识脆弱，生活阅历很浅，抗挫折能力较低，以及家庭、外界施加的学习压力和社会的一些负面影响等。

为此，他向市人大提交了关于合力构建青少年心理健康教育全方位网络方面的议案，建议从优化学校心理健康教育措施、深化家校心理健康教育合作、构建社会心理健康教育体系等方面着手，共同呵护青少年身心健康。

2022 年 7 月 7 日，参与讨论了《小组年度活动计划安排》，并随代表小组赴江苏腾盛纺工集团进行走访调研；

2022 年 12 月 16 日，随代表小组到沭阳梦溪街道参加"市人大代表活动周"活动，学习党的二十大精神、听取和审议市政府民生实事项目专项报告，并结合市委全会有关精神，精选确定拟在人代会上提出的议案建议，提交相关议案或建议电子档，同时进行履职述职。

孙敏和孙天霖双双当选为市人大代表，从更高、更广层面担当社会职责并展现自我、发挥自我，这给孙圩庄的孩子们展示了一条新的发展成长之路。

说到担当社会职责，不能不再次提及孙如道。

孙如道呕心沥血、千方百计打造"教育世庄"，看似为了孙圩庄、为了孙氏家族，实际也是在为社会做贡献，说到底，是在担当社会职责。

这与他的性格、素质、心态有关，他就是这样一个充满激情的人，认准的事就要去做，义无反顾，不计得失。

哪怕是早已退休了，他依然闲不住，还在为奉献社会而不停地奔波着，忙碌着。

对新河这片生他养他的热土，孙如道一直有着很深的感情，他经常回到老家看看，然后在老宅住上几天，打理一下院中小菜园。

闲时，则随机调查一下周边人文历史。

有一次，孙如道准备下载本庄卫星图，在网上点开新河镇卫星图一看，大吃一惊，境内水系竟然构成明显的龙形。

很快，孙如道将这个发现告诉了沭阳县信访局原局长、沭阳县乡贤协会常务副会长沈士举以及国家二级编剧、沭阳县著名作家杨鹤高。

于是，志同道合的三人一道，经过详细的考察和论证，正式提出了"新河龙脉水系"的概念。

这一概念提出后，得到了有关各方的认同和赞赏。

2014年9月6日，他们牵头组织了"新河镇龙文化采风活动"，进一步扩大了"新河龙脉水系"的影响。

如今，"新河龙文化"已成新河镇人文历史的一个重要组成部分，品牌效应正在叠加。

与此同时，孙如道和沈士举本着对家乡的热爱，决定为新河整理点史料，并汇编成书。

他们联系其他几位退休老同志，组成了编撰小组，开始收集各种载体发表过的有关新河的史料。

他们还走访大量知情人、老长辈，并多次召集相关人员举行座谈会，就众说纷纭的历史疑点达成共识，把说不清楚的时间节点论证清楚。

经过一年多时间的汇总、编写和反复修改，创作完成了《新挑河探秘》书稿。

2014年底，该书正式出版，并受到各方好评。

时任沭阳县委书记胡建军拿到《新挑河探秘》一书后，连夜阅读，第二天便给出评价，称此书写得非常好，是"发展花乡新河、打造沭阳花乡名片"的重要史料。

在此基础上，孙如道又和沈士举、杨鹤高共同撰写了一份"新河龙文化旅游业发展规划草案"，于2015年10月26日送到县委办，随即被递交到胡建军书记手中。

很快，胡书记指示分管领导及规划、设计等部门深入分析研究，积极消化吸收，争取将其变成现实。

几年后，"草案"中提到的"胡家花园"率先建成，成为新河镇乃至沭阳县的一个重要景点，也成为新河龙脉水系流域的一颗耀眼明珠。

这对孙如道来说，无疑是莫大的鼓励，同时也增加了他将视角投向另一个领域——虞姬沟的激情。

虞姬沟，源自新沂市荻邱山（踢球山），流经新沂邵店镇和沭阳颜集镇、潼阳镇、新河镇、庙头镇、贤官镇等地，汇于蔷薇河入黄海。

虞姬沟因虞姬而得名，堪称沭阳又一条母亲河，尤其在颜集、新河一带，享有较高的地位及影响力。

虞姬沟长百余里，两千年云飞涛涌，既传承着项羽和虞姬纯洁而传奇的爱情故事，也留下了许多历史文化遗珍。

木槿花、霸王桥、沈括治水、袁枚祭庙、西区抗捐、土改风云……其自身的厚重感让人敬畏。

孙如道一直觉得，应该编本书介绍一下虞姬沟流域的古迹遗存、农耕文化、民间传说、红色印记、花木风光等。

他首先与沈士举商量，二人一拍即合，同时也得到了作为虞姬文化传承人的杨鹤高的大力支持。

为此，他们又组织几位老同志，从县城出发，西行20余公里，来到颜集街西边的虞姬沟畔，调研虞姬传说及虞姬沟生态情况。

2020年初夏的一个偶然机会，他们见到虞姬沟畔的新河镇乡贤魏良余和他创办的与虞姬传说有关的一、二、三产业整合发展的"槿宝园"。

大家通过交流，就虞姬文化的保护利用形成共识，决定在虞姬沟文化历史上做点文章。

随后，他们顺着秦汉以来2000年大跨度以及"虞姬故里""花乡沭阳"两个招牌大整合的思路，沿着水势回环、堤岸弯转的百里虞姬沟，过马陵、涉沭河、穿花海、入村居，采访搜集第一手资料。

经过数月努力，他们从多方面入手，顺利完成30万字的书稿，并定名为《千古悠悠虞姬沟》。

2021 年 1 月，该书正式出版。

孙如道说，他非常希望通过《千古悠悠虞姬沟》这本书的传播和推动，实现一个美好愿景：以虞姬沟为轴线，以虞姬沟沿岸的颜集、新河、潼阳、庙头、贤官等乡镇为依托，做大做强虞姬沟文化旅游产业，全力打造江苏生态大公园中的"沭阳西花园"，以此造福于虞姬沟两岸的人民。

此外，孙如道还主编或参与主编了《沭阳县职业教育发展简史》《新挑河记忆》《画说胡家花园》以及"胡氏文化丛书"之《文脉春秋五百载》等书，为记录地方人文历史做出了积极贡献。

尾声

在创作长篇纪实文学《教育世庄》的近两年时间里，我接触、采访了孙圩庄数十位新老教师，多数是我的长辈，也有平辈，当然还有晚辈。

通过他们的介绍，我又了解到其他一些没见过面或无法见面的村中教师的信息。

但依然有很多人的情况没掌握或掌握不透，所以在书中未能细写。

就书中布局而言，有些篇章下，肯定还有更出彩的人或事可以添加进去，就这么戛然而止，有点于心不忍。

只是，就这部纪实文学本身来说，既定的章节已经完成，可以让大家基本了解"教育世庄"的前世今生、来龙去脉了，告一段落也是必然。

这样的话，难免要啰唆几句，给全书收个尾。

就说说创作这本书的原因及目的吧。

其实，我创作这本书很大程度上是想对自己未曾实现的"教师梦"做个交代，也算是"向梦想致敬"吧。

我不是教师，但比很多成为教师的人更想成为教师。

因为，我也来自"教育世庄"孙圩庄。

孙圩庄第一位从教者孙文生，是我的高祖父，他的后代中从教者相当之多。

这在我早年幼小的内心深处埋下了一颗种子，希望自己将来也能成为一名教师。

并且，我为之付出了多年的努力。

要强的母亲，同样希望我能成为一名教师。

然而，我终究与教师擦肩而过，留下了难以弥补的遗憾。

那年，我原本考上了沭阳师范，并且已参加完面试，谁知政策突然有变，从当年起不再招收往届生了。

最近我一直在想，假如我在自己的领域里默默无闻地坚守一辈子，"教育世庄"的事或许就轮不到我关心了。

事实却是，我有个写作爱好，早在"教师梦"破灭之前就开始发表作品了。

偏偏是这个爱好，让我欲罢不能、乐得其所，不仅出版过几部专著，还被吸引为中国报告文学学会会员、江苏省作家协会会员，并兼任沭阳县作家协会副主席。

这使我在自己从事的企业工作之外，获得了一定的荣誉及社会影响。

于是，村中很多与教师、教育有关的活动，都会邀请我参加，有时甚至让我充当组织者。

在大家看来，我是一个文化人，参加或组织村里的相关活动理所应当。

无形中，我与"教育世庄"的联系紧密了起来；感情，自然也更深了。

乃至现在，我自觉不自觉地把"教育世庄"的前途命运看得很重，希望自己能尽到一个孙圩庄人的义务，为进一步打造"教育世庄"贡献一分力量。

这也就有了我要为全庄教师写本书的冲动。

关注教育、书写教育、宣传教育，本身也是一种教育。

这与教师的职责，也有些许的相似吧？

果真如此的话，我也可以释怀了。

具体到《教育世庄》这本书，不能说它有多完美，但至少，倾注了我的心血和诚意。

以我的视角介绍"教育世庄"，其实是有利有弊的，不理解的人可能会心存疑惑，但我相信，理解的人会更多。

而且，我这也算是抛砖引玉，诚盼更多的作家朋友、教育爱好者能走进孙圩庄，零距离感受"教育世庄"的真实存在，为"教育世庄"的发展出谋划策，也为推动全社会教育事业的发展而共同努力。